官邸襲撃

高嶋哲夫

PHP
文芸文庫

○本表紙デザイン＋ロゴ＝川上成夫

官邸襲撃　目次

プロローグ

部屋には重く澱《よど》んだ空気が溜まっていた。

しかし、それが気のせいであることは分かっている。エアコンと空気清浄機によって、ビル全体が人間にとって最適な環境にコントロールされているはずだ。

窓からは眼下に広がるネオンの原色の輝きが、どぎつい現代アートのように見える。

ニューヨークの中心に建つエンパイア・ホテル、最上階の部屋だった。

テーブルを囲んで、三人の男が座っていた。チェイス・ドナルドアメリカ合衆国大統領、ドミニク・アンダーソン国務長官、トーマス・ロビン大統領首席補佐官だ。週末のホワイトハウスと呼ばれるこのホテルでの集まりは、大統領就任以来、すでに二年近く続いている。ホワイトハウスでは話せない、プライベートな事項が話されるのだ。だが多くの場合、それが政策の要《かなめ》となる。ホテルの所有者はドナルド大統領だ。

「このレポートの出所はどこだ」

　大統領は手に持っていたファイルをテーブルに置いた。

「友人のＭＩＴ（マサチューセッツ工科大学）の教授が私に送ってきました。『ネイチャー』に投稿されたものが、査読《さどく》に回ってきたそうです」

　ロビン首席補佐官が間髪《かんはつ》を容《い》れず答える。首席補佐官は石油会社の元会長で、政財界はもちろん大学関係にも顔の広い男だ。

「では、まだ公《おおやけ》にはなっていないのだな。書いたのは誰だ」

「トマス・ジェームズという、アラスカ大学の教授です」

「彼は現在もアラスカに住んでいるのかね」

「先週、交通事故で死んでいます。一匹狼的な偏屈《へんくつ》な科学者だったらしいです。専門はアラスカの地質学、共同研究者もいないようです」

「では、このレポートは、ごく一部の者しか知らないと考えていいのだな」

「おそらく」

　首席補佐官が頷《うなず》くのを見て、大統領はファイルをもう一度手に取った。

『アラスカ州およびその周辺のシェールオイルとシェールガスの埋蔵《まいぞう》状況、採掘と環境問題』と、長いタイトルが付けられたＡ４用紙二十枚ほどのレポートだ。さらに十枚ほどの図表と写真が添付されている。

「信憑性《しんぴょうせい》はあるのか」

「事実に基づく調査観測レポートです。導かれる結論は、科学者にとって――」

「MITの教授はなんと言ってる」

大統領は補佐官の言葉を遮《さえぎ》った。

「極めて憂慮《ゆうりょ》されるべき状況だと。著者の結論は正しいと言っています。だから私に送ってきました」

「彼には掲載不可にするようメールを送ってくれ。理由はなんとでも付くだろう。国益に反することも大きな理由だ。今後、このレポートについては他言無用。忘れるようにと。政府内でのしかるべきポストと、研究費の増額で納得するかね」

「すべて手配済みです」

ロビン補佐官の言葉に大統領は満足そうに頷いた。

それまで無言だったアンダーソン国務長官が口を開きかけたが、そのまま何も言うことはなかった。

窓際にまったく対照的な二人の男が立っていた。

外には緩やかな丘陵が続いている。緑はなく、岩と砂の丘が連なり、斜面にはいたるところに掘り返されたような大小の穴が目立つ。

その丘を黒い車両が走るのが小さく見える。進行方向に向いている砲塔から炎が噴き出した。はるか前方の丘の中腹に砂埃《すなぼこり》が上がり、ドーンという腹に響く音が聞こえてくる。戦車だ。かなりのスピードで走っている。

遠くで銃声が聞こえる。丘の向こうからか。三十平方キロと聞いている広大な敷地だ。丘の中ほどにはコンクリート製の箱型二階建ての建物が二棟見える。目の前に広がっているのは、砂漠に見立てた光景か。

男たちの一人は仕立てのいいスーツにネクタイ。薄く砂をかぶっている黒い革靴は見るからに高級そうだ。あか抜けた知的な顔、胸には星条旗のバッヂを付けている。政府関係の男だ。

もう一人は迷彩柄の戦闘服に腰には大型の自動拳銃を吊るしていた。全身に砂埃をかぶり、ブーツには乾いた泥が付いている。陽に灼《や》けた精悍《せいかん》な顔に引き締まった身体。手には葉巻を持っていた。

スーツの男が戦闘服の男に視線を向ける。男は葉巻の灰を足元に落として言った。

「確かに数千万ドルは手に入りそうだ。いや、もう一桁上《ひとけたうえ》か」

「我々は金に興味はない」

「だが、準備資金は必要だ。少なくとも百万ドル。安く見積もっての話だ」

「金はきみたちで好きにしろ。今、私たちが払えるのは七十万ドルだ。それ以上は無理だ」

戦闘服の男は考え込んでいる。

窓ガラスが震え、轟音《ごうおん》が響いてくる。丘陵の何ヶ所かで土煙が上がった。どこかから上に向け砲撃をしている。

「事前準備を整えて、詳細な情報をくれるというのは事実なんだな」

「それは約束できる。手始めにこの中に官邸の図面と、総理の予定が入っている」

スーツの男はデスクにフラッシュメモリーを置いた。

戦闘服の男はそれを見ながらしばらく考えていた。

「いいだろう。しかし、情報は確かなんだろうな」

「間違いない。すべて正確なものだ。日本の過激派と呼ばれるグループから手に入れた。彼らは個人的には優秀だ。組織としては問題だらけだが」

「実行となるとさらに多くの情報が必要になる。警備情報を含めてだ」

「今、用意している。明日中には送ることができる。それよりも間に合うのか。人員を選択し、装備を集める時間がいる。それらを輸送しなくてはならない」

「二週間後か。準備はいつだってできている」

男は自信を持った声で答えた。

「人員、武器と装備はそろえてある。輸送はそっちでやってくれるんだろ」

「外交官特権が使えるようにしてある。米軍基地から日本の基地への輸送ルートも使用できる」

腹に響く砲弾の音が聞こえてくる。

スーツの男は窓の外に目を向けた。走っていた戦車が停まり、黒煙を上げている。ハッチを開けて、人が飛び出してくるのが見えた。

「対戦車砲が命中した。小火器から、戦車を一発で仕留めるミサイルも用意してある。地対空ミサイルまでなんでもありだ。撃っていくかね」

「結構だ。湾岸戦争で十分経験した。私も従軍していた」

スーツの男は再度、窓の外に目をやった。

戦車の黒煙が赤い炎に変わっている。近くの斜面で、時折り砂埃が上がった。

「しかし、なぜ日本の首相官邸なんかを――」

戦闘服の男が呟《つぶや》くように言った。

明日香《あすか》は男の頭めがけて足を蹴り上げた。

つま先は空《くう》を切り、その足をつかまれ、思い切り関節をひねられる。

痛みと骨折を避けるために、ひねられた方向に身体を一回転した。その拍子に両腕をつかまれ、受け身のできない体勢で身体を床に叩きつけられる。衝撃が全身に広がり、息ができない。すべてがほんの一瞬の流れの中で行われた。

「これじゃ、とても〈クイーン〉を護り切れない」

〈クイーン〉は新崎百合子《しんざきゆりこ》総理を指す符丁《ふちょう》だ。明日香は先月まで、〈サクラジマ〉に付いていた。鹿児島県出身の女性大臣だ。

身長百九十センチ近くある大男は、倒れたままの明日香の背中を蹴った。

手加減はしているのだろうが、激痛が全身に広がる。思わず顔をしかめた。呻《うめ》き声を上げると更なる蹴りが待っている。こんなとき、警護はやはり男の世界なのかと思うことがある。同時に、負けるものかと、対抗心も燃え上がってくる。

明日香は痛みをこらえて立ち上がり、攻撃の構えを取った。

「おまえは戦おうと思うな。最初の一撃から〈クイーン〉を護ることだけを考えろ。そのためには自分が身代わりになると、常に己《おのれ》に言い聞かせておけ」

盾《たて》になれ。つまり死ねということだ。大男は言い残すとすでに背中を向けている。

背中に蹴りを入れようかとも思ったが、今度は骨を折られるか、関節を外されると考え、思いとどまった。

男は高見沢《たかみざわ》、明日香の上司で、男尊女卑の塊《かたまり》のような男だ。明日香、というより女性を警護課から追い出そうとしているのか、と思うことがある。実際、明日香をクイーンの弾除《たまよ》け、と呼んだこともあった。

そのとき、中年のスーツ姿の男が明日香に近寄ってきた。

「〈クイーン〉が呼んでいます。すぐに部屋に行ってください。着替えなくても大丈夫です」

丁寧な口調で言うと、そのままドアの方に戻っていく。

明日香はスーツの男に目を向けたまま手の甲で額《ひたい》の汗をぬぐった。

筒井信雄《つついのぶお》はバンのスピードを落とした。

首相官邸、西門前のゲートを通りすぎていく。ゲートの横にはダークブルーの機動隊の大型輸送車が二台停めてある。一台は窓に金網のついた人員輸送車。もう一台は窓も金属板で覆《おお》われた大型指揮車だ。

官邸に入るのは今回が三度目だ。慣れてもいいはずだが、やはり動悸《どうき》が激しくなっている。

この顔で弟の前を通ったことがあるが、気がつかなかった。

体重を八キロ増やし、奥歯を二本抜いた。髪型を変えて茶色に染め、メガネは黒《くろ》縁《ぶち》で大きめのものをかけている。顔つき、体形は完全に変わっているはずだ。あとは指紋とＤＮＡだが、これはどうにもならない。弟が気づかずに通りすぎたときには、さすがに少し感傷的になった。しかし、そうなった責任はすべて自分にある。

大学時代に過激派と呼ばれる時代遅れの組織に何気なく入り、気がつくと抜けられなくなっていた。いくつかの左翼運動に関わり、大学は十年以上前に除籍になっている。全国指名手配犯となって三年が過ぎた。罪状には暴行、恐喝、殺人まである。

気がつけば三十代後半になっていた。日本の警察には二十代初めから三十代までの約十年間の自分のすべてが記録されている、と最後に会った公安の男に言われた。新しい生活を始めるには外国にでも行くほかない。そのためには、まとまった金が要《い》る。

助手席と荷台の男たちは警察にマークされていない。思想性などみじんもない金目的のチンピラだが、今の自分とどれほどの差がある。新しい日本を創る。夢のようなことを信じていたのははるか昔だ。

現在は逃げるのに疲れ、分け前の金額に惹《ひ》かれ飛びついたのだ。しかし、あのアメリカ人は自分のことを熟知していた。公安のコンピュータにハッキングして資料を盗んだのか。

筒井が顔写真付きの通行証を見せると、警務官はいつも通り、形式的に顔と見比べるだけで通ることができた。この通行証はプロの偽造者が本物に顔写真を入れ替えた精巧なものだ。

既に十年以上前になるが、長年続いた政権が変わった時期があった。その政権が通行証を乱発した。仲間が清掃業者として登録して、数年間、官邸の清掃をやった。そのときに官邸内の写真を数百枚撮り、正確な図面を作っている。さすがに地下階は一般の清掃業者は入れなかった。そこには危機管理センターや官邸警備室が置かれている。

その他の情報は当時の与党の国会議員から手に入れた。その新人議員は官邸内の写真を撮りまくり、総理執務室での総理とのツーショットと共に、官邸内の詳細を自身のブログに載せていた。さすがに議員を落選してからは削除していた。彼は現在、不動産会社に就職している。筒井は消される前にデータをすべてコピーしていた。

さらに筒井は一年前、仲間と設計事務所のパソコンをハッキングした。首相官邸を設計した設計事務所だ。

そこで数十枚に及ぶ図面を手に入れた。多少の改築、改装はされていたが、写真とほぼ同じだった。それを使う機会はなかったが、思わぬところで役に立つことになった。

筒井は一週間かけて詳細に記憶した。今、その図面を頭の中に浮かべている。

バンは官邸の敷地に入っていった。

食堂のある裏口に車を停めて、積んである荷物を下ろした。

段ボール箱が七箱。一週間前、その中身を見たときには腰を抜かしそうになった。拳銃と短機関銃など数十丁の銃器と弾丸が詰まっていたのだ。

他の箱には手榴弾《しゆりゆうだん》や爆薬らしきものも入っていた。大型ケースはミサイルの部類だろう。

それらは二十近くの包みに分けられ、食材の箱に入れられて官邸の厨房《ちゆうぼう》に運び込まれている。ある物は大型冷凍庫に肉の箱と一緒に、ある物は野菜の箱と共に壁際に積まれている。

筒井はそれらを三日かけて運び込んだ。

現在、首相官邸の厨房の食材庫と掃除道具を入れた小部屋は武器で溢《あふ》れている。

今日が最後の持ち込みで、計画決行日は明日の夜だ。

第一章　襲撃

1

明日香は一瞬、目を閉じた。思わず横の警護官を見たが、彼は気づいてはいない。高見沢でなくてよかった。彼は見逃《みのが》さない。

油断ともいえない一瞬が一生の後悔を生む。高見沢から散々聞かされてきた言葉だ。彼はさらに、世界を変える、とも言った。

広くとられている窓からは空を染めた赤みを帯びた陽光が入り込んでくる。建物中央の中庭の竹が光の一部を遮《さえぎ》り、チラチラと大気を揺らした。その光が目に入ったのだ。

首相官邸、三階にあるエントランスホールだった。官邸の敷地は東から西に向かって傾斜があるので、東側の正面入口は三階になる。

四階にある閣議室から、閣議を終えて総理一行が降りてきたところだった。今日はこれから国会に顔を出したあと、二階にある小ホールでの夕食会に出席する。

明日香は前方の記者たちに注意を向けながら、さりげなく歩みを遅らせた。〈クイーン〉の横に付いて、記者たちの行動をより詳細に把握するためだ。そして万が一のときには、いつでも〈クイーン〉と記者の間に立てる位置にいるためだ。

「こんにちは、皆さん。今日は、新しいことは何もないわよ」

新崎百合子内閣総理大臣は、居並ぶ記者たちに笑顔を向けて手を振った。

二ヶ月前、日本初の女性総理大臣が誕生した。支持率八十三パーセント。国民の支持と期待で新崎総理自身も張り切って、次々と新しい政策を発表していた。

「熱烈な支持者が多いということは、熱烈な非支持者も多いということだ」

明日香の直属の上司、高見沢毅《たけし》が言った言葉だ。彼は警視庁警備部警護課の警部補、四十二歳のベテラン警護官で三代にわたって総理の身辺警護に付いている。失敗は一度も聞いていない。その高見沢が明日香の後方にいて、全体を見渡している。

ぶら下がりの会見は閣議のあと、総理がエントランスホールを通るときにほぼ毎日行われる。

明日香は記者たちに目をやった。いつもは二十人近くの記者と数台のテレビカメラが総理を追っている。今日は若干《じゃっかん》多いようだ。

「アメリカなら、とっくにテロの対象になってるね。あの警備状況では」

先週取材に来たアメリカ人記者は、大げさなジェスチャーを交えて言った。確かにアメリカやEU諸国では、いくら官邸内とはいえ、こういうオープンな取材は考えられない。官邸内に入ることができるのは、通常、政治家か職員に限られている。マスコミ関係者は首相官邸常駐の記者のみとされ、国会記者記章が発行されている。記者クラブに属していたとしても、この国会記者記章がなければ面倒な手順が必要になる。

その他に、食堂や清掃などの従業員も顔写真付きの通行証が発行され、それさえ見せれば比較的簡単に入ることができる。

夏目《なつめ》明日香は、先月二十七歳の誕生日を迎えた、警視庁警備部警護課の巡査部長だ。

女性総理が誕生したため、急遽《きゅうきょ》通常の警護官に加え、女性警官がSPに付くことになった。セキュリティポリス、ＳＰとはその略称だ。成績トップクラスの者ということで明日香が選ばれた。成績はいいが実績はなし。高見沢に言わせれば、ただのガリ勉。実績、自信、実力はないが、向上心は人一倍あると自分では言い切っている。総理からは妙《みよう》に好かれているところも高見沢は気に食わない。個人的な感情が混ざれば、冷静な警護ができないという持論だ。

初めての総理付きの本格的な女性ＳＰということで、一部の週刊誌で話題になった。しかし、役職柄広く公開するのを避けたいという警視庁と官邸の強い意向で、明日香本人への取材は自粛《じしゆく》された経緯がある。

国会から戻った新崎総理は階段を降りて、二階にある小ホールに向かった。今夜はアメリカ合衆国国務長官ドミニク・アンダーソンを招待して、簡単な夕食会が開かれる。国務長官は、韓国、中国でそれぞれ大統領と国家主席に会い、最後に日本に寄った。会談の主な目的は、急速に不安定さを増している朝鮮半島の現状維持と世界で頻発《ひんぱつ》するテロ対策だと聞いている。

アメリカの国務長官は、日本でいえば外務大臣に相当する。ただし他国の外務大臣に比べて強い権限を持っており、通商政策なども総括する。

大統領の継承順位は上院議長でもある副大統領、下院議長、上院議長代行に次ぐ第四位となっている。だが実質上、行政府のナンバー2であり政権の要といえる存在だ。

大統領就任二年目でその政策の意外性により、依然世界を騒がせているチェイス・ドナルド大統領について、新崎はもっと知っておきたいという本音があった。今夜会うアンダーソン国務長官は大統領とは幼馴染《おさななじみ》で、単なる役職だけの付き合いではないと聞いている。夕食の間に少しでも大統領について聞き出せればいい。

首相官邸の住所は、東京都千代田区《ちよだく》永田町《ながたちょう》二丁目。国会議事堂の正面から南西へ徒歩で三百五十メートルほど回り込んだ場所にある。

二〇〇二年、同じ敷地内にある旧官邸から機能が移された。総工費約七百億円、地上五階、地下一階の鉄骨鉄筋コンクリート構造の建物だ。

設計を担当したのは旧建設省の官庁営繕部だが、実際には有名建築家を集めた有識者会議が開かれ、民間の設計会社が実質的な設計を行った。

ホワイトハウスやクレムリン宮殿など、世界の政府トップが執務を行う建物は、多くが左右対称に造られている。シンメトリーであることが安定感や権威を表すという考え方だ。しかし日本建築の特質は左右非対称であり、首相官邸も非対称であるだけでなく、ガラスの中に木の格子《こうし》を見せるなど和の要素を多く取り入れることで独特の品位と優雅さを表現している。

屋上は平らで、ヘリポートが設けられ、中央部が開閉できるようになっており、真下が中庭になっている。屋上の半分は太陽電池のパネルがしきつめてある。

同じ敷地内に首相公邸、官房長官公邸、内閣宿舎などもあり、敷地全体が高さ五メートル以上のコンクリート製防護壁で囲まれている。

官邸内の警備は通常、官邸警務官が行っている。しかし、彼らはあくまで官邸職員なので、拳銃などの武器は携帯できない。

その他に官邸の警備は総勢百名ほどの「警視庁総理大臣官邸警備隊」が行っている。官邸の周辺警備は、警視庁機動隊の九つの大隊が持ち回りで担当し、銃を所持して警棒よりも長い警杖《けいじょう》を持ち、官邸前の道路に移動式の金属バリケードを設置するなどして警備している。拳銃以外の銃器は近くの特殊車両に装備してあるが、その種別については極秘事項だ。


午後七時。

小ホールで夕食会が始まった。静かな音楽と品のいい日本料理、そして会話。

今日の主賓はアメリカ合衆国国務長官、ドミニク・アンダーソンだ。警護官は五人付いていると聞いている。通常はもっと少ないが、世界情勢と訪問国に合わせてその数は変わる。

現在のアメリカ大統領は敵が多い。重要閣僚の国務長官にも必然的に敵対する組織や個人は多くなる。今回は韓国、中国、日本で首脳に会うということで警護官の数も通常より多い。

アンダーソン国務長官は、現在のドナルド大統領の政権の中でも常識派の要と見られ、世界からの期待も大きい。

明日香は新崎総理の背後の壁際に立って会場を見回していた。

「席を外していいぞ。今のうちに何か食ってこい。顔が死んでる」

近付いてきた高見沢が小声で囁《ささや》く。今日は午前中から総理は官邸外での行動が多く、その間ずっと飲まず食わずで付き添っていたのだ。

明日香は軽く会釈《えしゃく》をして小ホールを出た。

洗面所に行って鏡を見た。二十七歳の女性にしては疲れた顔だ。これでは高見沢に、死んでると言われても仕方がない。

朝の七時から十二時間以上、新崎総理の警護をしている。一時も気を抜けない仕事だ。今日でちょうど二ヶ月なのを思い出した。初めの二週間はマンションに帰ってからも緊張が続いて、眠れなかった。今でもちょっとした物音で飛び起きる。

明日香はハンカチを出して化粧を直そうとしたが、無駄な行為だ。

総理の警護体制は前後に二人ずつ、通常四人で行われる。総理公邸を出たときから戻るまでの間、この態勢が続く。

警護官になって半年目の明日香が急遽、総理大臣付きの警護官の一人となった。異例の抜擢《ばってき》と言えるが、通常の四人体制プラス一人の警護体制だ。

「トイレや着替えだけはおまえじゃないとな。しかし――」というのが警護班主任高見沢の口癖だ。ミスがあればいつでも替えてやるという意思が見え見えの言い方だ。

小ホールからはかすかに音楽が聞こえてくる。

人の気配で振り返った。右手は無意識のうちに上着の下の拳銃を握っている。

明日香よりわずかに長身の金髪の女性が立っていた。

「あなた、肌はきれいだけど化粧はへたね。まだらだし、汗で剝《は》げている」

女性が英語で話しかけてくる。

「いろいろ、気を遣うことが多くて。練習してる時間はないの」

「ハンカチ一枚じゃどうしようもないでしょ。ちょっと待って」

女性がバッグから自分のファンデーションを出して、手際よく明日香の化粧を直した。

明日香を鏡に向かせ、その横で微笑んだ。

「もっと笑顔を。あなたには必要よ。若くてきれいなＳＰなんだから」

「ありがとう。ミズ・スーザン・ハザウェイ」

女性は驚いた表情で明日香を見ている。

国務長官が到着したときに提出されたアメリカ側の随行員、三十二名の中にスーザンの資料もあった。写真付きで、経歴と現在のポジションが書かれていた。

「アンダーソン国務長官に付いて来てるワシントン・ポストの記者でしょ。私は夏目明日香」

「あなたは新崎総理の警護官。名前までは知らなかったけど。大変な仕事よね。化粧を直す時間もない、化粧ポーチも持てない」

「まだ新米なだけ。いつも先輩に怒鳴られてる」

「英語すごくうまいわね。私は日本語ダメだけど」

「でも、ＳＰは口や頭より身体で反応しろというのが上司の口癖」

「語学だって大切。特にトップを護るＳＰはね。きっと役に立つ」

「そうだといいけど。あと一日だけどよろしくね」

明日香はスーザンに手を出した。スーザンがその手を握る。

国務長官一行は明日の朝には日本を発《た》つ。韓国と中国では成果が残せたのだろうか。

笑みを含んだブルーの瞳が見つめている。シャープな鼻筋と唇は意志の強さを感じさせる。どこかで見たことがある。明日香はふと思った。

音楽の中に人の声が混ざった。かなり大きな英語の声だ。続いて銃声が聞こえ始めた。拳銃と短機関銃の射撃音だ。

明日香の身体が反射的に動いた。洗面所のドアの前に移動した明日香の手には拳銃が握られている。

明日香の横に来たスーザンの顔が強張《こわば》っている。何かが倒れる音がした。同時に女性の悲鳴が響く。

洗面所から飛び出そうとしたスーザンの腕を明日香がつかんだ。

前の廊下を複数の足音が通りすぎていく。

「ダメ、行ったら。何かが起こってる」

「あの声と音は――」

何も言わずにスーザンの口に指先を当てて、黙るように合図した。

再び射撃音と何かが倒れる音が聞こえてくる。今度は人だろう。スーザンの身体が硬くなっている。明日香はスーザンを下がらせて、ドアの前に戻った。ゆっくりと息を吸って精神を落ち着かせた。足が小刻みに震えている。

明日香は拳銃を構えたまま洗面所を出て、小ホールが見える場所に移動した。廊下の角《かど》に隠れて覗くと、小ホール前の広い場所には大勢の男たちが慌ただしく行き交っている。ほとんどの男が短機関銃を持ち、英語でしゃべっていた。

階段に殺到した客や職員たちが、銃を持った男に追い返されている。

銃声に混じって、悲鳴と怒鳴り声が聞こえてくる。やはり英語だった。

小ホールの方を見ると、扉が開かれ、中央に向かって壁際に十名近い男が立っていた。彼らの手には拳銃か、短機関銃が握られている。

明日香は新崎総理の姿を探した。無事だ。その横にアンダーソン国務長官の姿も見える。

男たちの間から、床に複数の男が倒れているのが見えた。

こみ上げてくる悲鳴をなんとか呑み込んだ。倒れている男たちの中にはアンダーソン国務長官の警護官と新崎総理大臣の警護官もいる。高見沢の姿は――。探したが、見つからない。

明日香は拳銃を構えたまま身体の位置を変えていった。

倒れている男たちを数えた。アメリカの警護官が三名、日本の警護官が三名。でもそれ以上いるはずだ。何名かは無事なのか。それとも――。明日香の数メートル先を銃を持った男たちが走っていく。

「何が起こってるの」

背後からの声にあわてて身体を引いた。

「銃を持った男たちが約二十名。他にももっといる。総理と国務長官は無事。警護官は分からない。おそらく撃たれている。六名は目視《もくし》した」

明日香は自分自身に確認するように呟《つぶや》いた。

「逃げましょう。ここにも彼らがやってくる」

スーザンが明日香の腕をつかんだ。

「どこに逃げるのよ。今へたに動くと捕まるだけ。様子を見るのよ」

自分でも冷静なのに驚いていた。足の震えも収まっている。

「壁から離れるんだ。おとなしくしていれば危害は加えない。急げ」

小ホールから英語と日本語の声が聞こえてくる。

明日香は官邸内の図面を必死で思い出していた。やがて覚悟を決め、スーザンに洗面所に戻るように言って小ホールに目を向けた。

2

夕食会が始まって、二十分が経過していた。静かな音楽と歓談の声。時折り、遠慮がちな笑い声が混じる。落ち着いた、いい会だ。

高見沢は明日香が小ホールを出て行くのを目で追った。

口から出るのは叱責ばかりだが、あいつはよくやっている。今後は女性閣僚も増え、外国から来る要人にも女性が増えるだろう。女性警護官がますます必要となる。警護は男の仕事という自分の考えも改める時期なのかもしれない。そうは思うが、やはり女には限界がある。いざというとき、どう反応するか。

明日香が女性初の、総理の警護官だ。警護官に失敗は許されない。二度目はないのだ。

高見沢はホールを見渡した。出席者は三十二名。日本側は総理に閣僚が二名。外務大臣と経済産業大臣だ。アメリカ側は国務長官に随行官が五名。駐日アメリカ大使夫妻に大使館関係者が五名。それに通訳がいる。あとは内輪の関係者だ。今夜、行われているのは非公式の夕食会だ。

高見沢は目でホール内のサービス係の数を数えた。

ふっと違和感が脳裏《のうり》をかすめた。この規模の夕食会にしては、ウェイターの数が多すぎる。それに、初めて見る顔が多い。

高見沢は同僚の警護官の横に移動した。

「ウェイターの数がいつもと違う。何か聞いているか」

「そういえばそうですね。この程度の食事会にしては多い。見かけない者も何人かいます」

「やはりおかしい。本庁に確認しろ」

そのとき、小ホールのドアが勢いよく開いた。

同時にスーツ姿の男たちが拳銃を構えて、小ホールに駆け込んでくる。中には短機関銃を持っている者もいる。

高見沢は反射的に新崎総理のそばに駆け寄った。手には拳銃を握っている。

最初に銃を撃ったのはアメリカ国務長官付きの警護官だった。スーツの男が跳ね上がるように背後に倒れた。ほとんど同時に複数の方向から銃撃を受けた警護官が、テーブルにぶつかり床に崩れ落ちる。ホールには悲鳴と、陶器が砕け散る音が響き渡る。

しばらく銃撃が続いた。

高見沢は胸と腹に燃えるような痛みを感じ、弾き飛ばされた。

床に横たわったまま目を開けると、泣きそうな顔の新崎総理が見下ろしている。

声を出そうとしたが出ない。

「シークレットサービスはもういないか。いたら銃を捨てて名乗り出ろ。命を取ろうとは思っていない。死ぬのは抵抗する奴だけだ」

男たちのうち、小柄な男が日本語で言う。横の大男が英語で繰り返した。アラブ系の男だ。

「あとで分かれば、そいつをかばった者も死ぬことになるぞ」

起き上がろうとしたとき、新崎総理がそれとなく唇に指を当てた。そのまま静かにしていろという合図だ。横には外務大臣の警護官の森山《もりやま》が倒れて、流れ出た血が絨毯《じゅうたん》に染み込み、高見沢の頭を濡《ぬ》らしている。

再度、男の声が響いた。

「ここを出るんだ。隣の大ホールに移れ。急げ」

男たちは客たちを立たせて隣の大ホールに移っていく。新崎もちらりと高見沢を見ると、離れていった。

高見沢は自分の身体の状態を思い浮かべた。胸の痛みはかなり消えているが、腹が焼けるように熱い。出血はかなり多いだろう。早く止血しなければと思うが、今はどうすることもできない。目だけを動かして辺りを見ると、十人余りの男が倒れている。全員が日本とアメリカの警護官だ。

スーツの男たちが、倒れている警護官から銃と弾倉《だんそう》を集めて回っている。ときどき響く銃声はまだ生きている者を射殺しているのか。高見沢は慎重に頭を動かして顔に血を付けると目を閉じた。

男が近づき高見沢の手から銃を取り、腰の弾倉を抜き取った。銃声が響いた。太《ふと》腿《もも》に焼けるような痛みを感じる。男が戯《たわむ》れに撃ったのだ。高見沢は必死に痛みに耐えた。弾はかすった程度で骨はなんともない。ヘッド、と声がした。頭に銃を向ける気配がしたとき、大ホールから怒鳴り声が聞こえる。

「こっちに来てスマホを集めるんだ。ボディチェックも忘れるな」

高見沢に銃を向けた男は、そのまま大ホールに移動していく。

身体に力を入れて動けるかどうかを確かめた。動けないことはないが、走ることは無理だ。ドアの前には短機関銃を持った男が立っている。しかし早く血を止めなければ、このまま動けなくなる。

倒れたままドアの方を見ていた。開け放たれたドアの外に、わずかに顔が見えた。夏目明日香だ。自分を見ている。

〈逃げろ、こっちに来るな。警護官は全員、射殺された〉

高見沢は念じるように心で呼びかけた。

明日香の様子が変わった。高見沢が撃たれているのに気づいたのか。

「大変。高見沢警部補が撃たれてる」

明日香は呟くような声を出した。

改めて数えると、小ホールの床には十人以上の男が倒れている。総理と国務長官を含めた要人の警護官たちだ。侵入者たちは最大の脅威となる、武器を持った警護官を最初に殺害している。逃げようと出入り口に走った数人の男も倒れていた。

三階のエントランスホールでも銃撃の音が聞こえた。

背後の物音に振り向くと、悲鳴を封じ込めるように口に手を当てたスーザンが立っている。

「洗面所に戻るのよ。見つかったら殺される。すでに何人も撃たれてる」

明日香は押し殺した声で言った。

「官邸内にいる者は全員、大ホールに集めろ。キッチンにいる者もだ。すべての部屋を調べるんだ。洗面所も忘れるな」

大ホールから英語の声が聞こえてくる。すぐに短機関銃を持った男たちが数人出てきた。外国人だ。

「高見沢警部補を助けなきゃ。でも――」

明日香は小ホールに目をやった。

「彼はあなたのボスなの」

「そう。絶対的なね。実力もある」

「でも、撃たれて動けない。だから、あなたが助けるしかない」

明日香はスーザンの腕をつかんだ。

「行くのよ」

「行くって、どこに行くのよ」

「彼らから逃げるの。見つからないところ」

「それがどこだか聞いてるの」

明日香はスーザンの腕をつかんだまま後退して、洗面所に戻った。


エレベーターのドアが開き、男が二人降りてくる。

官邸の三階、正面玄関からエントランスホールに入ると、左手に二つの階段がある。ひとつは大ホールと小ホールのある二階につながり、もうひとつは閣議室や特別応接室のある四階につながる。国民が見慣れているのは、組閣時に記念撮影が行われる二階から三階に上がるオープンな階段だ。横にはなだらかなエスカレーターが付いている。

それ以外のフロア間の移動は基本的にエレベーターやエスカレーターが使われる。各フロアとも、エレベーターの扉前が受付になっていて、通常は各階の廊下につながるドアの前には守衛が立っている。

3

ハロルド・ライアンは大きく息を吸って、カバンの中の短機関銃を握り直した。過激派と呼ばれる日本人テロリスト、筒井が持ち込んでキッチンに隠しておいたものだ。

数十丁の銃器と数千発の弾丸、その他の武器をこうも簡単に、首相官邸に持ち込める国の保安体制はどうなっているのだ。ライアン自身も、渡された外国人記者証を使って簡単に入り込むことができた。

ライアンは腕時計に目をやり、周囲の男たちに目配せした。時間だ。夕食会が始まって二十分が過ぎている。

約二十人の男たちが、一斉に短機関銃と拳銃を構えて、小ホールに入っていった。

三階のエントランスホール、一階と地下にも武装した仲間が押し入っているはずだ。

「騒ぐな。抵抗しない限りはみんな安全だ」

そう言うと、アンダーソン国務長官の背後にいた警護官の頭部に向けて引き金を引いた。

それを合図に、部下たちが壁際に立つ警護官たちに向けて銃を撃っていく。

警護官たちの反応も素早かった。ライアンが引き金を引くと同時に銃を出し、侵入者の一人を撃ったが、その警護官は数人からの銃撃を受けて、頭部を含めて全身から血を流して倒れている。即死の状態だろう。

小ホールは銃声と悲鳴と怒号《どごう》で騒然となった。

しかし数分後には不気味な静けさが漂っていた。恐怖と驚きがすべてを支配していた。静かな音楽だけが流れている。

青ざめた顔のスティーブ・アレンが来て、震える声を出した。

「何をやってる。約束が違う。やむを得ない場合以外、血を流さない、殺さない約束だろう」

「彼らはプロだ。やらなければこっちがやられている」

ライアンは部下たちに指示を出しながら平然とした表情で言う。

警護官に撃たれた男がよろめきながら立ち上がった。防弾ベストを着けているのだ。倒れている警護官を見ると、全員が頭を撃たれている。

「きみらのボスは、無駄な殺人はしないと言っていた」

「どこが無駄な殺人だ。ここに倒れている奴らは全員が銃を持ち、殺しの訓練を受けたプロだ。それもとびきり優秀な殺しのプロだ。やらなきゃやられる。ここは戦場なんだ。あんたも十分に承知しておけ」

　ライアンは銃口をアレンの額《ひたい》に当て、強い口調で言う。

　主導権は最初からライアンが握っている。

　ライアンは小ホールの中央に集めた者たちに目を向けた。こんな男に構ってはいられない。やらなければならないことは山ほどある。

　スマホを耳に当てている日本の議員バッヂを付けた男に近づいて、スマホを取ると床に叩きつけた。男は青ざめた顔でライアンを見ている。ライアンは銃で男の顔を殴りつけた。顔が切れて血が噴き出してくる。

　ライアンの部下がホールの壁際でアンテナを組み立て始めた。携帯電話の電波を妨害するポータブル機器だ。

　箱型の装置の上部には、カニの脚のように何本ものアンテナが突き出ている。劇場やコンサートホールなどで携帯電話の使用を抑止するために市販されているもので、半径五十メートルほどの範囲を携帯電話の「通話圏外」にする。各事業者の基地局が出すのと同じ周波数の強い電波を出すことで、携帯電話が基地局の電波を送受信できない状態にするのだ。

「ここは狭すぎる。全員を大ホールに連れて行け。その前にスマホと携帯電話を出させるんだ。全部叩き壊せ。警護官の遺体は壁際に集めろ。その前に銃を集めておけ」

背後の日本人に視線を向けた。この筒井信雄という男は使える。武器の持ち込み、四十名以上のライアンの部下も筒井の手配で官邸内に入り込むことができた。自分と同年代か。いや、日本人は若く見えるから年上かもしれない。彼は七名の部下を連れてこの作戦に参加している。作戦遂行《すいこう》には日本人が欠かせない。

筒井が頷《うなず》いて、一歩前に出た。

「現在、官邸内に電波障害を起こしている。あんたらのスマホと携帯電話は通じない。全員、持っている通信機器を出すんだ。それに、武器になりそうなものすべてだ。あとで持ってることが分かったら、命はないと思え。おとなしくしていれば危害は加えない。いずれ生きて外に出してやる」

小ホールの中央に集まっている客たちに日本語で言うと、部下の一人に英訳して全員に伝えるように指示した。

数分でスマホと携帯電話の山ができた。小型ナイフも二本ある。

ライアンの無線機が鳴り始めた。

〈エントランスホールは制圧しました。地下の危機管理センターと官邸警備室もすでに占拠したと報告がありました。その他の階でも隠れている者を探しています〉

「二十七分か。予定より二分オーバーしている。急ぐんだ」

ホール中に聞こえるように、ライアンが大声を出した。

五十名以上の男女が銃を持った男たちによって、大ホールに連れて来られた。深夜勤務中で官邸内に残っていた職員たちだ。

官邸内には通常、昼間は官房長官の他、官房副長官が三名、副長官補が三名、総理大臣補佐官五名、総理大臣秘書官五名、危機管理監、総務官、広報官、情報官などがいる。さらに、一般職公務員として、審議官、参事官、事務官など六百名以上が働いている。彼らの大部分が各府省からの出向者というエリート集団だ。夜間はその十分の一以下に減るが、緊急時に備えてかなりの人数が残っている。


大ホールには客たちと職員、厨房《ちゅうぼう》の者たち、百人余りが集められた。

そこは百数十席規模のパーティもできるホールで、中二階にはオーケストラピットもある。

戦闘服に着替えたライアンは、大ホールに入っていった。従う部下たちも全員が迷彩の入った戦闘服を着て、短機関銃を持っている。

ライアンは通訳を連れて、新崎総理の前に行った。

「官邸は我々が占拠した。あんたらは我々の人質になった。指示に従う限り、身の安全は保障する。しかし、不都合があれば連帯責任として、容赦はしない」

「要求は何です。私に言いなさい。私が外部と交渉します」

新崎総理が毅然《きぜん》とした口調で言う。

「総理の言葉はありがたいが、時間はある。我々は急いではいない」

「嘘でしょ。臆病で焦《あせ》っている。だから暴力に頼りたがる」

テロリストの一人が銃を新崎に向けた。その前に国務長官が立った。

「私は合衆国の国務長官だ。撃つなら私からだ」

「そうしても、一向にかまわないんだ。アメリカ人はすべて敵だ」

「落ち着いてください、国務長官。ここは彼らに従いましょう。その代わり、これ以上の蛮行は慎《つつし》んでほしい」

総理が国務長官の腕をつかんだ。

「あなた方のターゲットは私でしょ。アメリカ人は解放してあげて。たまたま今夜、ここにいただけ。関係ないでしょ。それに、他の人たちも。人質は私一人で十分よ」

「次の選挙じゃ圧勝に値する言葉だが、我々には関係ない」

ライアンは新崎とアンダーソンに視線を向けて言った。

新崎は大きく息を吐いた。落ち着け。自分がここでのリーダーだ。なんとしても、百人余りの人質を無事に帰さなければならない。

無意識のうちに辺りに視線を巡らせ、夏目明日香を探した。明日香の姿はない。小ホールで射殺された警護官たちの中にもいなかった。この惨劇《さんげき》を逃れることができたのか。なんとか逃げてほしい。ホッとした気持ちが広がる。しかし——あの子のことだから、必ず戻ってくる。今も近くにいるのだろう。新崎は改めて、辺りを見回した。

時折り、どこからか銃声が聞こえてくる。他の階で銃撃戦が起こっているのか。しかし、官邸内の警備員と職員で銃を持っている者はいない。一方的に脅されているのか。それとも——。明日香の全身に震えに似たものが走った。

テロリストたちは人質を大ホールに連れて行った。大ホールなら中央に集めれば監視がしやすい。オーケストラピットで見張れば一人でも可能だ。

高見沢はどうなっただろう。まだ小ホールか。私が見ているのに気づいていた。「逃げろ、こっちに来るな」彼の唇は確かにそう言った。しかし、隠れてなどいられない。私は〈クイーン〉付きの警護官だ。命を懸けて、総理を護る義務がある。そう言ったのは高見沢だ。

「電源を落とす。暗くなったら私が高見沢警部補を助け出してくる」

しかし、電源を切るにはどうすればいい。

「やめてよ。そんな危険なこと。私を一人にしないで」

「ブレイカーを落とすのが一番いいんだけど、地下にある。そこまでは行けない」

明日香は自分自身に確認するように呟いた。

大ホールと小ホールの照明のスイッチさえ切れれば、高見沢のいる辺りは闇に包まれる。三十秒あれば、高見沢を小ホールから連れ出すことができる。

ホールの照明のスイッチは入口を入ったところだ。気づかれずに行くことはできない。

「あなた、タバコを吸う?」

「今時、ワシントンの記者は、はみ出し者か変わり者しか吸わない。でも、なんで聞くの」

「火災報知機を鳴らして、スプリンクラーを作動させたい。大混乱に陥《おちい》る。その隙にホールの照明のスイッチを切る」

スーザンがバッグから寿司屋のロゴが入ったマッチを出した。富士山が印刷されている。

「昨日行った寿司店のもの。きれいだからもらっておいた。アメリカじゃこんなのないもの」

　明日香はマッチをポケットに入れた。


　二人で洗面所を出て、同じ二階にあるキッチンに行った。

　人質として連れて行かれたのか、人影はない。

　明日香はコンロのガス栓をいっぱいに開けて回った。

「スプリンクラーを作動させるんじゃないの」

「作戦変更。こっちの方が効果的よ」

「やめてよ。私たちも爆発に巻き込まれる」

「ガスが多くなければ爆風はやりすごせる。爆発が起これば消防署にも通報が行くでしょ」

　外では既に官邸内の異変を察して、大騒ぎになっているに違いない。

　明日香は火のついたキッチンペーパーをシンクに置くと、スーザンを連れて冷凍庫に入った。

「完全に閉まらないように気をつけるのよ。冷凍人間になりたくないでしょ」

　つま先をドアの間に差し入れた。

　爆発音が轟《とどろ》き、一瞬ドアが強く押された。爆発は大きなものではなく、炎が瞬間的に広がるだけだ。スプリンクラーから水が噴き出し、火災報知機が鳴り響いている。

二人は冷凍庫を出てキッチンから反対側の廊下に走り出た。

行き交う足音と怒鳴り声が響き渡り、二階は大混乱に陥っている。

二人はキッチンに走るテロリストたちをやりすごしながら、小ホールに向かった。

4

小ホールから数人のテロリストが走り出して行く。中には警護官たちが倒れているだけだ。

明日香は小ホールの入口から高見沢の位置をまぶたに焼き付けると、ドアの横にある照明のスイッチを切った。闇の中を一直線に高見沢のところに走る。

「夏目です。大丈夫ですか。意識はありますか」

明日香は高見沢に問いかけた。

肩に手を当てると、それを跳ね返すように高見沢が起き上がろうとする。

「何が起こった。爆発音がした」

「キッチンでガス爆発を起こし、その隙に照明のスイッチを切りました。急いでください。すぐに明かりがつきます」

高見沢がテーブルの脚をつかんで身体を起こそうとしたが、力が入っていない。倒れかけた高見沢の身体を明日香が支えたが、思わずよろめいた。思った以上に力がない。高見沢の傷は深そうだった。

「俺は無理だ。おまえ一人で逃げろ。外部と連絡を取って、助けを呼べ」

「どうやって逃げて、連絡するんです。私一人じゃ無理です。しっかり立ってください」

明日香は高見沢の肩を支えながら立ち上がった。身長百八十八センチ、体重は百キロ近くある高見沢は重かった。身長は十センチ以上、体重は四十キロ以上違う。よろめきながらも明日香が助けて廊下に出ると、エレベーターが開いていた。中でスーザンが手招きしている。

男の怒鳴り声と共に、小ホールに明かりがついた。スイッチが切られているのに気づき、入れ直したのだ。だが、火災報知機は鳴り響いている。

明日香は高見沢を促《うなが》し、歩みを速めた。

二人がエレベーターに乗り込むと同時にドアが閉まった。

明日香は反射的に三階のボタンを押した。エントランスホールがある階だ。

エレベーターが動き始めた。

「頭を撃たれたんですか。血まみれです」

「だったら即死だ。頭はかすっただけだ。この血は森山のものだ。俺の横で倒れていた」

森山は外務大臣付きの警護官だ。明日香の六年先輩で優秀な警護官だった。

明日香はハンカチを出して、高見沢の足の傷を強く縛った。これで足の血は止まるだろうが、問題は腹だ。弾が残っていれば摘出《てきしゅつ》は早いほうがいい。

エレベーターのドアが開き始めたとき、スーザンが叫び声を封じ込めるように両手で口を覆《おお》った。

エントランスホールには、十人近い男が倒れているのが見えた。エレベーターの前にも二人が折り重なって倒れている。大半は制服を着た官邸警務官だ。テロリストたちは武器を持っていない者も殺している。

ホールには、短機関銃を持ったスーツ姿の男たちが、慌ただしく行き来している。その数は十人以上。

スーザンが叩き付けるようにボタンを押してエレベーターのドアを閉じた。

「どこに行けばいいんですか」

「五階だ。総理執務室がある」

高見沢が答える。

「テロリストたちも必ず行くと思います。総理を人質に何かをやるつもりです。執務室が一番都合がいいでしょ。映像を送るにも、あの部屋には衛星電話やその他の通信設備があります。危険すぎます」

「だったら地下階だ。危機管理センターなら、数日は籠城《ろうじょう》できる」

「ドアを破られることはないですか」

「できないこともないが、時間がかかる」

そんなことはないと、出かかった言葉を呑み込んだ。あれは頑丈なドアだが、最近の高性能爆薬を使えば一瞬で開くことができる。それは高見沢の方がよく知っているはずだ。官邸はこういう場面を想定して造られてはいない。


官邸の地下階には、危機管理センターがある。

ここでは内閣情報調査室のメンバー五班二十名が、二十四時間体制で運用を行っている。重大な事故や災害、テロに備えて警察庁、警視庁、消防庁、海上保安庁、自衛隊などとのホットラインも設置されている。

通常、大規模災害や近隣諸国の軍事的な動きで招集され、「対策本部」が設置される。本部長は内閣総理大臣で、「内閣危機管理監」も置かれている。総理大臣以下、官房長官や担当大臣、有事であれば自衛隊の幕僚長らと共に、関係省庁スタッフを仕切るのが内閣危機管理監だ。内閣危機管理監は代々、警察庁の大物ＯＢが起用される。

高見沢の手が地下のボタンに伸びたとき、明日香は四階のボタンを押した。

「テロリストが真っ先に押さえるのも危機管理センターです」

「四階は閣議室と応接室だ。テロリストが探しに来たらすぐに発見される」

「警護官の待機室があります。そこに行きましょう。救急箱があります。止血が必要です」

「俺はいい。なんとかして二人で官邸から脱出しろ」

「総理と国務長官はどうするのです。私たちは総理の警護官です。護る義務があります」

思わず出た言葉だが、脳裏には新崎の顔が浮かんでいた。気丈《きじょう》で暴力には屈しない人だ。それだけによけい心配だった。なんとしても、救い出さなければならない。

エレベーターが開くと、かすかな火薬の臭いと何かが焼ける臭いが鼻を突いた。廊下を隔てた正面の部屋のドアが吹き飛んで、壁には血の跡がついている。職員が部屋に立て籠もり、テロリストがドアを爆破して強引に連れ出したのか。

高見沢が目を閉じて動かない。腹を押さえた手の間からも血が滲《にじ》んでいる。早急に止血が必要だ。

明日香はスーザンに、様子を見てくる間、エレベーターのドアを開けて待っているように頼んで外に出た。

拳銃を構え、辺りに注意しながら廊下を進んだ。廊下も両側の部屋もひっそりとしている。この時間、かなりの数の職員が残っていたはずだが、すでに二階の大ホールに集められているのだ。テロリストたちもこの階にまで見張りを置いておく余裕はないのか。

明日香は警護官待機室に寄ると、救急箱を持ってエレベーターに戻った。

「とりあえず、前の部屋で止血をします」

明日香の言葉に今度は反対しない。自分でも傷の状態は把握しているのだ。それでも、呻《うめ》くような声を出した。

「エレベーターは二階に戻しておけ」

ドアのない部屋に入ると明日香は高見沢の傷の手当てをした。腹の銃弾は貫通している。胸に当たった銃弾は防弾ベストで止まっていた。しかし、近距離からの被弾で、肋骨《ろっこつ》が折れている可能性がある。かなり痛むらしく、少し動かすだけで顔をしかめている。

明日香の応急処置で腹の出血はなんとか止まったが、またいつ出血するか分からない。

「この階には誰もいない。だったら、敵はさほどの大人数じゃない。二階と三階の占拠に人数を使って、四階、五階には人を置けないんだ。問題は地下だが、俺なら人員を割《さ》きたいところだ」

「この階の職員は全員が連れ出されています。しかし、五階には総理執務室があります。いつ上がってくるか分かりません」

明日香はスマホを出した。圏外の表示が出ている。固定電話も回線が切られているらしく何も聞こえない。

「通信が遮断《しゃだん》されています」

「小ホールでアンテナを組み立てていた。妨害電波を出しているのだろう」

明日香はため息をついてスマホをポケットにしまった。

「今ごろ、外じゃ大騒ぎでしょうね。日本では、こんな事件は起こらないと思っていました」

「まったくなかったわけじゃない。数が少なく、規模が小さいってだけだ」

高見沢は「金嬉老《きんきろう》事件」と「三菱銀行人質事件」について言っているのだ。

二つとも劇場型人質事件で大いに騒がれた。

前者は一九六八年、在日韓国人二世の金嬉老が、静岡のクラブで暴力団員二名を射殺、翌日温泉旅館に猟銃とダイナマイトで武装して、経営者と宿泊客十三名を人質に籠城した。八十八時間後に取り押さえられて逮捕、その後韓国に強制送還されている。この事件を機に警察に狙撃隊が組織された。二年後の瀬戸内シージャック事件で初出動し、犯人を射殺している。

後者は、一九七九年、猟銃を持った梅川昭美《うめかわあきよし》が、大阪市の銀行で客と行員三十名以上を人質に立て籠もった。梅川は警察官二名、支店長を含む行員二名を射殺した。大阪府警は半径一キロの道路を遮断し、事件発生から四十二時間後、後にSATとなる大阪府警察本部警備部の「零中隊《ぜろちゅうたい》」が行内に侵入、梅川を射殺した。

「今回が日本の史上最悪の人質事件だ。すでに二桁《ふたけた》の者が殺された」

明日香は小ホールとエントランスホールに横たわる警護官たちを思い浮かべた。悪夢だ。数分で多数の警護官が殺されてしまった。全員が警護官として優秀な者たちだ。

「なんとか外部と連絡は取れないか」

高見沢の低い声が聞こえる。

「テロリストたちはどうやって外部と連絡を取るつもりでしょう。官邸の固定電話をつなげば連絡はできるんでしょうか」

「外では大混乱が起きている。国のトップが人質に取られているんだからな」

「すでに対策本部が立ち上がり、官邸からのすべての電波の盗聴準備はできているはずです」

「総理代理は副総理。梶元雄一郎《かじもとゆういちろう》か」

高見沢がかすかな息を吐いた。

「あの方、私は嫌いじゃありません。思いやりのあるいい人です」

「バカ野郎。国の指揮を執《と》る者の基準は、そんなもんじゃない」

高見沢は言いながらも顔をゆがめている。痛みがひどいのだ。

明日香の不安は膨《ふく》れ上がってくる。高見沢の傷は深い。動けば命取りになるだろう。自分一人で何ができるかを考えると消去項目の方が多い。

「占拠から一時間経過か。地下にある官邸警備室はすでに押さえられている。テロリストのリーダーらしき男が話していた」

官邸警備室では官邸全体に取り付けられた監視カメラをモニターできる。さらに、各所に付けられている防火を兼ねた防犯ドアの開閉をコントロールできる。そうなると、これからはうかつに官邸内を歩けないし、外部からの侵入は難しくなる。

警備室の隣に武器庫があるが行けそうにない。武器庫といっても、さす股《また》が数本に拳銃が何丁かあっただけだ。これがGDP世界三位の首相官邸の警備体制かと呆《あき》れた記憶がある。

日本では、基本的に公の施設の警備は警察がすると決まっている。事が起これば、警察官が駆け付け制圧する。これが警察庁の考え方だ。

「総理執務室に衛星電話がある。あれなら外部に通じるかもしれない」

「警備室が占拠されているのなら、総理執務室に行くまでに見つかります。監視カメラをすべて破壊していきましょう」

「それこそ危険だ。彼らが見ていれば、その時点で飛んでくる」

「じゃ、どうすれば――」

明日香は言葉を止めて考え込んだ。

「死角を狙うしかない。監視カメラの位置は覚え込んでいるだろう」

高見沢は言うが、監視カメラは本来死角を作らないように設置してある。救いになるのは官邸内に設置されている監視カメラの数に比べて、モニターの数が少ないことだ。常にすべてがモニターに映し出されているとは限らない。重要地点を優先的にモニターしているはずだ。それは二階と三階、そして地下階だと願うだけだ。

エレベーターに目を向けると、階数表示のランプが点灯している。上がってくるのか。

明日香は高見沢の身体をソファーの背後に移動させた。

エレベーターは下に向かった。ホッとすると同時に、自分たちは身を隠す場所もなく裸同然であることを認識した。

「部屋を移動しましょう。ここは危険すぎる。すでに調べたあとであっても、いつ犯人たちが戻ってきてもおかしくない」

明日香の言葉に高見沢は考え込んでいる。

「この階の中ほどに使われていない小部屋がある。現在はデスクや椅子などの物置になっているはずだ」

「小窓のある部屋ですね。官邸正面側にある」

高見沢が頷く。国道二四六号線に面した部屋で、小さな窓が付いていて外が見える数少ない部屋だ。官邸はエントランスホールを除き、ほとんどの部屋には窓がなく、外から建物内は見えない構造になっている。外部からの狙撃と盗視を防ぐためだ。しかし一部の部屋には窓があり、内部から外を見ることができる。

国道二四六号線は広い道路で、普段は車の交通量は多いが歩行者はさほどいない。時期によってはデモ隊や抗議の団体で埋まるときもある。今ごろは、警察車両と警察官で溢《あふ》れているはずだ。

「あの部屋は監視カメラの正面です」

「知ってたか。だが、監視カメラはダミーだ。モニターされていない」

「そんなことは聞いてません」

「カメラ設置時の警護班長の申し送り事項だ。もしものときの保険だった。保険を使うことになるとはな」

「彼らが来ないうちに行きましょう」

明日香はスーザンに現状を説明した。スーザンは顔を強張らせながらも、何度も頷きながら真剣な表情で聞いている。

二人で高見沢を支えて小部屋に移動した。

テーブルと椅子が雑然と積み上げられた二十平方メートルほどの部屋だ。

「私はなんとかして、外部と連絡を取る方法を考えます。電源を切れば妨害電波も切れるかもしれない。その隙にスマホが使えます」

「電源室は地下だ。メイン電源を切れば官邸内は全電源喪失だ。ただし、五分後には予備電源が作動する」

「五分あれば内部の状況を伝えることができます」

「伝える相手は横田《よこた》警護課長だ。テロは官邸内で起きている。課長が現場の指揮を執っているはずだ。番号は分かるか」

明日香は頷いて、ドアを開けて外の様子をうかがった。

5

警視庁本部庁舎は、首相官邸から東北東へ約一・三キロ、徒歩十五分ほどのところにある。

皇居南側の出入り口、いわゆる「桜田門《さくらだもん》」の前だ。地上十八階、地下四階の建物で、約四万六千人の警察官が所属する総本山だ。

人口当たりの警察官の数としては全国平均の二倍であり、他の道府県と比べて段違いの規模だ。単に東京都という地方自治体を管轄《かんかつ》する警察というだけでなく、首都警察として皇族の警衛《けいえい》、国会や大使館など重要施設の警備、国内外の要人警護などの役目も担《にな》う巨大組織だ。

警備部警護課は十六階にある。

すでに課内の三分の一は帰宅し、残りの者も帰りの準備を始めていた。

鳴り始めた電話の受話器を取った横田は全身が強張り、思わず受話器を落としそうになった。

「官邸が占拠された。本当かそれは」

横田は室内の全員に聞こえるように大声を上げた。

自分でも間抜けな言葉だと思ったが、部屋中の視線を集めるには最適だった。一瞬迷ったが、スピーカーホンのボタンを押した。ここにいる者全員が信頼できる。正確な情報共有が必要だ。

緊張が走り、全員が動きを止めて横田と電話の声に神経を集中させている。

横田恭介《きょうすけ》は警備部警護課長だ。来月、五十三歳の誕生日を迎える。何事もないようにと祈りつつ警備部に来て三年、来年あたりは異動になる。

警視庁警備部警護課は要人警護を行う。第一係が内閣総理大臣、第二係が国務大臣、第三係が外国要人、第四係が東京都知事と政党要人の警護を担当している。官邸警備隊は施設警備部隊であるため、同じ警護課所属ではあるがＳＰとは呼ばれない。

「今の状況は?」

〈官邸内から銃声がして、官邸の出入り口のシャッターが下ろされました〉

「警護官からの連絡はないのか」

〈こちらからは掛けているのですが、携帯電話は通じません。官邸内で妨害電波が出ているようです。固定電話もすべて通じません。回線が切られています〉

「犯人について分かっていることを教えてくれ。人数、国籍、所有武器、その背景、すべてだ。どこかから犯行声明は出ていないのか」

横田は話しながら、出動準備をするよう、そばにいた部下に合図した。

部下が頷いて部屋を出て行く。関係部署と連絡を取り合うためだ。

〈不明です。現在、隊長が連絡を取ろうとしていますが、官邸とのすべての通信手段が遮断されています。復旧を試みていますが、まだ原因を調査中です〉

「分かっていることはないのか」

思わず声が大きくなった。すべてが不明だ。これではどう対処すべきか決めようがない。

〈横田警護課長、官邸警備隊の鈴木です。本当に何も分からないのです。うかつに踏み込むわけにはいきません。中には総理、アンダーソン米国務長官をはじめ、外務大臣を含む二名の大臣もいます〉

突然、声が変わった。鈴木は機動隊時代、横田の部下だった。

「すぐそっちに行く。それまでに動きがあれば、連絡してくれ」

横田は電話を切ると矢継ぎ早に指示を出した。

「総理らを人質に取っての立て籠もりだ。場所は首相官邸。全員に招集をかけろ。非番の者にもだ」

「人質の人数は？」

「アメリカ国務長官を迎えての夕食会の途中だ。官邸職員も多数残っているだろう。すぐにリストを作って関係部署に回せ」

「犯人のターゲットは日本国の総理とアメリカの国務長官ですね。あとの者は巻き添えと考えていいでしょうか」

「まだ不明だ。推測は禁止だ。人質が誰であろうと、なんとしても、救出しなければならない。ここには連絡要員として二人を残して、その他の者は俺と一緒に官邸に向かう」

横田は言い残して部屋を飛び出した。課員がそのあとに続く。


人質が大ホールに集められていた。全員で百人余りいる。

夕食会の客が三十二人。他は官邸に残っていた職員と外来者だ。記者クラブにいたマスコミの者もいる。

ホールの一角にはスマホと携帯電話の山ができていた。

ライアンが人質の顔を一人ひとり見ていく。

新崎が睨《にら》み返しても気にも留めない。ひと通り見て歩くと、部屋の隅に行った。

何事か考えていたが、部下の一人を呼んだ。

「これだけか」

「エントランスホールや各階にいた者も大ホールに連れて来ました」

ライアンはしばらく考えていた。

「全員で何人くらいだ」

「百人を超えると思われます」

「他に隠れてはいないか、もう一度調べろ。いたら俺のところに連れてこい」

部下は短機関銃を構え直すと大ホールを出て行った。

「安全な衛星電話はまだセットできないのか」

「あと一時間ほどかかりそうです。屋上に出ればすぐにつながりますが危険です。既に近辺のビルにスナイパーを配備しているはずです。通信のセキュリティにも問題があります」

「プリンセスはまだ見つからないのか。衛星電話がつながる前に見つけろ」

「全力でやっていますが、人質の人数が多い上に、官邸が広すぎて」

「アメリカサイドが動き出す前に、必ず俺の前に連れて来るんだ。さもないと――」

アレンがライアンのところにやってきた。青ざめた顔をしている。

「約束が違う。すでに十人以上の死者が出ている」

「あんたは間違っている。二十七人だ。ここは広い。ＳＰに警備員、他でも同様なことが起こっている。あんたは科学者だろう。数字には正確であってほしい」

「これ以上の死者は出さないでくれ。私たちはテロリストではない」

「同じだ。巨大な権力に立ち向かおうというんだ。並みの方法じゃ太刀打《たちう》ちできない。それなりの覚悟と犠牲が必要だと言ったはずだ」

「それがこれらの殺人か」

「革命のための犠牲者と言ってほしいね。我々は同じ列車に乗り合わせたんだ。個人の意思では、もう降りることはできない列車だ」

ライアンは薄笑いを浮かべながら言う。

「要求はいつ伝えるんだ。官邸内の電話回線は切られていて、妨害電波を出している。スマホはつながらないはずだ」

「官邸内を完全に掌握《しょうあく》できてから通信を回復させる。今はそのことに集中したい。焦るとロクなことはない。あんたも気を楽にしてろ」

ライアンはアレンの肩を軽く叩くと、仲間の方に向かった。

6

梶元雄一郎副総理は赤坂の自宅マンションにいた。

夕食の前に風呂に入ったらと妻に言われ、脱衣場で服を脱ぎ始めたところだった。

電話を受けたのは妻だった。相手は内閣府の藤田《ふじた》と名乗った。十分後に迎えの車が行くという。あわてて子機を持って、風呂場に走った。

「梶元だが、要件は？」

〈車の中で、警護官が現在の時点で判明していることをお話しします〉

電話では話せないということか。声と言葉の様子では、ただ事ではなさそうだった。

脱いだばかりの服を着直してマンションのロビーに降りると、二人の警護官と黒のセダン、二台のパトカーが待っていた。車の前には秘書官の長森春行《ながもりはるゆき》が立っている。この温厚な顔をした秘書は梶元の頭の中が見えているのではないかと思うことがある。子供のいない梶元は、自分の後継者はこの男と考えているが、それすらも見えているのかもしれない。

通行人が何事かと立ち止まって見ている。

警護官に付き添われて車に乗り込むと、中には新崎総理の警護官の一人が乗っている。

「首相官邸が何者かに占拠されました。私は非番でした」

「新崎総理は無事なのか」

「官邸内です。まだ連絡は取れていません。これから警視庁に向かいます。臨時の危機管理センターが設置される予定です」

「官邸が使用不可の場合、危機管理センターは市ヶ谷《いちがや》ではないのですか」

「言い方が悪かったようです。警視総監が副総理にお話があるそうです」

警護官が言い直した。

「占拠した者から、何か要求はありましたか」

「連絡は取れていません。こちらから、呼びかけてはいるのですが。固定電話も携帯電話も通じなくなっています。電話回線を切り、携帯電話の電波をかく乱させているようです」

前後をパトカーに挟まれて警視庁に向かった。

近づくにつれて車のスピードが落ちた。警察関係の輸送車とテレビ局のバンが目につき始めた。野次馬らしき群衆も増え、官邸に向かって進んでいる。

「半径何キロかは立ち入り禁止区域にすべきですね。警察、消防、それから自衛隊の車を優先するように」

梶元は独り言のように言った。警護官が梶元を見ている。

警視庁の大会議室は人で溢れていた。そのほとんどが制服姿でスーツ姿は数えるほどだ。

警護官はその前を素通りして警視総監室に向かった。

「総理と外務大臣、経産大臣が人質として官邸内で拘束されています。私たちは梶元副総理の指揮下に入ることとなります」

梶元は混乱していた。総理が職務継続困難になったときには、副総理が職務を引き継ぐことにはなっている。しかし、副総理とは長老的な政治家を敬意を込めて処遇するのに用いる俗称であり、正式なものではない。日本の場合、アメリカの副大統領のように職務継承順位が明文化されておらず、そのときどきで協議する形で対処してきた。

内閣法第九条には「内閣総理大臣に事故のあるとき、又は内閣総理大臣が欠けたときは、その予《あらかじ》め指定する国務大臣が、臨時に、内閣総理大臣の職務を行う」とされているだけだ。

歴代内閣は、あらかじめ臨時代理予定者五名を指定するようになっている。その順位は、官房長官以下、大臣歴および議員歴を考慮して決められる。その結果、官房長官ではない者が第一順位として指定されるときに、「副総理」と通称するようになった。

新崎総理は常日頃相談役としていた梶元を副総理に指定していたのだ。自分が職務を継続できない状況になろうとは、思ってもいなかったに違いない。それは、梶元本人にもいえることだ。自分には心の準備などできてはいない。また、その能力もなく、その器でもない。そのことは梶元自身が一番よく知っている。

新崎総理が自分を副総理に選んだのは、自分をそばに置くことで、抵抗勢力が少しはおとなしくなると考えたからだろう。年寄りをいじめるのは誰しも躊躇《ちゅうちょ》するだろうし、体裁《ていさい》が良くない。

そして、その思惑の半分は当たっている。与野党を含めて、自分が最年長だ。今期限りで引退を考えていた。街を歩いていても、当選十五回の大臣、衆議院議長経験の国会議員だとは誰も思わない。見かけも小柄でひなびた年寄りだ。

梶元はドアの前で立ち止まり、一度大きく息を吸った。思わず足元がふらついたが、長森が支えた。

ドナルド大統領はホワイトハウスの執務室にいた。

ワシントンD.C.と東京との時差はマイナス十四時間。午前六時を回ったところだ。

首席補佐官から、日本の首相官邸がテロリストによって占拠されたという報告を受けていた。

「国務長官が人質の一人です」

首席補佐官が告げた。

大統領は最初に渡された書類にもう一度目を落とした。確かに、駐日アメリカ大使の前に、ドミニク・アンダーソンの名前がある。

「彼は中国ではなかったのか」

「日本時間では前日まで中国でした。その後、日本に寄って、日本の総理らと夕食会の予定でした。テロリストが侵入したのはその最中でした」

「彼とは小学校のころからの幼馴染だ。大学まで一緒だった。そのあとも――」

自分を最も理解していると信じて、国務長官に任命した。しかし最近は、彼の善人、常識人気どりが鼻につく。確かに昔は助けられた。特に高校を卒業できたのは彼がいたからだ。気の弱い男だが、自分には正直で、なにより忠実だった。だから、去っていく者が多い中で現在まで交友関係が続いている。

「なんとしても、救出したい」

無意識のうちに出た言葉だった。

「我々にできることはなんだ。日本政府に問い合わせろ」

「すでにもっと詳しい情報を送るように伝えてはいますが、日本側もテロリストの目的が分かっていないようです」

「ただちに関係機関に情報を集めるように指示してくれ」

大統領は執務机に座った。この椅子に座って一年が経《た》つが、未《いま》だに落ち着かない。ホワイトハウスの外には、叩き壊したくなるようなプラカードを持った連中が必ず何人か立っている。マスコミのバッシングはまだ続いている。自分は選挙で選ばれた大統領だ。民主主義はどこに行ったかと、叫びたくなる。

今回は海の向こうの国の事件だが、うまく処理しなければ国内でも起こる可能性がある。テロリストとの交渉は一切しない。この態度を貫くべきだろう。

しかし、日本の首相官邸などを占拠する目的は何か。国務長官と一緒に総理も囚われている。新崎という女総理だ。目的はその女か。

「すべては日本の警護体制に問題がある。それで片付けるほかないな」

低い声で言って、立ち上がった。

梶元は心持ち背筋を伸ばして警視総監室に入っていった。

部屋の中には十人余りの男がいた。全員が立ち上がり、梶元に向かって姿勢を正した。大部分が警察関係の制服姿だ。警視庁、警察庁の幹部だろう。

「お待ちしておりました」

高山《たかやま》警視総監が梶元に向かって頭を下げた。横には田島《たじま》警察庁長官もいる。高山が中央にいるのは警視庁が現場を統括し、指揮を執っているからだ。今後もそうだという意思表示もある。

「総理の無事はまだ確認されていないのですか」

「官邸で会食中のメンバーは全員が拘束されています。現時点において、安否確認はできておりません」

「犯人の正体と要求は何ですか」

「正体はまだ分かっていません。今のところ、要求は何もありません」

「こちらからテログループに対して、呼びかけていますか」

「官邸内とは電話回線もインターネットも、携帯電話もすべてが通じません。立て籠もり犯たちは、なんらかの方法で通信をシャットダウンしているようです」

警視庁はテログループと呼ぶのは避けたいようだ。しかし立て籠もり犯とは呼べないときがすぐに来る。

「どのくらいの時間が経っていますか」

「三十分程度です。発生後、ただちに副総理に報告いたしました」

「官邸で何が起こったかはつかめていないんですね。犠牲者が出たとか。銃声がしたと聞きましたが」

梶元は矢継ぎ早に質問した。早急に事態を把握し、指示を出さなければならない。

「エントランスホールにいた官邸警務官二名が入口ドアが閉じられる前に脱出しました。彼らの話だと、拳銃と短機関銃で武装した十名余りの男が他の警務官を射殺したということです」

「目的は総理か米国務長官か。まだ、分かりませんね」

「おそらく総理でしょう。わざわざ日本でアメリカの国務長官を拘束するとは考えられません。何も警護の厳重な訪日の際に米国務長官を狙うなどとは――」

「あらゆるケースで対策を考えてください。アメリカ政府からは何か言ってきていますか。すでに事件のことは知っているでしょう」

梶元は官邸方面に向かうマスコミの車列を思い出していた。

「アメリカ政府と在日アメリカ大使館から、至急詳細を知らせるようにと言ってきました。在日米軍には、まだ動きは見られません」

分かったというふうに、梶元は言葉には出さず頷いた。

おそらく出動準備はできている。部隊の展開は最高度の機密事項だ。

「ドナルド大統領と話したい。ただちに準備をしてください」

好きな男ではないが、我が国を訪問した国務長官が、そして駐日アメリカ大使夫妻が首相官邸でテロ集団の人質になったのだ。ひと言、謝っておく必要がある。

「いや、私が話すのはもう少し待った方がいいか。報《しら》せるべき情報が何もない。あの大統領は何を言い出すか分かりません」

分かりましたと、長森が頭を下げた。

「アメリカにはできる限りの便宜を図ることにします。情報を共有するという意味です」

「マスコミが大騒ぎです。早急に会見を開いた方がいいでしょう。これ以上延ばすと、デマが飛び交い、官邸に押しかける恐れがあります」

「総理と一緒の閣僚は？」

「富田《とみた》経産大臣と氏家《うじいえ》外務大臣です」

梶元はゆっくりと息を吸い込み吐いた。

「できる限り早く、官邸内部と連絡を取れるようにしてください。必要ならば私が直接、犯人たちに問いかけてみます。新崎総理はなんとしても救い出さなければならない」

梶元は、最後の言葉に特に強い決意を込めた。

急遽、警視庁内に危機管理センターが設置された。

そのとき、一人の男が警護官に連れられて部屋に入ってきた。自由党幹事長、荒《あら》木《き》勇造《ゆうぞう》だ。次期総理を狙っていると言われている。

梶元は前方の大型モニターに目を向けた。

正面の壁に六分割された大型モニターがある。様々な角度からの首相官邸の映像が映っている。中央の上が正面から見た映像だ。

梶元は議長席に案内された。座る前に映像を見つめた。

高感度カメラの映像だろうが、闇の中に見慣れた建物が何事もないように映っている。違うのは出入りの車もなく、人影も見えないことだ。

正面玄関にはシャッターらしきものが降りている。正面の大ガラス面の内部は明かりが消されていて内部は見えない。

「周囲五百メートルにわたって立ち入り禁止にしています」

首相官邸の近くには、国会議事堂、議員会館、内閣府など政府関係の建物が集まっている。

「一キロメートルに拡大してください。警視庁も入ります。立ち入り禁止区域内に警察車両と、場合によっては自衛隊の部隊と車両を待機させたらどうでしょう。自衛隊との連絡は取れているか確認してください」

　無言で見つめている梶元に長森が囁いた。

　梶元が繰り返すと、高山が部下に確かめている。

「まだですが、至急――」

「出動準備をして待機しておくように。自衛隊からも連絡要員を送るように言ってください。いつでも出動できるよう、今後の会議にはすべて出席してもらいます」

　周りの様子を気にしながら、スーツ姿の男が梶元のところにやって来た。耳元に口を付けるようにして言う。

「アメリカからです。外務省を通じて、アンダーソン国務長官救出のために、海兵隊の特殊部隊を派遣するとの申し出がありました」

「それはしばらく待ってもらいます。この人質事件は、あくまで我が国の国内問題です。我々は総理救出を最優先とします」

　梶元は男に言った。

　長森が二人の間に身体を滑り込ませるように入ってきた。

「しかし、米軍が必要とする情報は送りましょう。いつ、力を借りることになるか分かりませんから。その代わり、アメリカ側の情報もすべて送るよう伝えてください。特に国際テロ組織の情報は、アメリカの方がだんぜん多いでしょう。公開できない情報はその都度、対処すればいい。それが信頼関係です」

長森が囁くとスーツ姿の男が頷いた。長森は国際テロ組織という言葉を使った。

「マスコミが詰めかけています。一キロを目処《めど》に立ち入り禁止区域を設けると、混乱が起こります。すでに多くのマスコミ、野次馬が立ち入り禁止区域内に入っています」

「一キロメートル地点にプレスセンターを設置してください。警察の報道官が定期的に会見することにします。その地点の内側にいる報道機関には、一切情報は伝えないと言ってください。野次馬は強制退去させてください。危険を避けるためです。政府の報道官と打ち合わせをして、流せる情報はできるだけ知らせた方がいいでしょう」

梶元は矢継ぎ早に指示を出した。その声と口調には、必ず人質を救い出すという強い決意が感じられる。しかしこれも長森の助言によるものだ。

「ただちに国家安全保障会議を招集します。場所は内閣府の会議室でいいですか」

長森が梶元に聞くと、梶元は戸惑った様子ながら頷いた。ここしばらくは、名実ともに自分が新崎総理の代理として動くことを政権内部にも宣言しておかなければならない。国民に動揺を与えないためにも、自分が代理としての任を果たす必要がある。

荒木幹事長が驚いた表情で梶元を見ている。いつもの梶元からは想像もできない迫力だった。その横には長森が満足そうな顔で立っている。

第二章 沈黙

1

明日香は窓から外の様子をうかがった。

正門前の国道二四六号線には警察車両が並び、周辺道路には機動隊員、制服警官が動き回っている。数は数百人。一般車両が見えないのは道路封鎖が行われているからだ。

日本の総理とアメリカの国務長官が官邸で人質になっている。警視庁はもちろん、日本中が大騒ぎだろう。その騒ぎは世界に広がっているはずだ。すでにどこかのテロ組織から犯行声明が出ているのか。目的は何か。具体的な要求は。明日香の脳裏《のうり》を様々な疑問が駆け巡った。

明日香は高見沢の横に座り込んだ。前にはスーザンが座り、立てた両膝の間に顔をうずめて動かない。民間人にとっては無理もないことだ。あれだけの遺体を間近に見たのだ。警察官の明日香自身も動揺した。おまけに、自分もその中に入る可能性は十分にある。

「人質は何人くらいいるんでしょうか」

「おまえはどう思う」

明日香は高見沢に問いかけたが逆に質問され、必死に計算した。

「夕食会の出席者三十二人、厨房《ちゆうぼう》関係が二十三人、その他、マスコミ関係者と残っていた職員が五十人ほどいたとして、百人程度でしょうか」

「この時間、官邸職員、議員とその関係者は約七十人だ。官邸には百人を超える者が残っていた。その全員が人質だ」

「私たち三人を除いてです」

明日香の答えに、高見沢の表情が険《けわ》しくなった。

「人質全員が大ホールですか」

「おそらく。だが、三十人近くが殺された。全員が警護官と警備員だ。テロリストは当面の脅威を消し去ったわけだ。最初からそのつもりだったんだろう。殺害に迷いはなかった」

「残りは何かと引き換えに徐々に解放ですか。数が多すぎると負担になります」

「それはない。全員を目的達成のためのカードにするつもりだ。装備も十分にあるし、食料は厨房にある。顔もあえて隠してはいなかった。それだけの覚悟があるということだ。テロリストたちも引き返せない状況になっている。いや自ら作り出しているのか」

「テロリストの要求って、何ですか。すでに政府には届いているのですか」

「俺に聞くな。おまえと同じ情報量しかない」

　こうしていても、らちが明かない。いずれ発見されて、殺されるか人質になるかだ。他の警護官は全員殺されている。

「なんとか下の階に降りて、状況を探ってみます」

　明日香は立ち上がった。

　スーザンが顔を上げ、怯《おび》えた表情で明日香を見ている。

　立ち上がったものの、どうしていいか分からない。どうやって下の階に降りて、テロリストが占拠している中で状況を探るか。

「テロリストは、最初はウェイター、記者など、様々な服装でなだれ込んできた。

ボスはスーツ姿。マスコミ関係者を装っていた。しかし、その後は半数以上が迷彩服だ。服の下に着ていたか、隠していた服に着替えたか。アフガンストールを首に巻いている者もいた。だが、私服の者も何人かいた。ブレザー、ジーンズ、セーター」

アフガンストールは中東のテロリストの象徴のようになっているが、本来は砂漠の砂や風から顔や首を護るスカーフに似たものだ。

「いくつかのグループが集まっているということですか」

「その可能性はある。日本人もいた」

高見沢の言葉に明日香は小ホールとエントランスホールの様子を思い浮かべた。英語の中に日本語を聞いた。あれはネイティブの日本語だ。

「何を話してるのよ。私にも教えてよ」

スーザンが青ざめた顔で明日香に英語で問いかけてくる。

「官邸がテロリストに占拠され、日本の総理とアメリカの国務長官が人質になっている。下で何が起こっているか知る必要がある。だから私が様子を見てくる」

明日香は考えながら説明した。スーザンは真剣な表情で聞いている。

「どうやるっていうの。SPは見つかると殺されるんでしょ」

「見つからなければいい。今まで、見つからなかったでしょ」

「運がよかっただけ。いずれ私たちも捕まって、殺されるのよ」

スーザンの声が大きくなる。目には涙が溜まっている。無理もないと明日香は思う。ほんの二時間余りで、十人以上の射殺死体を間近で見てきたのだ。いつ自分たちがそうなってもおかしくない。

「テロリストに変装すればいい。彼らは数十人はいた。お互い、顔なんて覚えてないでしょ」

「危険すぎる。どうやって変装するっていうの。あなたは女なのよ。彼らは全員が男」

「それしか方法はないでしょ。それに、全員が男とは限らないし」

明日香が高見沢を見ると首を振っている。

「俺が見たのは男だけだ」

明日香は壁際のデスクの引き出しを探って、ハサミを持ってきた。

「あなた、ファッションには自信があるんでしょ。今風に切ってよ。ただし、男性のね」

スーザンの手にハサミを握らせた。

高見沢が明日香を見つめている。英語の意味も分かっているのだろう。

躊躇《ちゅうちょ》しているスーザンの手からハサミを取ると、明日香は自ら後ろで束ねた髪をつかんで無造作に切り落とした。

「できるだけ短く。坊主でもいいよ。急いで」

それでもためらっているスーザンを促《うなが》すように言う。

肩の下まであった髪は、耳が出るほど刈り上げられた。ハンカチを出して唇と目の周りを強くこすって化粧を落とした。

スーザンがバッグからサングラスを出して渡した。

「サングラスを掛ければ、ちょっと見はスリムな男でしょ」

明日香は自分自身を鼓舞《こぶ》するように言うが、このままでは無理があることは分かっている。

「鏡は見ないことにする。出て行くのが怖くなりそうだからね。耳と後頭部がスースーする。男になった気分」

「あなたは十分にきれいよ。女としてもね」

スーザンが明日香を見つめ慰めるように言うが、半分泣きそうだ。

「これで、迷彩服を奪って着れば、テロリストに紛れ込むことができる」

「しゃべらないようにしろ。声までは変えられん」

「心がけますが――」

「容赦はするな。命取りになる。分かってるだろうな」

高見沢が明日香を見ている。明日香は頷《うなず》いて立ち上がった。

「なんて言ったの。明日香は辛そうな顔をしてた」

スーザンが高見沢に英語で聞いた。

「相手は殺せ。キル・ヒム、ということだ」

高見沢が低い声で言う。

スーザンが絶句している。

しかし問題はテロリストに敵だと気づかれずに、どうやって殺せる距離まで近づくかだ。相手は短機関銃を持ったテロリストだ。高見沢もやり方を教えてくれるわけではない。

「これを持って行け」

高見沢が上着のポケットから小型ナイフを出した。

「この方が使いやすいし強力です。デスクの引き出しにハサミと一緒に入っていました」

明日香は長さ二十センチほどのペーパーナイフを腰のベルトから出した。金属製のかなりドッシリしたものだ。刃はないが先は鋭い。

「私、あの人大嫌い。今の自分は何もできないくせに。私の上司にもいた。女性を生まれながらの敵だと思っているような古代の遺物が」

スーザンが明日香の耳元で囁《ささや》く。

「でも、ボスはボス。命令は絶対。シャクだけど、仕事はできる。腕力はあるし、判断は誰より的確だった」

スーザンに高見沢をお願いと目で合図を送り、ペーパーナイフをベルトに戻すと、拳銃を構えなおした。


明日香は監視カメラに注意しながら廊下を歩いた。体格が同じようなテロリストを見つけて、迷彩服を手に入れなければならない。それにはまず、二階に降りる必要がある。

エレベーターは危険すぎる。何事もなく四階に来られたのは幸運すぎたのだ。それとも、彼らの準備がまだ整っていなかったのか。

階段やエスカレーターはテロリストに姿をさらすことになるので論外だ。

明日香は官邸内の通気ダクトを脳裏に浮かべた。ダクトの中を通って、下の階に降りる。不可能だ。だがダストシュートは上下がつながっている。ゴミを捨てるダクトで、地下の集積場まで続いている。官邸に来たその日にチェックしたが、あまりに旧式で驚いたことを覚えている。

普通のビルのものより多少大きめに作られているので、入れないこともない。

近々このダストシュートも、断面の小さな最新式のものに交換されることになっていた。官邸が建設されたときに設置された設備だ。警備上も問題になっていた。それを利用することになるとは、明日香も思ってもいなかった。

明日香は給湯室に入った。部屋の隅にはダストシュートが設置されている。ここを通れば、各階の給湯室に行くことができる。ただし、垂直でつかまるところもない五十センチ四方のステンレス製のダクトだ。

ラッキーなのは蓋《ふた》が外から留められていないということだ。ダクト内部からでも押し開けることができる。覗き込むとヒヤリとした空気が吹き上げてくる。

「私がやらなきゃ、誰がやるというの」

明日香は呟《つぶや》いて、靴と靴下を脱いで裸足《はだし》になった。

靴紐を銜《くわ》えて、ダストシュートにもぐり込んだ。背中と両手両足をダクトの壁に押し付け、少しずつ降りていった。少しでも力を抜くとそのまま落下してしまう。下は地下のゴミ集積場で、外からカギがかかっている。中から外には出られない。下手をすればゴミに埋まって死を待つだけだ。

ダクトに入って数分後には手足がしびれてきた。下からゴミの臭いが吹き上げてくる。懸命に手足を突っ張りながら、十分近くかけて、二階の給湯室に出た。

廊下からは数人の男の声が聞こえる。銃を構えてドアをわずかに開き、外を見た。

小ホールには十人以上のテロリストがいるが、数が多すぎる。一人で見張りに立っているテロリストを探す必要がある。急がなくては。

2

警視庁は喧騒《けんそう》と緊張が入り混じっていた。

副総理の梶元は秘書の長森を連れて、警視庁内に立ち上がったばかりの危機管理センターにいた。

官邸前の対策本部とは新しく引かれた通信回線で結ばれてはいるが、目ぼしい情報は入ってこない。事態は混乱しているということか。

内閣府で国家安全保障会議が予定され、現在、大臣を招集しているという。

梶元は必死で考えていた。テロリストに屈してはならない。これは、過去の事例から明らかだ。人命は地球よりも重い。耳当たりがよく、国民受けする言葉だが、国際社会からは非難された。日本政府の稚拙《ちせつ》なテロ対応のために、以後世界でどれだけのテロが行われ、死傷者が出たか。二度と同じ間違いを繰り返してはならない。

一九七〇年代、世界で日本赤軍によるテロ事件が頻発《ひんぱつ》した。

一九七二年のテルアビブ空港乱射事件。

一九七三年、パリ発東京行きの日本航空機を経由地のアムステルダム離陸後にハイジャックし、リビアへ逃亡。

一九七四年、シンガポールの石油精製施設襲撃。

一九七五年、マレーシアのクアラルンプールでアメリカとスウェーデンの大使館を占拠。

一九七七年には、パリ発東京行きの日本航空機をインド上空でハイジャック。バングラデシュで強制着陸させて、拘束中の活動家の解放と六百万ドルの身代金を要求した。日本政府は要求に応じた。

「日本は自動車や電化製品だけでなくテロも輸出するのか」と非難を浴びた。

以降日本政府は各国に準じ、テロ事件では要求拒否を原則にし、特殊部隊の創設を進めた。

「警視庁のＳＡＴが待機しています。いつでも副総理の指示で出動できます」

警視総監の高山が来て梶元に告げた。

「指示とはどういうことですか」

「突入の指示です。副総理の決定が必要です」

「しかし、官邸内には新崎総理と、アンダーソン米国務長官がいます。さらに百人以上の人質も。彼らの生命は――」

「自衛隊の対テロ部隊も出動準備ができて待機しています。ご命令でいつでも出動します。どちらを優先するかは副総理のお考え一つです」

梶元は耳慣れない言葉に戸惑っていた。警視庁のSATと自衛隊の対テロ部隊、どう違うのだ。どちらも強力な武器を持った精鋭部隊だとは聞いたことがあるが、自分には関係ない組織だと、資料を読んだこともない。自分は国防や治安よりも経済や産業で国家の役に立つと思ってきたのだ。

「とりあえず、様子を見るのが賢明だと思います。まずは、テロリストの要求を聞いて、人質の解放を呼びかけるのが一番だと」

長森の落ち着き払った声で我に返った。

「それぞれの説明をしてくれ」

梶元は長森に小声で聞いた。

SATは日本赤軍による国際テロ事件に対処するために、警察に作られた特殊部隊から強化・再編成された組織だ。東京（警視庁）、大阪、北海道、千葉、神奈川、愛知、福岡、沖縄と、国際空港や在日米軍のある地域に総員三百名体制で設置されている。

部隊編成は四つの班からなっている。現場調整、情報収集、無線担当、記録、伝令を担当する指揮班、偵察や突入支援を行う技術支援班、狙撃を担当する狙撃支援班、突入を担当する制圧班だ。

陸上自衛隊中央即応集団にも、特殊部隊といわれる特殊作戦群が設けられている。任務、訓練、装備などすべてが機密とされ、習志野《ならしの》駐屯地の部隊であることだけが公表されている。テロ対応の部隊で、隊員数は三百名。うち戦闘員は二百名とされ、全国規模で活動する。

「官邸内部との通信を最優先に考えてください。同時に人質の身元確認を急ぐように。判明次第、家族に連絡すること。同時にマスコミにも――」

「マスコミ発表は慎重にしてください。間違った名前が公表されたりすると、大問題です。さらに公表を控えてほしい家族もおられるかもしれません」

梶元の言葉を長森が遮《さえぎ》る。梶元は頷きながら聞いている。

「やはり、犯人の要求を知ることが一番です。なんとか連絡方法はないのですか」

「テロリストたちはなんらかの準備をしているのでしょう。その準備ができ次第、連絡があると思われます」

高山が戸惑いながらも言葉を選びながら言う。彼らにしても初めての事態だ。

そのとき、内閣府の職員が入ってきた。

「国家安全保障会議の準備ができました。至急おいでください。まもなく財務大臣も到着します。外務大臣と経産大臣は人質として官邸内部にいます」

「しかし私は――」

総理ではないと言おうとしたのだ。議長は総理大臣が務める。

「今はあなたが議長です、副総理。新崎総理は官邸に囚われています」

長森が耳元で囁く。

「場所はどこですか」

梶元が聞いた。

「内閣府の会議室を用意しています。官邸に一番近い場所です」

国家安全保障会議は、国家に関して重要と判断される事項に対して開かれる会議で、内閣総理大臣と一部の国務大臣で構成される。

議長は総理大臣で、官房長官、外相、防衛相による「四大臣会合」と、副総理、総務相、財相、経産相、国交相、国家公安委員長を加えた「九大臣会合」がある。緊急時には、総理大臣、官房長官、あらかじめ総理大臣の指示により指定された国務大臣による「緊急事態大臣会合」がある。

しかし今日の場合、総理と外相、経産相は官邸で人質となっている。

梶元と長森は内閣府の職員に連れられて、前後を白バイに護られた警視庁の車で移動した。

　夜間にもかかわらず、街灯と投光器の光で官邸周辺は昼間のように明るい。内閣府に到着すると、職員に案内されて内閣府庁舎に臨時に設置された国家安全保障会議が開かれる会議室に入った。

　警視庁の会議室とはまったく違っていた。緊張した空気にも様々なものがある。警視庁はプロ集団の尖った刃のような鋭さがあるが、ここはどこかまとまりのない他人事《ひとごと》のような空気が漂っていた。

「本日、午後七時二十三分、首相官邸小ホールにおける夕食会中にテロリストが――」

　警視庁警備部警護課長の横田という男が、事件の説明を始めた。

「経過については省略してください。みなさん、すでに聞いているだろうから。現状と今後の方針について説明してください」

　梶元の言葉に横田は戸惑いながらも、テロリストからの要求は占拠後二時間たった今もないこと、人質の数は百二十三名におよぶことを説明した。さらに官邸内では短時間ではあるが銃撃戦があり、死傷者が出た可能性があることを述べた。

「テロリストは少なくとも数十名、全員が短機関銃を主とした銃器で武装しています。今回の総理大臣人質事件に関しては、総理のほかに二名の大臣、アメリカ政府高官もおり、人質救出を最優先にしなければなりません」

「そんなこと、分かってる。テロリストは何を目的にしている」

という声が聞こえるが、横田は声の方を見ることもなく無視している。政治家は口だけで、現場の苦労と努力を分かろうとしないとでも思っているのだろう。

「今後の対応について話してください」

「人質の安全のために、交渉を最優先にしたいと思っています。警視庁の人質交渉の担当者も待機しています。官邸との連絡が復旧次第――」

「今回は普通の人質事件とはまったく違うんじゃないですか。人質になった者と舞台となった場所を考えれば」

「基本は同じです。いかに犠牲者を少なくするか。武力行使ではなく、交渉で解決を目指します」

「相手は国際テロ組織だ。自爆覚悟でやっている。そんな悠長《ゆうちょう》なことでいいのか」

財務大臣の言葉だ。梶元は長森を振り返った。

「それはどこからの情報ですか。我々のもとには届いておりません」

横田の問いに財務大臣は黙り込んだ。情報などではなく、過去の事件からくる思い込みだ。

安全保障会議は十分ほどで終わった。武力行使はできる限り避け、交渉に重点を置くという結論だ。梶元が長森のアドバイスに従って、さらに情報が得られてから再度開くことにしたのだ。素人《しろうと》が推測で議論しても時間の無駄だ。

　警視庁の危機管理センターに戻る途中で長森が梶元に言った。

「内閣府の会議室には、官邸を映すモニターもありません。現場の様子も見られませんし、テロリストに対応している警視庁からの情報も遅れます。今後は国家安全保障会議も警視庁に置きましょう。大臣の皆さんにも現場の空気を吸ってもらった方がよろしいかと」

「きみに任せる。で、次に私は――」

　梶元は思わず言葉を呑み込んだ。

　秘書には指示を出しても頼ることがあってはならない。いや、長森はブレーンの一人として、大いに活用すべきだ。頭には様々な思惑が交錯《こうさく》する。

　車から首相官邸が見える。

　梶元は車のスピードを落とすよう言った。光の中に官邸の壁面が美しく輝いている。

「ライトアップされています。あれじゃ、ＳＡＴが近づくこともできない」

　長森が目で追いながら憤慨《ふんがい》した口調で言う。

「我々も近づけないが、敵の動きも分かる。お互いが監視し合っていれば、何も起こらないということです」

梶元は落ち着いた声で言った。

脳裏には「警視庁ＳＡＴが待機しています」という警視総監の言葉が浮かんでいた。

数時間後には、アメリカ海軍の特殊作戦部隊、ネイビーシールズが送られてくると報告を受けた。日本近海にいる空母か、韓国の米軍基地から出動するのだろう。そうなれば自衛隊を含め、救出のために三つの部隊が待機することになる。どこかの部隊が功を焦《あせ》って早まった行動に出れば――。梶元の脳裏に人質、とりわけ新崎総理の顔が浮かんだ。梶元の全身に冷たいものが流れる。早急に打解策を見つけなければならない。

3

明日香は裸足のままで廊下を歩いた。

小ホールからは数人の男の声が聞こえてくる。英語だが、早くて単語しか聞き取れない。政治家、総理、日米、衛星電話……銃、殺す、という単語も頻繁《ひんぱん》に出る。

明日香は廊下の角まで行き、小ホールに続く廊下をうかがった。

アフガンストールを首に巻いた迷彩服の男が、短機関銃を手に立っている。野球帽をかぶった若い男だ。身体つきは——明日香よりがっちりしているが、身長はほぼ同じだ。

短機関銃をいつでも撃てるように構え、隙のない動作で見張っている。気づかれずに近づくことは不可能だ。ということは、男に来てもらえばいい。

「私はいったい何を考えてる」

呟いてみたが、他に考えは浮かばない。

躊躇しながらも、上着とブラウス、防弾ベスト、ズボンを脱いで下着だけになった。

下着はどうする。高見沢なら、迷わず脱げと言うだろう。確かに着けている下着はスポーツ用で、色気などない機能的なものだ。しかし、そこまでテロリストを喜ばせることはない。髪に指を入れて乱そうとして、改めて髪を切ったことを思い出した。

明日香は靴を壁に向かって投げた。カタンという軽い音と同時に、男が反射的に短機関銃を音の方に向ける。

明日香は両手を上げてゆっくりと姿を現すと、顔を男に向けたまま壁際にしゃがみ込んだ。

男は短機関銃を構えたまま近づいてくる。表情も変えていない。やはり、下着も取っておくべきだったか。

明日香は両手を上げたまま、ゆっくりと立ち上がった。肩をすぼめ、媚《こ》びるような目で男を見た。震える声で英語の言葉を絞り出した。

「助けて――。命だけは助けて――」

「どうしたんだ。そんな格好で」

「あっちで、あなたの仲間たちに――」

「呆《あき》れたな。何をやってるんだ、クソ野郎どもは。俺たちはただの犯罪者じゃないんだ」

吐き捨てるように言うと、短機関銃の銃口を下げた。もう一度、明日香を見ると上着を脱ぎながら近づいてくる。射程内に入るまであと一歩だ。

「これを着て――」

明日香の身体が回転し、右足が高く上がった。かかとが男の後頭部を直撃する。同時に頭をつかんで顔をすねに叩き付けた。男は動かなくなった。

脱ぎ捨てた服からペーパーナイフを出して、男の胸に向かって振り上げた。やれ、ひと思いに。高見沢の声が聞こえる。これを着て――、男は明日香に上着を着せてくれようとしていた。

明日香はペーパーナイフを捨て、男を引き起こすと、首筋に手刀《しゅとう》を叩きつけた。首の椎骨動脈《ついこつどうみゃく》に打撃を加えると、失神させることができる。頸椎《けいつい》を通って脳への血流を圧迫し、一時的に脳貧血を起こさせるのだ。アメリカ海兵隊の格闘技プログラムにも組み込まれているもので、大きな力を使わずに相手を一瞬で倒すことができる。しかし一時的なものであり、数分で意識が回復する。

明日香は男を引きずって、近くの部屋に入った。

衣服を脱がして下着姿にした。途中、男の意識が戻りかけたが、再度、首筋を殴りつけた。

男のポケットにあった結束バンドで手足を縛った。部屋にあったガムテープで口をふさぎ、さらに立ち上がれないように何重にも拘束して、デスクに縛りつけた。意識が戻っても、当分は身動きできないだろう。

下着の上に防弾ベストを着けて、その上に男から奪った迷彩服を着た。防弾ベストで上半身はぴったりだが、腰は数センチ大きすぎる。靴は大きかったが、紐をきつく締めた。

男は短機関銃と拳銃、９ミリ弾の弾倉《だんそう》をそれぞれ三個ずつ、そしてナイフを携帯していた。さらにポケットのスマホと無線機を奪った。

男のアフガンストールを首に巻き、サングラスをかけて野球帽を深くかぶった。

よほど近づかなければ男女の区別はつきにくいはずだ。

部屋を出て小ホールの見える場所に出たところで、背後から英語の声がする。

「どうかしたのか。持ち場を離れるなと言われてるだろ」

明日香は右手を軽く上げて、小便をする格好をすると、男が立っていた場所に足早に戻った。

「小便もそこでしろ」という声と笑い声がして、足音が去っていく。

大ホールへの出入りが激しくなっている。

聞こえてくるのは英語ばかりだ。テロリストはほぼ全員が外国人ということか。

明日香は周囲に気を配りながら、大ホールに近づこうとした。しかし、大ホールの前には短機関銃を持った二人の男が立って、見張りをしている。

大ホールに行くのを諦《あきら》めて、自分の警護官用のマイクとバッテリーを小ホール前にある植木鉢の中に置いた。イヤホンを付けると、周囲の音が入ってくる。

エントランスホールは迷彩服の男たちの数は多いが、大ホールほど規律が取れてはいない。椅子に腰かけて休んでいる者も、何かを食べている者さえいた。
三、四人のテロリストともすれ違ったが、怪しまれる様子はなかった。
隅には多数のダンボール箱が積まれている。近づいてみると、弾倉や手榴弾《しゆりゆうだん》の入った箱もある。その横に数個置かれているデイパックの一つを肩にかけた。

明日香はエントランスホールから隅にある警務官の控室に行った。そこには医療用の救急箱があるはずだ。


明日香は階段を使って四階の部屋に戻った。

堂々と振る舞えば、監視カメラに映っても誤魔化《ごまか》せるかもしれない。

「その格好で窓際に立つな。狙撃の対象になる。警官の前に出るときには、両手を高く上げろ。できれば上着は脱ぐんだな」

明日香を見た高見沢が言うが、見た目にもかなり苦しそうだ。

明日香は取ってきた救急箱から、モルヒネと抗生物質の注射器を出した。鎮痛剤《ちんつうざい》もある。

「モルヒネはいい。身体の動きが鈍くなる。痛みで死ぬことはない」

「どうせ動けないですよ。痛みで正常な思考が妨《さまた》げられると困りますから」

「普通の鎮痛剤だけでいい」

「効きやしません。モルヒネが必要です」

「半分だけにしてくれ」

明日香は強引に高見沢の腕を出させ、モルヒネを注射した。高見沢の筋張った顔の筋肉が、わずかながら緩んだ。痛みはかなり緩和《かんわ》されたはずだ。

「殺したか」

高見沢の問いに明日香は答えない。

「テロリストのデイパックです」

明日香は中身を床に並べた。水のペットボトル、携帯食料、数個の手榴弾と発煙筒、無線機も入っていた。

「話をそらすな。殺してないのか」

「結束バンドとガムテープで身動きできないほど縛ってきました」

「おまえなら、どのくらいで逃げ出せる」

「意識が戻って二時間です」

高見沢は壁の時計をちらりと見た。

「外部との連絡は取れそうか」

明日香は男から奪ったスマホと無線機を床に置いた。

「スマホは使えません。妨害電波が出ています。無線機は相手の話が聞けます。無線機は官邸内部での通信に使っています」

ボリュームを上げると、声が入ってくる。すべて英語だ。

「イヤホンを出してください」

高見沢はポケットからイヤホンを出して明日香に渡した。

「マイクを通路の植木鉢に置いてきました。小ホール入口の声を拾えます」

イヤホンから様々な声が入ってくる。そのすべてが早口の英語のうえ不鮮明で、明日香には聞き取ることができなかった。

明日香は高見沢のイヤホンをスーザンに渡した。

「これを聞いてて。それに無線機も。私には聞き取れない。何か変化があったら教えて」

明日香は高見沢にテロリストの様子を説明した。

高見沢は明日香が奪ってきた短機関銃と拳銃を手に取った。

「MP5だ。拳銃もグロック22。アラブや北のテロリストじゃ、入手が難しい」

「イスラム過激派や北朝鮮のテロリストじゃないということですか」

「カラシニコフやトカレフのような銃じゃないってことだ。洗練されている」

それに、と言って考え込んでいる。

「リーダーらしい男は、ボディアーマーの上に黒のアーバンアサルトベストを着ていた。あれは――」

「アメリカの特殊部隊ですか。たとえば、デルタフォース」

言葉を切った高見沢に明日香が続ける。高見沢は考え込んでいる。

警視総監室のソファーに梶元副総理は座っていた。背後には秘書の長森が立っている。

梶元の前には高山警視総監がいた。

「相手から何の連絡もないとはどういうことですか。彼らは何のために、こんな騒動を起こしているのです」

梶元が珍しく苛立《いらだ》ちを含んだ声を出した。官邸が占拠されて、すでに四時間が経過している。あと三十分で日付が変わる。

「それは私も知りたいことです。官邸との通信は途切れたままです。拡声器を使って呼びかけてはいるのですが、返事がありません」

「アメリカから、何か言ってきませんか。政府に対しては、無事救出を望むとの大統領からの電話があっただけです」

ドナルド大統領は副総理の梶元ではなく、官房長官に電話を掛けてきた。梶元と大統領は一度会ったことはあるが、副総理など念頭になかったのだろう。

「人質の中にアンダーソン国務長官がいることは伝えています。ワシントンD.C.は現在、午前九時半です。大統領は寝ているわけではないでしょう。ホットラインがあります」

高山の言葉に、長森が屈《かが》み込んで梶元に囁いた。

「ホットラインの使用は尚早《しょうそう》かと。国務長官はたまたま総理と一緒にいただけだと思われます。国務長官の救出は我々の手で」

長森の声が聞こえたのか、高山がわずかに顔をしかめた。

梶元は高山に視線を向けた。

「国務長官の存在に、テロリストは気づいていると思いますか」

「それも不明ですが、おそらく、当日の夕食会の相手は分かっていると思われます。その上で強行したのでしょう」

やはりな、そう言って梶元は考え込んだ。

「官邸に突入という手もあります。完全武装の特殊部隊を突入させて人質を解放する」

高山が梶元を見つめて言う。

「その場合、人質はどうなりますか」

「最大限の安全を考えて救出を試みますが、全員無事というわけにはいかないでしょう」

「犠牲者が出るということですね」

「もちろん、総理と国務長官の救出を最優先に考えます」

ノックと共に入ってきたスーツ姿の男が高山に近づき、耳元で囁いた。

高山の合図で黒ずくめの男が入ってきた。

身長百八十センチ以上ある、陽に灼《や》けた精悍《せいかん》な顔の男だ。身体は引き締まり、腰には自動拳銃を下げている。

「SATの隊長、有馬隆《ありまたかし》です。彼が突入計画を立てました」

有馬が持っていた地図をテーブルに広げた。永田町の地図で首相官邸、国会議事堂、警視庁が入っている。国会議事堂から官邸に赤い線が引いてあった。

梶元はテーブルに広げられた図面に見入った。

「これは議員会館から国会に通じる地下通路とは違うのですね」

「まったく別物です。あれは公《おおやけ》にされていますし、誰でも利用できます」

衆議院議員会館の地下一階の通路の突き当たりにガラスの扉があり、横に警備員が立っている。国会議事堂につながる地下通路だ。扉から先の通路にだけ、オレンジ色のカーペットが敷かれている。通路の幅は二メートルほどで、天井は低い。

このまっすぐな道を五分ほど歩くと、国会議事堂の地下に到着する。

「SATが突入に使うのは国会から官邸に続く地下道です。戦時中に掘られて、埋め戻されたと言われていましたが、現在の首相官邸が造られたときに掘り替えられたものです。この地下道を知る者は多くはいません」

「官邸に出入りを始めて四十年が経ちますが、こんな地下道があると聞いたのは初めてです」

「官邸警備隊の申し送り事項です」

「総理は知っているのですか」

「総理就任の日に、私がお話ししました。万が一のときのためです。第二次世界大戦末期に、総理の安全を考えて掘られたもので、終戦の数ヶ月前からは、ほとんどその地下道で国会との間を移動していたということです」

　高山が梶元に言う。

「建て替えのときはどうしたのですか。旧官邸とは場所が違います」

「出入り口が新しい官邸に移されました。少しの工事でつなぐことができたと聞いています。同じ敷地内ですから」

　地下道が造られたときは国会と旧官邸がつながっていた。その後、二〇〇二年に現在の官邸が建てられたとき、旧官邸は移築され、現在の首相公邸として造り替えられた。しかし、国会に通じる地下道は一部掘り替えられ、現在の官邸に続いているというのか。

「なぜ、そんなモノを今まで残しておいたのです。マスコミに漏れると、また騒がれる」

「もしものときのためです。六十年の日米安保改定の折りは国会をデモ隊に取り囲まれ、総理は地下道を使って国会から退去するつもりでした。しかし、なんとか使わずに済みました」

デモ隊と機動隊との衝突で一人の女子大生が亡くなり、デモ隊は国会敷地内に乱入した。

「まだ使えるのですか。戦後七十年以上が過ぎています」

「数年に一度、整備が行われていると聞いています。その地下道を利用すれば、テロリストに気づかれることなく、官邸に潜入できます」

「その地下道にテロリストは気づいていないと言えますか」

「官邸内部への侵入経路にもなるので機密にされ、今までに公表されたことはありません」

梶元は考え込んでいる。重くまとわりつくタールにも似た不安が、全身に広がってくるのだ。有馬が続けて言う。

「約二十名のＳＡＴで官邸に潜入して、まず総理と国務長官を救出します。二人の安全が確認され次第、正面玄関と地下道から第二班が攻撃を仕掛けます」

「かなりの死傷者が出そうですね」

梶元の口から思わず出た言葉だった。

4

ライアンは地下の官邸警備室から二階の大ホールに上がってきた。

大ホールは静まり返り、重苦しい空気に満ちている。襲撃から四時間余りが過ぎていた。

ホールの中央に集めた人質は百人余り。全員が床に座り込んだり、横になったりしている。その周りを銃を構えた三人の部下が取り囲んでいた。

「あなたがリーダーなんでしょ。私は日本の総理大臣、新崎百合子です」

立ち上がった新崎がライアンに向かって大声を出した。

人質を避けながらライアンの方に歩いてくる。その後を痩せたスーツ姿の中年男が追ってきた。新崎の通訳だ。

「人質は私一人で十分でしょ。他の人たちは解放してあげて」

「アメリカ合衆国の国務長官もいる」

新崎の言葉で、アンダーソン国務長官が立ち上がって声を上げた。

「私は単なるホワイトハウスの一員というだけじゃない。ドナルド大統領とは幼いころからの友人だ。要求があれば、私が彼と話してもいい」

「人質は日本の総理大臣とアメリカの国務長官で十分でしょ。他の人たちは解放して。その方があなたたちも楽でしょ。目的が達成しやすくなる」

「黙って座ってろ。俺はおまえらの指示は受けない」

ライアンは突然、通訳の男を銃で殴り付けた。人質の間に悲鳴が上がる。

通訳が頬を押さえて座り込んだ。頬が深く切れ、血が流れている。

通訳の傷の状態を調べていた新崎が立ち上がり、ライアンを睨み付けてくる。憎しみに満ちた目だ。

「治療が必要よ。あなたたちの中に医者はいないの」

「俺たちは戦闘員だ。そのくらいで死にやしない。仲間のところに戻ってろ」

新崎が通訳の頬をハンカチで押さえ、腕を支えて人質たちの中に戻っていった。

アレンがやって来て、ライアンの腕をつかんだ。

「アメリカサイドはうまくいっているのか。マシューと話がしたい」

「まだだ。ここの通信はすべてカットしてある。あんたは黙って見ていてくれ。そういう約束だろう。あと一時間ですべてが動き出す。その前の準備が重要だ」

「もう、これ以上の血は見たくない」

「それは、彼らに言ってくれ。おとなしく我々の指示に従えばすべてがうまくいく」

ライアンは人質たちに視線を移した。

「従っている者も、あんたらは殺しただろう」

「日本の警護官とDSSの隊員に限っている。DSSの怖さをあんたは知らない。将来起こるトラブルの可能性を先に取り除いただけだ」

DSSとは、アメリカ国務省の警護専門部隊のことだ。外国に出ることの多い国務長官のために、危険地帯にいても対応できる特別な警護官の部署があるのだ。

アレンと話している間にも、ライアンは部下に指示を出していた。

「あと一時間でこの官邸は我々の思い通りだ。どんな攻撃にでも耐えうる要塞《ようさい》に変わる」

「そんなことは聞いていない。我々の要求を世界に示して、立ち去るだけだろう」

「要求はいろいろあってね。交渉にも時間がかかりそうだ。その前に、防御を完全なものにしておきたい」

「金を要求するのはあんたらの勝手だが、我々の目的は果たしてもらう」

「分かってる。だから、こうして命を懸けて仲間と共に東洋の島国まで来た。あんたらも十分に我々を理解し、信じてくれ」

「マシューと話をさせてくれ。こっちの状況を伝えたい」

「現在、ここの通信をカットしている、と言ったはずだ。あんたは黙って俺たちの言う通りにしてればいい。俺を怒らせないでくれ。俺は忙しい」

　これで話は終わりというふうに、ライアンはアレンの肩を叩くと、部下のところに行った。

　小ホールで衛星電話の装置を組み立てていた二人がやってきた。

　一人は筋肉質で耳が見えるほど短い黒髪の女性だ。

「この衛星電話で室内からでも自由に話せる。安全な電話よ」

　女は衛星電話をライアンに渡した。

「遅刻だぞ、マギー。予定より二十分遅れだ」

「それも、予定に入ってるんじゃないの。あんたのことだから」

「そうに違いはないが、予定通りに越したことはない」

「官邸の電話回線の一回線だけはつないだ。この回線が外部の中継基地とつながっていて、室内でも衛星電話を使うことができる。アメリカと話ができるってこと。盗聴防止機能もついてる安全な電話。誰に聞かれることもないよ」

　マギーが小声で言う。

　ライアンは時計を見て、衛星電話のボタンを押して耳に当てた。感度は良好だ。日本時間、午前一時。ノースカロライナは前日の午前十一時だ。

　呼び出し音が鳴ると同時に男の声が聞こえる。

〈作戦はうまくいっているか〉

「官邸は制圧しました。地下の官邸警備室のコンピュータを調整しています。しかし——」

〈プリンセスは確保したのか〉

「官邸内にいることは確かです。現在、全力を——」

〈あと二時間で《ピエロ》に電話をする。それまでに、プリンセスの拘束は可能か〉

「官邸警備室のコンピュータが使えるようになれば、監視カメラですぐに発見できます」

〈急げ。時間がないぞ〉

電話は切れた。

ライアンはマギーと二人で地下に降りていった。

地下の官邸警備室には、正面に二台の大型モニターがあり、右のモニターは縦に四、横に五、計二十に分割された画面が並んでいる。それぞれに、官邸各所に設置されている数十台の監視カメラ映像を一定の時間間隔で映し出していた。

この部屋で、官邸制御機能を使えば、官邸内の侵入者を阻《はば》む防火扉を兼ねた防護扉の開閉を行い、監視カメラで侵入者の動向を調べることができる。

ライアンは正面のモニター群に目を移した。プリンセスの顔を思い浮かべた。青く美しいが挑戦的な目、意志の強そうな薄い唇。一見華やかそうだが、その裏には暗い空気のようなとらえどころのないモノを抱いている。不思議な女性だ。

部下に監視カメラの映像を戻すように言った。

「女を見つけるんだ。見つけ次第、俺のところに連れて来い」

ライアンはポケットから二枚の写真を出した。一枚は、正面を向いた生真面目《きまじめ》な顔だ。何かの証明書に使われていたものか。もう一枚はTシャツにジーンズだ。肩までのブロンドの美しい女性だ。カメラに向かって笑いかけている。リラックスした顔と姿だ。新崎総理、アンダーソン国務長官の写真と共に部下のスマホに送ってある。

「人質の中に紛れ込んでいるということはないの。私ならそうする」

「調べたがいなかった」

「女なんて化粧一つでどうにでも変わるものよ。メガネや髪型でもね」

「大ホールの人質をもう一度調べろ。逆らえば容赦するな。ただ女だけは生かしておけ」

ライアンはただちに取り掛かるように、背後の部下に指示した。

「その女にとっても、官邸は初めての場所なんでしょ。自分が追われてるなんて思っていないし。人質の中にいたほうが安全よ」

「急いで見つけろ。交渉はあと二時間で始まる。それまでにはなんとしても拘束するんだ」

強い口調で言い切った。マギーが肩をすくめている。

高見沢の表情が穏やかなものに変わっている。今までは、痛みをこらえていたのだ。目を閉じて眠っているようにも見えるが、顔色はさらに悪くなっていた。腹部の出血は止まっているが、今後どうなるか分からない。

スーザンはイヤホンを右手で押さえて聞き入っている。

「なんだか、騒がしい。マイクを置いてきたのは小ホール前の植木鉢でしょ。靴音も激しくなってる。出入りが多くなってるのよ」

「あの場所は、広範囲の音が拾えると思った。でも本当は、あそこまでいくのがギリギリだったの。怪しまれると終わりだから」

「あなた、さすがにプロの警護官ね。私には絶対に無理」

「ちょっと訓練を受ければ、誰でもできる」

高見沢が目を開けて上体を起こし、明日香からイヤホンを取ると耳に挿した。

「何かが起こってる。攻撃——人質——警察——そんな言葉が飛び交っている」

「何か動きがあるんでしょうか」

明日香は高見沢に聞いた。

聞いてから後悔した。動きがなければおかしい時間だ。

高見沢が顔をしかめながら明日香の方を向いた。傷がまた痛み出したのか。モルヒネも必要な量の半分しか打っていない。痛みはさらにひどくなるだろう。

「あの女と何を話していた」

さらに身体を起こしながらスーザンを見た。明日香はあわてて、その身体を支えた。

「マイクの声を拾ってもらってます。テロリストたちの動きが慌ただしいです。小ホールへの出入りが激しくなり、エントランスホールに人が集中しています」

「外を見てみろ」

窓からは正門前の道路が見え、数十台の警察車両が並んでいる。その周りにかなりの数の警察官が待機していた。明日香は状況を高見沢に説明した。

「彼らは突入するつもりでしょうか」

「SATの奴らなら考えそうなことだ。ここしばらく出番がないので、焦ってる」

SATの正式出動があったのは、三十年近く前だ。

一九九五年、「函館ハイジャック事件」で、特殊部隊SAPが初めて表舞台に出た。

　新興宗教の信者を名乗る中年男が、羽田発函館行きの全日空機をハイジャックした。函館空港に到着すると、犯人は乗客を乗せたまま機内に立て籠もった。SAP部隊は北海道警の機動隊と共に機内へ強行突入し、犯人を逮捕した。

　これを機に警察庁は、非公式にしていた特殊部隊SAPを公表した。それが発展して現在のSATとなった。

「彼らの存在を世に出すには最高の舞台だ。うまくやれば、一気に世間に認められる」

「でも、今突入したら、多くの人が死ぬことになります。テロリストたちは容赦なく人質を殺します。警護官たちを見ましたよね。失敗すれば、総理と国務長官は――」

「間違いなく殺される」

　明日香が言いよどんだ言葉を高見沢が続けて言い、立ち上がろうとしたが、呻《うめ》き声を上げて座り込んだ。

「また出血してしまいます。面倒をかけないでください」

　明日香の言葉で高見沢が壁にもたれて目を閉じた。

5

警視庁の危機管理センターは緊張感で張り詰めていた。

梶元副総理は、ＳＡＴの隊長有馬と警視総監の高山と共に、危機管理センターにいた。

官邸前に待機している警護部隊から、現場指揮官の横田警護課長が呼ばれて現状を説明し、その後有馬からＳＡＴ突入の説明を受けていた。

「一般には知られていませんが、官邸には国会に通じる地下道があります。前の戦争末期に、空襲を避けて時の総理が国会を行き来するために造られたものです。その地下道を使い、テロリストに先制攻撃を加えることができます」

「総理の国会退去用の地下道ですか。あれは高度成長期に、地下鉄工事と周辺の再開発で埋め戻されたと聞いていますが」

「そういうことになっています。しかし官邸の強い意向で、現在の新官邸建設時に一部掘り替えを行い、残しています」

有馬から説明を受けた横田が、半信半疑という顔で梶元に視線を向けた。梶元は軽く頷く。

「もう一度確認します。テロリストも知っていて、待ち構えているということはないでしょうね」

「地下道の存在は、機密中の機密です」

高山が自信を持って言い切った。

「現場の警察官の意見も聞いておきたいです」

梶元は横田に視線を向けた。

「私は意見を言う立場ではありません。現状をお話しするために呼ばれました」

「あなた方、現場の意見こそ重要です。実際に危険な目に遭《あ》うのは、あなたたちです」

横田は梶元から視線を外して考えていたが、やがてしゃべり始めた。

「もう少し待った方が賢明かと思われます。我々はテロリストの正体、人数、武器の種類、装備も何一つ正確に把握しておりません。彼らの目的すらもです。こういう相手に攻撃を仕掛けると、予測不能の事態が起こる可能性があります」

「だから早い方がいい。敵もそんなに早く突入してくるとは思ってもいないはずだ。おそらく何かの準備をしている。敵の準備ができる前に突入すべきだ」

横田に向かって高山が言う。面倒なことを言うなという顔をしている。

高山が時計を見た。警視総監室で三十分余り、危機管理センターでさらに三十分以上が過ぎている。

「現在、警視庁のＳＡＴ二十三名がすでに準備を終えて官邸前の警備車に待機しています。許可が出れば国会に移動し、地下道を通って官邸に突入します。奇襲が成功すれば十分で制圧できます」

「人質に多くの犠牲者が出る可能性があります。その中に総理と国務長官が含まれれば、私はどうなりますか」

梶元の言葉に、高山と有馬が顔を見合わせている。

「総理代理の〝代理〟が消えるだけです。すべてテロリストのせいで、副総理の責任ではありません」

長森が梶元の耳元で囁く。

高山がわざとらしく時計をもう一度見た。再度、決断を迫ってすでに十分が過ぎている。

「テロリストは官邸内でなんらかの準備を進めていると思われます。決断は早い方がいい。彼らの態勢が整わないうちに」

高山の言葉に、梶元はそれとなく長森に視線を向けた。こういう決断を下すのは初めてだった。自分の決断ひとつで死傷者が出るのだ。それも複数だ。

長森がかすかに頷いた。

「細心《さいしん》の注意を払ってください。総理にもしものことがあれば、私の責任になる」

「では、作戦開始の指示を出します」

高山は有馬を伴い出ていった。横田は二人のあとを追うように、現場に戻っていく。

梶元は長森と二人、総監室の隣の会議室に移った。

「本当にこれでよかったのか。総理にもしものことがあれば、総理だけでなく、他の人質が一人でも死んだりすれば、その責任は私にかかってくる」

「心配ありません。そのときは、先走りすぎた警視庁の責任です。副総理は大局を眺めていればいい。成功すれば重大な決断をした副総理が讃《たた》えられ、失敗すれば警視庁の暴走です」

長森が言い放った。

廊下が騒がしくなった。ＳＡＴの官邸突入の命令が正式に伝えられ、その対応に追われているのだ。

6

梶元は高山に案内され、警視庁地下の指令室に行った。

部屋には二十名近くの職員が働いている。室内は静まり返り、職員の息遣いまで聞こえてきそうだった。

梶元は奥の二つ並んだ大型モニターの前に案内された。

モニターの前では、SAT隊長の有馬が部下と画面に見入っている。

画面には、薄暗い穴の中で、黒い戦闘服を着て、ライトと暗視装置付きのヘルメットをかぶった一団が映っていた。全員が短機関銃と拳銃で武装している。

「国会の地下道前です。これからSAT二十三名が官邸に通じる地下道に入ります」

高山が梶元の耳元で囁くように言う。

「SATの隊員は各自ヘルメットに小型カメラを付けています。彼ら一人ひとりの行動がここでリアルタイムに分かります」

高山の言葉通り、左のモニターは小さく分割され、二十三個の映像が映っている。各隊員がヘルメットに付けている小型カメラの映像が映されているのだ。各々が短機関銃を構え、先頭の数人は弾除《たまよ》けの強化プラスチックの盾を持っている。

背後で息を呑む気配がした。いつのまにか職員の大半が梶元の背後に集まっている。

「作戦開始。全員、ライトを消して暗視装置を使え。注意してかかれ」

有馬がモニター画面に目を向けたまま指示を出した。

モニター画面からライトの光が消え、赤外線映像に切り替わった。

ＳＡＴ隊員が前進を始めた。縦横二メートル四方の狭い地下道を一列になって進んでいく。

先頭を行く隊員の赤外線映像が、もう一つのモニター画面に映されている。

「攻撃されたらおしまいだな」

梶元の口から無意識のうちに漏れた。

「テロリストはこんな地下道があることさえ知らないでしょう」

「もし知っていて、待ち伏せていたら」

「全滅です。身を隠す場所もなく、撤退もできません」

一瞬の間をおいて有馬が答える。

「このモニター画面が動かなくなった場合は、その隊員が死んだか、動けなくなったか、それとも持ち主を失ったヘルメットが転がっているかです」

カメラ映像の先に、頑丈そうな鉄のドアが現れた。表面には一部サビが浮いている。

「行き止まりか」

「ドアは地下道内部に二ヶ所あります。それを通り抜ければ官邸に行き着けます。

両方のカギを我々は持っています」

高山の声を聞きながら、梶元の脳裏に不吉な影がよぎった。

官邸地下の官邸警備室では、ライアンと数名の部下がパソコンを取り囲んでいた。画面には赤っぽい赤外線カメラの映像が映っている。

「地下道内の映像よ。二ヶ所にカメラと爆薬を仕掛けてる。外部から気づかれずに侵入するには、ここしかない。塞《ふさ》いでもよかったんだけど、せっかくあるものでしょ。塞ぐよりも、有効に使ったほうがいい」

マギーが画面とライアンを交互に見ながら言う。

画面に短機関銃を構え、ヘルメットに暗視装置を付けた男たちが現れた。先頭の男は透明な盾を持ち、周囲に目を配りながら慎重に進んでいる。背後には同様に完全武装した男たちが続いていた。

「A地点に接近。前方十メートルの天井に爆薬を仕掛けてる」

マギーの指が爆破装置のスイッチにかかった。

「まだだ、彼らの頭上で爆発させる」

ライアンの声が、静まり返った室内に不気味に響いた。

「あとは任せた。全滅させろ。俺には他にやることがある」

ライアンはマギーの肩を軽く叩いて立ち上がると部屋を出た。

明日香、高見沢、スーザンの三人はテロリストから奪った無線機を囲んで座っていた。雑音混じりの早口の英語だが、慣れると単語はなんとか聞き取れるようになった。

「地下道だ。敵は地下道から突入してくる。バカな奴らだ」

スーザンが、聞こえてくる声をそのまま鮮明な発音で繰り返した。

「地下道って、そんなものあるんですか」

「おそらく国会と官邸とをつなぐ地下道だ。聞いたことはあるが、誰も信じてはいなかった。上層部は知っていたのかもしれん」

明日香の問いに高見沢が答える。スーザンがさらに無線機の声を繰り返す。

「準備はできているのか。人をやれ。結果を知らせるんだ。彼ら、何のことを言ってるの」

テロリストが小ホールで指示を出しているのだ。

明日香はスーザンに地下道について手短に話した。

「テロリストは地下道のことを知ってて、何かやろうとしている」

「SATか自衛隊の特殊部隊が、テロリストに攻撃を仕掛ける。状況からすれば、おそらくSATだ。テロリストは地下道のことを知っている。罠《わな》を仕掛けて待っているのかもしれない」

「でも、本当に突入するつもりでしょうか。政府はまず交渉を試みるでしょう。官邸突入なんて信じられません。総理が人質になっているのに」

「俺だってそう思うが、総理も既に殺されていると思っているのかもしれん。だったら、梶元副総理が指揮を執っている」

「総理が生きていることをなんとか知らせなきゃ」

〈地下道は、五人もいればいい。あとはマギーの指示に従え〉

無線機から、指示を出す男の声が聞こえる。はっきりした自信に溢《あふ》れた声だ。

「待ち構えていることを外に知らせなければ。どうすればいい」

高見沢が動こうとして、顔をゆがめた。傷が痛むのだ。

「警部補はモールス信号を知ってるって自慢してましたね」

「自慢なんてしてない」

「窓からライトで合図を送ることはできます。彼らもこっちを注視しているはずですから。必ず気づきます」

「懐中電灯がいる。この部屋にはないか」

「私が探してきます。スーザン、あなたは警部補を見てて」

「どこを探す」

「会議室には非常用の懐中電灯が備えられているはずです」

明日香は部屋を出た。慎重に監視カメラの少ない死角を思い出しながら進んだ。

五分後には明日香は懐中電灯を持って部屋に戻った。

「俺を立たせてくれ。モールス信号を知っているのは俺だけだ」

明日香とスーザンは、二人で高見沢の身体を窓際に持ってきた椅子に座らせた。

高見沢はブラインドの間から懐中電灯を出して、外に向かって点滅させ始めた。

〈突入は中止せよ。テロリストが待ち構えている。地下道からの突入を中止せよ〉

道路に待機している警察官で、この光に気づく者はいるのか。モールス信号を読むことのできる警察官はいるのか。可能性は低いが、今はこの方法しかない。

明日香は拳銃を持って立ち上がった。

「私が地下道に行きます」

「どこにあるか分かるのか」

「地下階でしょ。行けば分かります。テロリストが集まっているところです」

高見沢は答えず点滅を続けている。反対はしていないということだ。

「持っていけ。おまえの方が必要だ」

明日香が振り向くと、高見沢が短機関銃に視線を向けている。

明日香は短機関銃を構えて、階段を使って地下に降りて行った。横を迷彩服の男たちが駆け抜けていく。

廊下の一角に人の気配がする。少なくとも五人はいる。いや、もっと多いか。全員が銃を構えてドアを見つめている。このドアが地下道に通じているのだ。だがこれでは、こっちに向かっているSATか自衛隊の特殊部隊に対抗するには少なすぎる。他の方法を考えているのか。

そのとき、低くて全身がしびれるような振動が伝わってくる。音というより、重い地響きだ。

「遅かった――」

明日香の口から低い声が漏れた。地下で爆発が起こった。

明日香は高見沢とスーザンのいる四階の部屋に戻った。

「遅かったか。爆発音が聞こえた。かなり大きな爆発だったようだ」

高見沢が閉じていた目を開ける。

「爆弾はどこか別のところでスイッチを押したか、感知式の物だったようです。テロリストたちは地下道の出口の外にいました」

「突入部隊がドジをやった。バカな奴らだ。無駄死にだ」

「そんな言い方はやめてください。彼らは私たちを救出するために――」

「バカだからバカと言った。おまえもドジをすればああなる。俺もドジをやった。だからこうなった。自業自得だ」

明日香は開きかけた口を閉じた。この人には何を言っても通じない。素直に聞いてもらえない。

「私はこれからどうすれば――」

「おまえなら、どうする。言ってみろ」

「やはり、外部との連絡を取ります」

「それにはどうすればいい」

明日香はどう答えたらいいか分からない。

「テロリストたちが大騒ぎしてる。敵をやっつけたって」

スーザンが英語でしゃべり始めた。イヤホンで聞いている声の復唱だ。

「バカな野郎たちだ。もう、しばらくは何もやらないだろう。この間に通信を確保しろ。屋上と地下に人員を増やせ。人質が騒ぐようなことがあれば、容赦はするな。プリンセスを見つけろ。あと三十分だ――」

「プリンセスって何のこと」

明日香がスーザンに聞く。

「私は彼らの言葉をそのまま伝えてるだけ。私にも分からない」

「通信を確保しろとはどういうことだ。彼らはまだ、政府と取引をしていないのか」

「官邸内では携帯電話も固定電話も使えません。通信が可能なのは、テロリストたちの無線機だけです」

明日香の心を絶望的な気分が襲った。官邸の地下道で仲間の警察官が死んだ。それに対して、自分は何もできなかった。


警視庁、地下の指令室の空気は凍り付いていた。

先頭画像を映していたモニター画面はブルーに変わり、何も映っていない。先頭を行くSAT隊員のカメラが壊れたのか。分割モニターの半分がブルーに変わり、残り半分は黒くなっている。動いているものはない。かすかな雑音のみが聞こえている。ドンという地響きにも似た音と共にすべての画面が激しく揺れ、こうなったのだ。

「カメラの大半が故障している。生きているカメラは——埋まっているんだ。爆発で地下道が崩れ、土砂に埋まった」

我に返ったように有馬が低い声を出した。

「何が起こったのですか」

梶元のしわがれた声が部屋に響いた。

「地下道で爆発が起こった模様です」

高山の上ずった声が聞こえる。

「彼らは――SATの隊員二十三名はどうなったのですか」

「爆発で埋まりました。地下道に閉じ込められたようです」

「確認したのですか」

「まだですが――この画面は――」

「我々は今後、どうすれば――」

梶元は言葉が出ない。なんと言っていいか分からない。

「テロリストが爆薬を仕掛けていたと思われます。そのため突入部隊は――」

有馬もあとの言葉が続かない。部屋は静まり返った。

「ただちに救助隊を送ってください。生存者を救出するのです。ただし、細心の注意を払うように。これ以上の死傷者には耐えられない」

重く固まった空気を梶元の声が引き裂いた。

梶元の言葉を聞いて、有馬の部下があわてて部屋を出て行く。

ドーンという腹に響く鈍い音と共に振動が伝わってくる。地下での爆発だ。この重厚な建物にこれだけの振動を与える爆発はかなり大きなものに違いない。

人質たちの中から複数の悲鳴が上がった。恐怖のためか泣き声も聞こえてくる。

「何をしたんだ」

アレンがライアンのところに飛んできて、押し殺した声で言う。その声は上ずり、顔は青ざめて震えていた。

「ちょっとした爆発だ。地下道が埋まった。気づかれずに官邸に入る唯一の手段だと聞いていた。だから我々がその道をつぶした。もう官邸に入るには正面か屋上しかない。だが屋上には地対空ミサイルを設置している。ヘリは簡単に標的になる」

「また人が死んだのか」

「見たわけではないが、たぶんそうだろう」

アレンがライアンの襟首《えりくび》をつかんだが、ライアンは片手でそれを制した。

「仕掛けてきたのは奴らだ。引っかかったのも奴らだがな。間抜けの末路だ。おまえらも、せいぜい気をつけるんだ。ここは危険でいっぱいの場所、戦場だ」

ライアンは不敵な笑みを浮かべている。

「アメリカと話をさせてくれ。どうなっているか知りたい」

「焦るな。すべてうまくいってる。おまえらは黙って見てるだけでいい。これ以上、口を出すと、おまえの居場所もあっちになる」

ライアンは人質たちの方に視線を向けた。

「それとも、こっちがいいか」

視線の先には警護官の遺体が無造作に積まれている。

部下がやってきた。

「プリンセスは人質の中に見当たりません」

ライアンの耳元で言う。

「官邸内にいることは間違いありません。建物内にいた者は誰も外には出していません」

「記者として、国務長官に同行しているはずだ。国務長官を連れて来い」

ライアンは部下に指示した。

7

遠山《とおやま》は無意識のうちに立ち上がっていた。

腹に響く不気味な音だ。地下での爆発に違いなかった。

部屋中にざわめきが満ちて、多数の者が出入り口に押しかけた。

「何が起こったんだ。爆発音だぞ」

「警察発表はどうなってるんだ。ここで公式発表すると言うから、俺たちは国会記者会館から退いたんだ。それが、なしのつぶてじゃないか」

入口付近で若い制服警察官と言い合っている記者の声が聞こえる。

「よせ。ここの警官をイジメても仕方ないだろ。彼だって、官邸で何が起こっているか知らないんだ」

「発表はここで行うんじゃないのか。もう一時間も待たせたままだ」

背後から怒鳴り声が聞こえる。

遠山は腰を下ろして深く息をついた。

遠山信一郎《しんいちろう》は政府が指定した、東京スカイホテルに設置された臨時プレスセンターにいた。

確かに国会記者会館では近すぎる。通りを挟んで正面が官邸で、隣が現場の対策本部の置かれている内閣府だ。移動の名目は記者たちの安全の保持だが、警察もマスコミの目の前では、何かとやりにくいのだろう。

東京政経新聞の政治部記者となって二十年になるが、東京での銃器使用の本格的なテロは初めてだった。しかも、官邸が占拠されるとは。

スマホが鳴り始めた。同僚の速水《はやみ》記者からだ。彼女は現在、有楽町《ゆうらくちょう》の本社ビルに詰めている。本社では全記者に動員がかけられ、大騒ぎのはずだ。

〈今、送った。時間と情報不足で十分じゃないけど。官邸に聞くわけにはいかないし〉

「仕方がないさ。新しい情報は随時送ってくれ」

〈分かってる。今日は徹夜になりそうね〉

電話は切れた。

遠山は席に戻りパソコンを立ち上げた。

頼んでいた資料が届いている。占拠当日の新崎総理の行動。官邸夕食会のメンバーだ。

テロ集団は官邸で開かれた夕食会を狙って襲撃した。十分ほど激しい銃撃戦が繰り広げられ、あとは散発的に銃声が聞こえてきた。ほぼ同時に官邸との通信は一切途絶えた。

警護官が射殺されたと、エントランスホールから脱出してきた官邸警務官が言っていたという情報がある。その後は一切、政府は沈黙を続けている。

遠山が入手している情報はそれだけだ。だがそれすらも、確かな裏付けは取れていない。推測の域を出ていないということだ。

現在、官邸の正門と西門は閉じられ、門の外には警官が立っている。

遠山は送られてきた夕食会出席者の名簿に目を通した。

夕食会は小規模で、出席者は三十人余り。警護官は日本側が十数人。アメリカが五人だ。警護官が撃たれたという情報があるが、死傷者についての詳細はない。

その他残っていた職員を加えると人質は百人近く、あるいはそれ以上になるのではないか。

遠山は名簿の名前を目で追っていった。

警護官の中に女性が一人いる。新崎総理に付いている女性警護官だ。

「夏目明日香、二十七歳が彼女か」

呟くような声を出した。

新崎総理の行く先々で常に寄り添うように立っていた、スレンダーな女性を思い浮かべた。その真剣な眼差《まなざ》しが印象的だった。彼女も殺害されたのか。

遠山の全身に重く暗い影が広がっていく。

第三章　要求

1

アンダーソン国務長官が大ホールから連れて来られた。迷彩服の男に腕をつかまれ、背には短機関銃を突きつけられている。

背筋を伸ばして毅然《きぜん》とした態度を保とうとしているが、額《ひたい》は汗で光っていた。

「私はリーダーのライアンだ。我々の指示に従えば、危害は加えない。おまえの随行員にもね」

「きみらは正気か。すでに多数の警護官が殺されている」

ライアンは薄ら笑いを浮かべて国務長官を見ている。

「確かにそうだな。今の言葉は撤回する。我々は慎重なんだ。最初にトラブルを取り払った」

「人質を取るなら、私と日本の総理だけで十分だろう。他の者は解放してくれ。その方がきみらも楽だろう。日米両政府とも交渉がしやすい。交渉は――」

ライアンが突然、国務長官の頬を殴った。笑みは消え、目には冷酷さが戻っている。

「私に意見をするな。ただ聞かれたことに答えればいい。アメリカから同行してきた者で、今夜のパーティに招待されたのは、大ホールにいる者がすべてか」

「きみらの方が詳しいだろう。私が把握しているのは、アメリカ政府の関係者だけだ」

「確認しているのか」

「きみらが殺害した警護官以外は無事だ。何が望みだ。テロに対してアメリカ政府は――」

再びライアンが国務長官を殴った。国務長官が拳を握りしめると、迷彩服の男が腕をつかむ。

ライアンは部下に、大ホールに戻すよう指示した。

「どこかに潜《ひそ》んでいる。一人も官邸から出すな。地下の官邸警備室に監視カメラの監視を徹底するように伝えろ」

ライアンは苛立《いらだ》ちの混じった口調で怒鳴った。

明日香は二階のホール近くや廊下で聞いた、テロリストたちの会話をまとめようとしていた。

テロリストの主力は大ホールと周辺に配置されている。その他にエントランスホールや地下にもかなりの数がいる。おそらく屋上にも配置されている。地下の官邸警備室にいるのは戦闘員というより、通信や監視カメラを含めた官邸内の監視を行う技術要員のようだ。

日本人らしい東洋人が十名ほどいた。数名の女性テロリストも確認している。そう考えると、五十名余りのテロリストが官邸内にいることになる。組織化された集団だ。しかし、完璧にまとまっているかといえば、そうでもないようだ。

迷彩服を着て完全武装している者たちの動きも様々だった。最初に警護官たちを射殺していった男たちは完全なプロ集団だ。何の迷いもなく引き金を引き、射撃の腕も確かだった。明日香が襲って迷彩服を奪ったテロリストは、高度な訓練を受けているとは思えなかった。明日香の策略に簡単に引っかかって、銃口を下げて近寄ってきた。格闘技も未熟で、一撃で気絶させ迷彩服を奪うことができた。あまりに個々の能力が違いすぎる集団だ。

さらに日本人もいるし、ブレザーやジャンパー姿の者も数名いた。どこかおかしい。

「彼らは混成部隊ではないでしょうか。まったく異なる組織の集まり」

高見沢が閉じていた目を開け、視線を明日香に向ける。

「軍事訓練を受けた者たちと、まったく違った職種の者たちです」

「小ホールにいたのは精鋭部隊だ。簡単に警護官を倒した。エントランスホールの奴らは、数名以外は、寄せ集めた部隊だ。欧米人、日本人、アラブ人、国籍は多岐《たき》にわたるだろう」

「なんとかその事実を外部に知らせなければ」

しかし連絡方法が思いつかない。今頃警視庁では懸命の情報収集に追われているだろう。

「みんな死んでしまった。あの爆発じゃ誰も助からない」

明日香は消えるような声を出した。じっとしていると地下での爆発音と振動が蘇《よみがえ》ってくる。あれでは生き残った者はいないかもしれない。

高見沢が無言で目を閉じている。ＳＡＴには彼が知っている者も多数いるはずだ。

「あなた、なぜ警護官になったの。いざというときには総理を護るために銃の前にも立つんでしょ。他人のために命を懸けるなんて、私にはできない」

無言で考え込んでいる明日香にスーザンが話しかけてくる。

「大した意味はないのよ」

「話して」

「私の家はね、父は売れない画家。夢ばかり追い求めて、ある日突然中学の美術教師を辞めて、絵を描いてる。今までに売れた絵は二枚。親戚が買ったのよ。お婆ちゃんのお葬式で酔っ払った勢いでね。弟は不登校で引きこもり。中学生のときイジメにあって、高校は通信制。大学は半年で中退して以来、ずっと部屋に引きこもって何かやってる」

「何かって？」

「パソコンの前に座って動かない。ゲームソフトみたいなのを作って、小遣いを稼いでいるらしいけど。得体《えたい》のしれない人間。うちの男たちはまったくあてにならない。だから、母が働いて家計を支えてる。保険会社のファイナンシャルプランナー。私は母の姿を見て育ったの」

明日香はかすかに息を吐いた。

「私はキッチリしたかたぎの仕事に就きたかった。公務員ね。中でも一番やり甲斐のある職業は警察官だと思った。体力には自信があったしね」

明日香は考えながら英語でしゃべった。初めて本当の理由を話した。よく聞かれるが、いつもは有名人の横にいてテレビに映りたかったと言っている。大抵の人は、それで納得する。

高見沢は壁にもたれて目を閉じている。聞いているようにも、眠っているようにも見えた。

「私のママは私を十七歳のときに産んだのよ」

明日香の話を無言で聞いていたスーザンが口を開いた。

「やっぱり、アメリカはスゴイ。高校二年生か三年生よ」

「パパはいなかったけどね。高校を中退して私を連れて家を出て、必死で働いて育ててくれた。私も死ぬほど勉強した。大学は奨学金とアルバイトで卒業した。そんなにアルバイトしちゃ四年で卒業できないと言われたけど、したわ。そして、ジャーナリズムと社会学の学位も取った。男なんてあてにならないと思うのはあなたと同じ」

意外な思いで明日香は聞いていた。スーザンの見かけと最初の言動から、金持ちの気ままな娘かと思っていたのだ。

　明日香は再び高見沢を見たが、目を閉じたままだ。

　明日香はそっと窓の外を覗いた。

　時折り、通りすぎる光が気になっていたのだ。

「ライトは警視庁の車両の上からか。あれって、信号なのかな」

「違う。ただ、官邸にライトを当てているだけだ」

　眠っていると思っていた高見沢が目を開けている。

「テロリストを威嚇《いかく》してるつもりなんだろうが、効果はゼロだ。今はテロリストが何か言ってくるのを待っているのだろう。俺の身体を起こしてくれ」

　明日香はスーザンと二人で、高見沢の身体を窓際にもたれさせた。

　高見沢は懐中電灯を外に向かって数回点灯させたあと、膝に置いて首を垂れている。かなり苦しそうだ。

「まったく気づいていない。一人でも光に気づいてくれればいいんだが。だがやりすぎると内部のテロリストに気づかれる。もし官邸外に仲間がいれば、官邸周辺も見張っているはずだ」

　高見沢の言葉で、スーザンがバッグからペン状のものを取り出した。

「レーザーポインターよ。懐中電灯の光より目立たない」

「光が小さくて弱すぎる。誰も気づかない」

スーザンはポインターの目盛りを回した。赤い光のラインを空中に描き、壁に大きく強い点が光っている。

「光が強すぎる。ラインは消すことができるか」

「レーザーの出力は調整できる。いつだったか、航空機に当てたって問題になったでしょ。あれよ。市販はされていない。たぶん違法よ。日本に来る前、中国に行ったでしょ。そのとき露天商《ろてんしょう》から買ったの」

ダイヤルを回すと、光のラインが薄くなったが、壁の輝点《きてん》ははっきり見える。

「違法なんでしょ。こんなの危険よ」

「十歳にも満たない女の子が私を見てたの。しつこく売り込んでくる大人の露天商の後ろでね。泣きそうな顔をしてた。きっと親子」

「買っててよかったってことだ。貸してくれ」

高見沢がレーザーポインターを受け取った。


ライアンは考え込んでいた。

国務長官はプリンセスについては知らないようだ。官邸に入ったのは確かだが、どこかに消えてしまった。

ライアンは、時計を見て衛星電話のボタンを押して言った。

「日本サイドは順調です。官邸は制圧しています。プリンセスはすぐに見つけます」

〈それで順調と言えるのか。時間がない。プリンセスが官邸内にいるのは間違いないんだな〉

「入ったことは確認しています。人質の中にはいません。どこかに潜んでいます。発見して拘束するのは時間の問題です」

〈おまえの責任で必ず見つけ出せ。小さなミスが大きなミスにつながることもある。東洋の教えにあるように、千丈《せんじょう》の堤《つつみ》も蟻《あり》の一穴《いっけつ》から、だ〉

どんなに堅固な堤も、アリが開けた小さな穴から崩壊するというたとえだ。

「分かっています。早急に解決します」

電話を切るとライアンは部下を呼びつけた。

「三十分以内にプリンセスを見つける。五階と地下の両方から官邸中のローラー作戦を始めろ。ひと部屋ずつ、徹底的に調べるんだ。総理執務室は特に念入りにやれ」

ライアンの焦《あせ》りを含んだ声が響いた。しかし、と一つの疑問がライアンの心に浮かんだ。アメリカサイドで、国務長官以外に大統領との取り引きに使えるプリンセスとは何者なのだ。

明日香たちは無線機とイヤホンから聞こえてくる声を聞いていた。

ライアンという男が指示を出している。彼がテロリストのリーダーなのだろう。彼はアメリカと連絡を取り合っている。相手は誰なのだ。

スーザンが明日香に向かって泣きそうな顔を向けた。

「五階と地下からひと部屋ずつ調べると言ってる。私たち、絶対に見つかって殺される」

「大丈夫。今まで逃げることができた。これからも逃げ続ける。そして時を見て反撃に出る。テロリストには負けない」

「プリンセスって何なの。お姫様でしょ。彼らが探してる。殿様の娘、日本のお姫様がここにいるというの」

「名前じゃないのか。しかし、今日の招待客にそんな名前はなかった。あれば覚えている名前だ。おまえは記憶しているか」

高見沢が明日香の方を見た。明日香は記憶を探ったが、招待客の中にはいない。

「彼らの符丁《ふちょう》じゃないですか。我々が総理をクイーンと呼ぶように」

「そうかもしれんな。だが、アンダーソン国務長官の夫人は今回の外遊には同行していない。アメリカ側は駐日大使夫妻と通訳、国務省の官僚が二人にあとは随行員。女性は四人だ。その他にはマスコミ関係が十人。うち三人が女性。あんたもその一人だ」

高見沢がスーザンに視線を向ける。

「私は関係ない。テロリストに符丁まで付けられて狙われる大物じゃないし、覚えもない」

「官邸にいるアメリカ人の女性ジャーナリストは、スーザン以外に日本在住のジャーナリストが一人に、あとの一人は、フリーのジャーナリストです」

「彼女たちは官邸の中にいた。アメリカ大使はどうだ。夫人も同伴している」

「五十二歳、ごく普通の家庭人です。テロリストに狙われるような経歴の人じゃありません」

スーザンが無線機に聞き耳を立てている。

「総理執務室は異常なし。今、彼らは五階を調べてる。彼らが来る前に安全な場所に移る必要がある。でもそんなところ、どこにあるの」

「彼らが五階を調べ終わって、四階に降りてくる前に、上にあがりましょう。そして、彼らがここを調べ終わったら、また戻ってくる。私が誘導します」

明日香は短機関銃を持って立ち上がった。

2

ドナルド大統領は、スマホを耳に当てたまま凍り付いていた。

壁際の大型テレビはバスケットボールの試合を中継している。スポーツ専用チャンネルだ。

「おまえは、誰だ」

大統領はリモコンでテレビの音を消してから呼びかけたが、返事はない。

この電話番号を知っているのは、限られた者しかいない。正確に言うと九名だ。彼らとは全員、二十年以上の知り合いだ。一緒に仕事をした者もいるし、している者もいる。

そのスマホにかかってきた電話が沈黙しているので、ただ事ではないと思い始めたのだ。

「私は暇な人間じゃない。時は金なり、秒単位で仕事をしている。あんたも、アメリカ合衆国大統領がどれほど忙しいか、知ってると思うが」

〈では、もっと忙しくしてやろう〉

やっと声が返ってきた。だがその声は、ボイスチェンジャーを使って変えてある。

〈東京で首相官邸が占拠されたことは知っているな。その中にはアンダーソン国務長官と駐日アメリカ大使夫妻も入っている。その他にもっとも重要な一人が、スーザン・ハザウェイだ〉

「誰だ、その女は。そんな名前に記憶はない」

言いながら、心に引っかかるものがある。

「回りくどい言い方はやめろ。ハッキリ言うんだ」

〈今言っても、信じないだろう。先に、これから言うものを用意してくれ〉

「待ってくれ、メモを用意する」

大統領は秘書を呼んで、電話の発信元を特定するよう指示しようかと思ったが、やめにした。どうせ相手も手を打っているだろうから、簡単には突き止められないだろう。それより電話の主が言う、官邸に人質になっている、もっとも重要な一人、スーザン・ハザウェイという女が気にかかった。

電話の男は、要求を始めた。

〈まず二億ドルを指定の銀行に振り込むこと。それに、アラスカのシェールオイルとガスの採掘を中止し、ジェームズ・レポートを公表すること。あんたらが闇に葬《ほうむ》ったが、当然まだ持ってるだろ。この要求を公表する、しないはあんたの自由

だ。私たちは目的さえ達成すればそれでいい〉

「そんな馬鹿げた要求は――」

〈あとでまた連絡する〉

ドナルド大統領が言いかけたところで電話は切れた。ほんの数分の出来事だった。

大統領はスマホをデスクに置くと、二つの要求について考えた。一つは問題ない。どうせ自分の金ではない。国家安全保障の機密費の中で秘密裏に動かせるギリギリの金だ。

問題は二番目だ。これは自分一人の判断では決められない。損失はあまりに大きい。呑める要求ではない。だとすれば、対テロ部隊を送り込んで早急に解決すべきだ。

しかしそもそも、この電話は何だ。電話番号を知っている奴の冗談か。それとも――。もうしばらく様子を見よう。

そう決心したとき、大統領の心の奥に黒い点が現れた。それは瞬時に膨《ふく》れ上がり、重苦しい闇のベールとなり、全身を包み込んでいく。動悸《どうき》が速くなった。

ドアをノックする音が聞こえる。

時計を見ると約束の時間だ。側近を呼んで、日本の首相官邸の人質事件について話し合うことになっている。

「入ってくれ」

立ち上がり、なんとか平静を保って言った。

ドナルド大統領はすでに三十分も室内を歩き回っていた。

トーマス・ロビン大統領首席補佐官とビーン・コナー国務副長官は椅子に座って、大統領の動きに合わせて視線を動かしている。

大統領が立ち止まり、二人を見た。二人の視線も大統領に向いている。

「要求を蹴ったら、どうなる」

「テロリストは人質を殺害するでしょう」

「日本の官邸にアメリカ国民は何人いる」

「国務長官に駐日米国大使夫妻、警護官に随行員、そして通訳とマスコミ関係者です。全員で二十三名が首相官邸にいました。警護官が殺害され、残りの者が人質となっていると思われます」

「その中に、ドミニクが入っているのか」

大統領は呟《つぶや》くように言った。

「この二つの要求は日本サイドは承知しているのか」

「おそらくテロリストが接触しているのは、ホワイトハウスだけだと思われます。日本の外務省からは、官邸との通信手段が完全に断たれていると報告があったままです。要求があったとすれば、日本政府には別の内容でしょう」

「首相官邸を占拠したら、たまたま日米両国の要人がいた。だから、二国に要求を突きつけるというのか」

「それはまだ分かりません。日本に問い合わせても、回答が得られるとは限りませんが」

「テロリストが日本に要求するとすれば何がある。官邸を占拠するという大事件を冒《おか》してまで」

「日本に要求するとしたら金でしょう。その他に政治的な要求は……」

首席補佐官が考え込んでいる。そもそも、首席補佐官は日本の政治的な立場など詳しくは知らない。大統領はさらに知らない。早急に調べさせる必要がある。

ドナルド大統領は口を開いた。

「ホワイトハウスとしては、金もレポートも、どちらの要求も呑めない。アラスカのシェールオイル・ガス採掘即刻中止など、何百億ドルもの損失につながる。いや、将来的にはそれ以上だ。ランケルCEOが受け入れないだろう。彼には選挙運動で世話になった。五百万ドルの支援は大きかった。より細かなキャンペーンを行うことができ、勝利につながった。再来年の再選時も世話になるだろう」

「二億ドルなど、論外です。何を根拠にこんな要求をしてきたのでしょう。アンダーソン国務長官と日本の新崎総理の命ですか」

「日本側に問い合わせてほしい。要求は来ていないか」

「政府を通して事件の詳細の説明を求めてはいますが、要領を得ません。総理不在でかなり混乱しています」

「と、いうことは既に要求はあったとみるべきだ。政治的駆け引きのできない国民性だ。なるべく早く、その内容を調べてほしい」

「彼らもこっちの対応を探っているのかもしれません」

大統領はため息をついた。二年前に政界に入ったとき、ここはまるで動物園で、狐と狸の腹の探り合い、足の引っ張り合いだと言ったことがあるが、そうではなかった。動物園というより、養豚場だった。エサの取り合いで一日が過ぎる。

話題を変えるために聞いた。

「スマホの発信元は判明したか」

「探ってはいますが、かなり難しいとのことです。追跡を防ぐプロが関係していると言っています。複数の国を経由したうえに、衛星電話を使った通信です」

聞いてはいたが、半分も理解できていない。大切なのはデジタル情報がどういう道筋で自分のスマホに入ってきたか、ということではなく、誰が、どこから掛けてきたかということだ。それについては、まったく分かってはいない。

「テロリストが要求事項を大統領個人のスマホに掛けてきたというのは、いささか驚きました。同時に問題も多い」

首席補佐官は直接的な言い方は避けているが、身内のいたずらか冗談ではないかとほのめかしているのだ。確かに敵が多いのは事実だが。

「さらに、たかが国務長官を人質に取っただけで、これだけの要求が通ると本気で考えているのでしょうか。我が国の鉄則はテロリストとは交渉しないということです」

「日本は別だと考えているのではないですか。かつての例もありますし」

「日本の首相と閣僚、我が国の国務長官と駐日大使夫妻が人質だ。このうち、だれがテロリストの真の目的か」

「大統領個人のスマホの番号を知っているのは」

国務副長官が聞いた。この男は最近、アンダーソン国務長官とうまくいっていないと聞いた。

「ごく親しい友人だけだ。彼らの一人だとは思えん。どこかの悪党が、なんらかの方法で番号を手に入れて、掛けてきたんじゃないか」

「スマホの番号を知っている方たちを調べて構いませんか」

「当然だ。秘書にリストを届けさせる。ただし、極秘でやってくれ」

「疑問に思っていることがあります」

首席補佐官が大統領を見た。

「何でも言ってくれ。信頼できるのは、おまえたちだけだ」

「大統領は、なぜ、その電話がテロリストのものだと信じるのです。事件が起こっているのは海の向こうです。国務長官が人質になっていますが、致命的ではない。代わりは山ほどいる」

首席補佐官はいつになく真剣な表情で大統領を見ている。国務副長官も背筋を伸ばして、大統領に視線を向けている。

大統領は答えない。

「大統領はこの電話が、いたずらではなくテロリストからのものであることを認めていらっしゃるようだ。その根拠は何なのです」

首席補佐官がドナルド大統領を見据《みす》えて、再び訊いた。

大統領は室内を歩き始めた。落ち着きのない歩き方が大統領の動揺を表している。

やがて立ち止まって、二人の方を見た。そしてテーブルの上の書類を取った。人質となったアメリカ国民、十八人のリストだ。政府関係者とマスコミの者たちだ。

「スーザン・ハザウェイ、この女について調べてくれ」

「そのワシントン・ポストの記者がどうかしましたか」

「一番若い。しかも女性だ。家族も心配しているだろう」

大統領は平静を装って慎重に言った。

3

警視庁に設置された危機管理センターは喧騒《けんそう》に満ちていた。

首相官邸への地下道での爆発は、警察関係者、全員に混乱と衝撃を与えた。

日本国内でテロの犠牲者が一度で二十人を超えるのは初めてだ。死亡したのは全員、警察官だ。さらに数時間前にも警護官が死亡しているとなると、国民に与える衝撃は計り知れない。

「静かにしてください」

梶元の声でざわめきは引いていった。

「今は、殉職者《じゅんしょくしゃ》の冥福《めいふく》を祈るばかりです」

「ＳＡＴが壊滅《かいめつ》した件は、報道関係にはしばらく伏せておいた方が得策かと思います」

秘書の長森が梶元の耳元で囁《ささや》いた。

地下道に入ったSAT二十三名のうち、死亡が確認された者三名、負傷者五名と報告があった。残りの十五名はまだ埋まったままだ。

「いずれ、公表しなければならないことです。事の重大性を知らせるためにも、早急に発表してください。犠牲者の氏名については間違いのないように。負傷者については収容病院を家族に知らせてください」

室内にざわめきが広がった。何人かは受話器をとり、別の者は準備のために危機管理センターを出て行く。

そのとき、ドアが開いた。

入ってきたのは高山警視総監だ。

「副総理、私の部屋、総監室においでください」

「今でなければならないのかね」

「至急です」

有無《うむ》を言わせぬ声と表情だった。

梶元と共に歩き始めた長森に高山が眉《まゆ》をひそめたが、何も言わなかった。

警視総監室のソファーには、警察庁長官が座っている。

梶元が座ると同時に、テーブルにあった紙を梶元に向けた。

「テロリストからの要求です。たった今、届きました」

「本当に、テロリストからのものですか」

「官邸の官邸警備室のファックスから、警視総監室のファックスにです」

「しかし、なぜ警視総監室なのだ」

警察庁長官が不満を含んだ声で言う。

「SATを送り込んだからじゃないですか。警視庁の所属です。だから私が警視庁にいると推測した。当たったわけだ」

梶元はテーブルの紙を取り上げた。

「日本語ですね」

「前もって用意していたものでしょう。テロリストに日本人が含まれているという情報は今のところありません」

見つめているだけの梶元の代わりに、長森が覗き込んで読み上げた。

「一つ。今後五年間に十万人規模の難民受け入れを国際社会に表明すること」

「日本も難民は受け入れている。今さらなぜ要求する」

「テロリストはそうは思っていないのでしょう。去年の受け入れ実績は五十人に足りません。この要求は呑むしかないでしょう。もう一つは、何ですか」

「一つ。指定する銀行に一億ドルを振り込むこと。詳細については、夜明け後に再度連絡する」

時計を見ると、夜明けまでに二時間半ほどしか時間がない。

「一億ドルだと。日本円で百十億円。バカなことを言うな。そんな額をテロリストに支払うわけにはいかない。また国際社会から浮き上がって、非難されるだけだ」

「日本のトップが囚われているんだ。ただの人質とは違う」

警視総監と警察庁長官が吐き捨てるように言い争う。

「日本国総理大臣の身代金が一億ドルですか。これを高いとみるか、安いとみるか。いずれにしても、内閣官房機密費から払うことになるでしょう。それだけあればの話ですが」

梶元の言葉で二人は黙った。

「この身代金は新崎総理、アンダーソン国務長官、さらに他の大臣や米大使以下、招待客、官邸職員全員のものですか」

「当然です。総理だけが救出されても意味がありません。国民や他国の反発を買います」

「テロリストとの取り引きはしないというのが国際ルールじゃないのか。金額にかかわらず、振り込んだ金は次のテロの資金になる」

「難民受け入れの要求は、国際的には支持を得るだろう。国内的には真っ二つに分かれるが」

再び、警視総監と警察庁長官が言い争っている。

梶元は二人に向き直った。

「テロリストはそれを狙っているのかもしれません。難民受け入れをむげに撥《は》ね付けると、国際的非難を浴びます」

「金の要求は拒否するべきです。金額は問題ではありません。テロの資金を絶つ。国際信義の問題です」

「いや、秘密裏に金額を含めた交渉を行うべきだ」

「彼らと話はできますか。電話が通じているのなら」

「ファックス終了と同時に試みましたが、すでに回線は切られていました。彼らは自分たちが話したいときだけ、回線をつなぐつもりでしょう」

「今度、連絡があったときは、私が話します。その旨《むね》をなんとかして、相手に伝えてください」

梶元はもう一度、ファックス用紙を手に取って目を通した。

「山根《やまね》法務大臣を呼んでください」

梶元は長森に告げた。

山根法務大臣が神妙《しんみょう》な顔でファックス用紙から顔を上げた。

「五年で十万人の難民の受け入れは無理です。年にして二万人。大混乱が起こります。第一、今も日本は難民を受け入れています」

かつては難民申請中は強制送還されず、一定期間後は働くことができた。そのためか、日本への難民申請は年間一万人を超える時期があった。その制度が見直されてからは、難民申請者数は著《いちじる》しく減っている。しかも、難民と認められる者は五十人程度で、数は非常に少ない。

日本は国連難民条約を批准しているにもかかわらず、「本当に難民を受け入れようと思って審査しているのか」という批判が内外から出ている。EUでは、半年だけで三十万人近くを難民として認定している。またアメリカも、一時期シリア出身者などのイスラム教徒を含む八万人以上の難民を受け入れてきた。

「まずは、世界に向けて公表しろということでしょう。こういう内容は、一度世界に向けて発信すると取り下げるわけにはいきません」

「しかし、状況が状況ですから」

「テロリストに脅されて発表したことなので、なかったことにしてくれでは許されないでしょう。難民問題は世界が頭を悩ませていることです。日本には、今までも風当たりは強かった。日本は世界に対して十分な役割を果たしていないと」

梶元がいつになく明確な口調で言い切った。

「国内の反対勢力が黙ってはいないでしょう。未《いま》だに日本は単一民族国家と信じ、それを堅持しようとしている者も多くいます。十万人規模といいますと、イスラム過激派の流入も考えられます。そうなれば――」

「時間の引き延ばしをしましょう。その間に、なんとか次の手を考える。無事に人質を救出する手段です」

秘書の長森が山根法務大臣の言葉を遮《さえぎ》った。

大臣がジロリと見たが、長森は気にとめる様子もない。

梶元はかすかに息を吐いたが、無言だった。


「今、テロリストたちは五階を調べてる。四階に降りてくるのは時間の問題」

無線を聞いていたスーザンが言う。

「早くエレベーターまで行きましょ」

明日香は立ち上がり高見沢に手を出した。

高見沢は顔を上げて明日香を見たが、何も言わずその手につかまり身体を起こした。モルヒネが効いているせいか、わずかに顔をしかめただけで立ち上がった。

「血痕《けっこん》など痕跡を残すな」

「分かってます。最初の訓練で習いました」

「訓練と――」

「実戦は違いましたね。それは高見沢さんから毎日聞いています」

三人は四階の部屋を後にした。監視カメラの位置は頭に入っている。可能な限り死角を通る。明日香を先頭にエレベーターに向かって歩き始めたとき、無線機を耳に当てていたスーザンが明日香の腕をつかんだ。

「待って。彼らはエレベーターを使っている。階段に急いで」

三人は廊下の突き当たりに行き、非常階段に待機した。

「彼らが四階に移動を始めたら、ただちに五階に移るのよ」

「五階にテロリストが残ってたら、どうするのよ」

「私が始末する。音をたてずに」

明日香が腰のナイフに手をかけて言う。テロリストが持っていた、刃渡り二十センチ以上もあるやつだ。

スーザンが頷《うなず》いて無線機を耳に当てた。ボリュームを上げているので声が漏れてくる。

〈五階、クリア。プリンセスはここから下だ〉

〈完璧に調べるんだぞ。見落としは許さん〉

無線機からは緊迫したやり取りが聞こえる。

プリンセスとはいったい誰だ。明日香の疑問がさらに膨れ上がる。重要人物であることは想像がつく。王女というからには女性なのか。いや、決めつけは禁物だ。

〈これから四階に向かいます。全員、エレベーターに乗れ〉

「今よ。彼らはエレベーターに乗った」

スーザンの言葉で三人は階段を上がり始めた。

二人で高見沢を両側から支えて階段を上がった。

五階に上がり、ドアを数センチ開けて覗いたが、廊下に人影はない。

「テロリストたちはすでに四階に降りている。誰もいないはず」

「待って、私が見てくる」

明日香はやはり監視カメラの死角を頭に描いて、廊下に出た。電気はついているが、静まり返っている。

エレベーターの階数表示が五階で点滅を始めた。明日香はあわてて総理執務室に入った。

「ひどい——」

明日香は呟き、息を呑んだ。デスクの引き出しの鍵が壊され、中身が散乱している。飾り棚の半分近くが抜けていた。陶器が飾られていたが、床に欠片《かけら》が散らばっている。

デスクの電話の受話器を取って耳に当てたが、音は聞こえない。他の回線同様切られている。衛星電話を探したがなかった。

テロリストは自分たちで通信手段を確保しているのか。それとも地下の施設を占拠して、そこを使っているのか。いずれにしても、官邸内を十分に把握している。

廊下に足音が響き、総理執務室に近づいてくる。人数は――一人だ。

ナイフを抜いて握りしめた。自分から出ていくべきか。言葉はどうする。自分の英語では簡単に正体がばれる。明日香は迷った。だが、テロリストは何をしに戻ってきた。

足音は総理執務室を通りすぎ、隣の部屋に入っていく。

すぐに出てくると足音が遠ざかっていく。ドアの隙間から覗くと、手にウイスキーとワインの瓶を持っている。それを取りに戻ってきたとは、やはり彼らは寄せ集めのテロ集団だ。

エレベーターが閉まるのを確認して、高見沢とスーザンを連れて、総理執務室に入った。

警視総監室では梶元と法務大臣以下、警察関係者が向き合っていた。

「金は内閣官房機密費から出せば問題ありません。問題は難民に関してです。国際社会はテロリストに賛同するでしょうね。いくらテロリストに脅されたと言い訳しても、一度公《おおやけ》にすれば引っ込めることはできません。国際的信用を考えれば、受け入れた方が得策でしょう。金については公にはできません。テロリストと極秘の交渉が必要です。公になれば、世界から非難を浴びます。日本は自動車ばかりでなく、テロも輸出していると」

警察庁長官が言う。

「やはり、無理な話です」

梶元は細い声を出した。

「今後五年間で十万人の難民受け入れ、とりあえず年間二万人。そんな決定を、私の一存でできるわけがない」

梶元の声は上ずっている。警視総監が時計を見て言った。

「あと二時間ほどで夜明けです。国会を開いて議論をしてからなど、無理な話です」

「時間ぎりぎりまで待って、了解の返事をしましょう。詳細はその後考えればいい」

長森が梶元をなだめるように言う。

「アメリカはどうなっているんです。ドナルド大統領には、要求はいっていないのですか」

法務大臣が梶元を見て苛立った口調で言った。

「アメリカからは何の連絡もありません。日本政府に届いた要求を伝えます」

「時期《じき》尚早《しょうそう》でしょう。相手が何者かも分かっていません。もう少し様子を見てからの方がいいでしょう」

梶元の代わりに長森が間髪《かんはつ》を容《い》れず答える。

「アメリカの国務長官が総理と共に人質になっています。テロリストの要求を伝えないわけにはいきません」

「要求は断固拒否するように言ってくるでしょう。しかし、一国の総理と国務長官とは扱いが違います。口出しされるよりは、黙っている方が――」

ノックの音が聞こえる。どうぞ、と言いかけた言葉を梶元は呑み込んだ。ここは警視総監室で自分の部屋ではない。

警視総監の声で入ってきたのは外務副大臣だ。

「ここにおられると聞いたもので」

副大臣は居合わせた者たちに視線を走らせた後、梶元に目を留めた。

「いいから話しなさい。何かあったのでしょう」

梶元が促《うなが》すように言った。

「アメリカのリース首席公使が、副総理に面会を求めてきています」

「すぐに会います」

梶元は高山警視総監を見た。

「私の応接室にお通ししろ。ただし、私も同席させていただきます」

梶元はかすかに頷くと、案内するように言った。

「アメリカのネイビーシールズ部隊三十名が日本に到着しました。現在、厚木《あつぎ》基地に待機しています。官邸正面の現場近く、できれば現場の対策本部の近くに移動させたいのですが」

リース首席公使は流暢《りゅうちょう》な日本語で言った。

彼とは今までに何度か会ったことがある。

ネイビーシールズは、アメリカ海軍特殊戦コマンドの管轄《かんかつ》下にある特殊部隊だ。沿岸部の偵察や攻撃阻止、敵地での特殊作戦や情報活動、心理作戦、非正規戦などの活動を行っている。アフガニスタンやソマリアなど、内陸部での活動にも投入されている。アルカイダの指導者、ウサマ・ビン・ラディンの殺害作戦を遂行《すいこう》して、世界に名を知られるようになった。

　現在、北朝鮮がらみの朝鮮半島危機に対応して、韓国にも駐留している。その部隊が急遽《きゅうきょ》派遣されてきたのだ。

「武装した外国軍隊が基地外に出るとなると、問題が大きくなります。我が国にも対応できる部隊はあります」

　梶元より先に長森が答えた。

「警視庁のSATが突入を試みたと聞いています。壊滅状態だとか。お気の毒なことです。我々のシールズは十分な訓練を受け、実績もあります。アメリカ合衆国はなんとしても、アンダーソン国務長官とベイカー駐日大使夫妻、それに、現在囚われているアメリカ国民を無事救出したい。それがネイビーシールズの任務です」

「しばらく待ってもらえませんか。まだテロリストの正体さえ分かっていません。テロリストもそろそろ動き出すでしょう。我々はこれ以上の犠牲者は一人も望んでいません。可能な限り、話し合いで解決したい」

　梶元が穏やかな口調で言う。

「すでに戦闘が始まっているのです。犠牲者も多数出ています。国務長官の警護官が死亡したとも聞いています。彼らはアメリカ国民です。我々は、犠牲者を最小限に食い止めたい」

「テロリストたちを射殺するということですか」

「大統領は最善の作戦を行うようにと。それに応える用意があります」

首席公使が自信を持って言い切った。

三人は警視総監室に戻った。

「テロは我が国で起こっています。なんとしても、自国の力で解決すべきです。他国の力を借りるようなことがあれば、物笑いの種です」

警視総監が言うと、警察庁長官が首を横に振っている。

「しかし、当面できることはないでしょう。それであれば――」

「近くの高層ビルで官邸の敷地内が見える部屋に、新たなSATを配置します」

「狙撃するつもりですか」

警視総監の言葉に警察庁長官が驚きの声を上げた。

「官邸周辺に高層ビルを建てるときには、官邸内部が直視できないように設計してもらっています。警備上の理由です。今回は、少し手を加えれば官邸内が見える部屋を探しています」

「できる手はすべて打っておいてください」

そう言って、梶元は時計を見た。あと一時間ほどでテロリストから連絡がある。

梶元は立ち上がり、窓際に行った。薄暗い東京の夜が広がっている。

数時間前に見た、ライトアップされた官邸を思い浮かべた。

昨日の夜から十時間余りの間に何人が死んだのだ。突入したSAT、官邸内部では多数の警護官が撃たれたという報告もある。これ以上の犠牲者は避けなければならない。この事態を解決するには、自分はあまりに非力すぎる。

梶元は必死で考えていた。時間だけが過ぎていく。

「要求はすべて呑みましょう。私の責任で、です。早くこの事態を解決しなければ。これ以上、犠牲者が出ることには耐えられません」

振り返って、室内にいる者に向かって言った。

4

やがて夜が明け始めた。

首相官邸が朝日の中に浮かび上がる。いつもと変わらない風景だが、あのシンプルで品のいい建物の中では世界の現実を濃縮したような惨劇《さんげき》が起こっているのだ。

現場の責任者、警護課長の横田は指揮車の前に立って官邸を見ていた。この五百メートル圏内に数百名の警官と自衛隊員が息を呑んで待機している。

「危険です。後退してください」

部下が指揮車から出てきて声をかけた。

「テロリストからは何も言ってこないのか。官邸が占拠されてからすでに、十時間が経っている。人質を取って立て籠もるなら、何かの要求があるはずだ。それとも、すでに要求はあったが、どこかが隠しているのか。その可能性が高そうだ」

横田は無意識のうちに口に出していた。

部下が突然何を言い出すのだ、という顔で横田を見ている。

「すぐ指揮車に戻る。先に行ってくれ」

そのとき、ヘリのローター音が聞こえ始めた。見上げると明るみ始めた南東の空に黒い点が見える。その点はみるみる大きさを増して、ヘリの形となって近づいてくる。

路上に座り込んでいた警官たちも、立ち上がって空を見上げている。

「どこのヘリだ。すぐに調べさせろ。引き返すように伝えるんだ」

横田は隣で見上げている部下に怒鳴った。

ライアンは小ホールのドアの前に立っていた。

プリンセスはまだ見つかっていない。いったいどこに行った。急がなければ、アメリカ本土での動きに支障が出る。

〈ヘリが近づいてきます〉

無線から部下の声が聞こえる。屋上にいる部下からだ。

〈南東方向から進入し、官邸正面に向かってきます〉

「ポリスか、軍用ヘリか」

〈民間のものです。日本のマスコミでしょう。テレビ局のロゴが入っています〉

「用意はできているか」

〈いつでも大丈夫です。指示があり次第、撃墜できます〉

「ポリスもヘリは把握しているだろう。今頃大騒ぎだ。十分引き付けてから撃墜しろ。ここに影響のないところで」

アレンがやってきた。目が赤く顔色は悪い。

「これ以上、犠牲者を出すことは許せない。私からアメリカ本土に話す。回線をつないでくれ」

「アメリカ本土もすべて了解している。あんたは黙って見てろと言っただろう。これ以上騒ぐと、容赦はしない」

三階のエントランスホールから騒ぎ声が聞こえてくる。

「何かあるのか」

「あんたも、現実を見ておいた方がいいだろう」

ライアンは階段の方に歩き始めた。

エントランスホールの窓際には迷彩服の男たちが集まっていた。

官邸正面の窓は中からは見えるが、外から中は見えにくい造りになっている。

明け始めた空にヘリの機影が見え、近づいてくる。

「どうするつもりだ」

アレンのかすれた声が聞こえる。

機影がさらに近づき、高度を下げてきた。

突然、ヘリが旋回《せんかい》を始めた。官邸から遠ざかろうとしている。何かに気づいたのか。

視野に白線が入ったかと思うとヘリに向かって飛行していく。ミサイルだ。

「やめろ」

アレンの悲鳴に近い声が響いた。


「どこのヘリだ」

横田は指揮車に乗り込み、車内に設置されたモニター画面に向き合っている部下に聞いた。その一つに近づいてくるヘリの機影が映っている。

隣の画面には官邸の全容が映し出されている。付近の高層ビルの屋上にカメラを設置して、望遠で映した画像が送られてくるのだ。

「テレビ局のヘリです。やっと連絡が取れました」

「ただちに引き返すように言ってくれ」

部下は無線機に向かって、横田の言葉を繰り返した。

ヘリの高度が下がり、さらに近づいてくる。

官邸の屋上に数人の人影が現れた。ヘリの方を指さして、何か言い合っている。

「屋上に人影が見えます。何か持っているようです」

「地対空ミサイルだ。ヘリに伝えろ。急げ」

屋上の男が肩にランチャーを構えた。ミサイルが発射された。

ヘリが急旋回を始める。そのヘリを追跡してミサイルがカーブを描いて飛行していく。

明日香は窓にしがみ付くようにして、明るみ始めた空を見ていた。

無線機がヘリの接近を告げるテロリストたちの声を拾っている。その中に、ミサイル、屋上、撃墜という単語が聞こえる。

南東の空と言っていた。東京湾方面から飛んできたのだ。

「ヤバい。テロリストは地対空ミサイルを持っています」

明日香は声を上げた。

エントランスホールに積み上げられた箱の中にあった。

「起こしてくれ」

高見沢の声で、明日香は身体を支えて空の見える位置に移動させた。

高層ビルの間にヘリの機影が見え始める。

「なんとか知らせなければ。このままだと撃墜される」

「どこのヘリだ。ボディーに所属が書いてないか」

「まだ見えません。おそらくマスコミのヘリです。警視庁はこんな馬鹿なことはやりません」

「なんとかして、テロリストがミサイルを持っていることを知らせるんだ」

「すでに、手遅れです」

窓の一角に白煙を引いて飛行する物体が見えた。ミサイルだ。ゆるいカーブを描いてヘリに向かっていく。

外が騒がしくなった。

遠山はビルを飛び出して道路に出た。

だようだ。

朝の陽光がビルの間から都心の空気を染めている。オレンジ色の染料を流し込んだようだ。

道路では数百人のマスコミ関係者が空を見上げていた。

東京湾の方から、ヘリのローター音と共に黒い点が近づいてくる。

「ヘリだ。警察がこの状況で飛ばすはずはない。どこの社だ。バカをやったのは」

ヘリは南東方向から飛んできて、大きく旋回して官邸正面に向かおうとしている。

「くそっ、これじゃ報道協定も何もないじゃないか」

ヘリの高度が下がる。官邸に近づいたのだ。そのとき、高層ビルの間に白煙が見えた。官邸の方から飛んできたものだ。

「ミサイルだ。ヤバいぞ、これは」

高度を下げていたヘリが急旋回を始めた。その機体目がけてミサイルが突っ込んでいく。轟音《ごうおん》とともに炎が上がり、いくつかの破片が飛び散る。ヘリは炎と黒煙の塊《かたまり》になり、墜落していく。

「こっちに来るぞ。逃げた方がいい」

道路いっぱいに広がっていた人たちがビル内に逃げ込んでいく。

カメラでヘリを追っていた者も、後ずさりしている。火炎の塊となったヘリは、記者たちの頭上を通りすぎて、六本木《ろっぽんぎ》の方に消えていった。

遠山は呆然《ぼうぜん》と空を見上げ、立ち尽くしていた。


警視庁の危機管理センターの空気は凍り付いていた。ほぼ全員が立ち上がり、前方のモニターを見ていた。炎に包まれたヘリが墜落していく。あれは六本木一丁目方面か。

「すでに消防と警視庁が墜落現場に向かっています。被害の詳細は分かり次第報告するよう伝えています」

警視総監が受話器を持ったまま震える声で言う。民間人に被害が出たのだ。

「官邸周辺には二度と近づかないように、報道関係に伝えてください。周辺の高層ビルにも警官を配置して、危険な行動を取るマスコミは見つけ次第拘束すると」

梶元が強い口調で言う。

そのとき複数の電話が鳴り始めた。

「テレビ局のヘリはアークヒルズのビルに衝突し、ヘリの乗員、パイロットを含め四名は全員死亡。ビル周辺にいた五十名以上が重軽傷を負いました。死者もいるようですが詳細は不明」

受話器を持った職員の声が響いた。

「墜落地周辺の映像に切り替えます」

声と同時にモニターの一つに、地下鉄六本木一丁目駅周辺の映像が現れた。ビルの一角が大きく崩れて炎と煙を上げている。その下に、ローターの取れたヘリの残骸《ざんがい》が横転していた。辺りは崩れた壁面や看板が散らばり、横たわる人や座り込む人で騒然としている。

十台以上のパトカーと救急車が停まり、警官と救急隊員が慌ただしく行き交っている。

梶元はきつく目を閉じたが、思い直してその光景をまぶたに焼き付けるように見つめた。

5

明日香たちは、テロリストが捜索して立ち去ったのを確認して、来たときと同じように四階の小部屋に戻ってきた。

無線を聞いていたスーザンが顔を上げた。

「拘束していた男が発見された。明日香が迷彩服を奪った男。自力で拘束を解いて、這い出したようよ」

明日香の動悸が速くなった。分かっていたことだが、現実になるとショックだった。これで自分が潜んでいることが、テロリストに分かった。しかも、女であることも。やはりあのとき——。

高見沢が明日香を見ている。

「申し訳ありません。私の責任です。殺しておくべきでした」

「忘れろ。脱出に時間がかかったのは、拘束がしっかりしてたからだ。おまえがいなかったら、俺もとっくに死んでる。今は外部との連絡と脱出だけを考えろ」

「そうよ。あなたは最高によくやってる。元気を出して。待って、無線が聞こえなくなった」

スーザンが無線機を叩きながら言った。

「奴ら、無線機を切った。おまえに拘束された男から、無線機が奪われたことを聞いたんだ」

「植木鉢のマイクはまだ見つかってない」

イヤホンからは小ホール付近の声が聞こえてくる。

「女に衣服を取られたマヌケに、どんな女だったか聞け、と言ってる。プリンセスの写真を見せて確認しろって」

スーザンがイヤホンで聞こえる会話を繰り返した。

「プリンセスって一体何者なの。テロリストは総理や国務長官より、その女が大事なんじゃないの。だから懸命に探してる」

「迷彩服を奪ったのは、写真の女じゃないと言ってる。覚えているのは下着だけの女で、髪は短い黒髪。東洋系で身長は百七十センチ以上。近づくと回し蹴りで後頭部を蹴られた。格闘技の経験のある女だって」

　スーザンが明日香に眉を吊り上げながら言った。

「プリンセスは必ず官邸内にいるから探し出せ、と言ってる。残りは三階から一階」

「よほど重要な女らしいな。しかし人質の中にいないとすると、我々同様、官邸内に潜んでいるというのか」

　高見沢が言う。彼もスーザンの英語は理解している。

「スーザン、あなたは心当たりないの。国務長官にずっと同行してたんでしょ」

「女性も政府スタッフを入れて七人いたけど、そんな重要人物のことは聞いてない」

「テロリストたちは、日本かアメリカにすでに要求事項を伝えたのか。よほどの要求だ。あれだけの警護官を殺し、さらにＳＡＴも殺《や》った」

「ヘリまで撃墜した。搭乗員はもとより、墜落場所ではもっと被害者が出ている」

「これじゃ、俺たちがここにいる意味がない」

高見沢が呻《うめ》きに似た声を出した。明日香はスーザンの耳元に自分の耳をつけた。イヤホンからはヘリの撃墜を喜ぶテロリストたちの声がまだ聞こえている。

〈これで、奴らも懲《こ》りただろう。SATも撃退したし、ヘリも落とした。あとはプリンセスを見つけ出すんだ〉

スーザンが繰り返さなくても意味はつかめた。

「警部補は外部との連絡を続けてください」

明日香はスーザンから離れて立ち上がった。

「プリンセスについて調べに行くのか。しかし、迷彩服の女が紛れ込んでることは、テロリストに知られている」

「本当にプリンセスが目的なら、クイーンの解放につながるかもしれません」

「警護官の待機室のロッカーのカギだ。下に降りる前に寄って行け」

高見沢が胸ポケットからキーを出した。ロッカーに何が入っているか聞こうと思ったが、高見沢の顔を見てやめた。額に脂汗《あぶらあせ》が滲《にじ》み、口を開くのさえ苦しそうだ。

「これを持って行け。何かあれば報《しら》せろ。今度は情けはかけるな。ツケは必ず回ってくる。おまえに言っても、無駄なようだが」

明日香は答えずドアの前に行った。スーザンからイヤホンを受け取る。

ドアをわずかに開けて、誰もいないことを確かめると、間をすり抜けるように廊下に出た。

廊下の真ん中を歩いた。監視カメラの死角部分は把握していたが、廊下を歩く限りは、監視カメラからは逃《のが》れようがない。だったら、堂々と姿をさらした方がいい。サングラスをかけて野球帽を目深《まぶか》にかぶれば、顔の半分以上は見えない。仲間からはぐれたテロリストだ。

明日香は警護官の待機室に入った。奥にカギ付きのロッカーがある。中に発煙筒と閃光手榴弾《せんこうしゅりゅうだん》のケースが入っていた。

「こんなものを置いてたんだ。さっさと言ってくれればいいのに」

上着とズボンのポケットに入るだけ入れた。動きにくくなるが、強力な助けになる。

エレベーターまで行って乗り込んだ。

短機関銃を構えてドアが開くのを待ったが、二階でドアが開いても周りには誰もいない。

明日香はエレベーターを抜け出るとテロリストたちに紛れ込んだ。

小ホール付近は前より慌ただしさを増し、人員も増えている。プリンセスの捜索に全力を注ぎ始めたのか。それとも次の計画が始まっているのか。

ライアンは地下の官邸警備室に降りた。

壁一面に並んだモニターの前に立った。

モニターには三階、二階を中心に監視カメラの映像が映っている。

「プリンセスは見つかったか」

「まだです。五階と地下から探しているのですが」

手動にした監視カメラのモニターを切り替えながら部下が答える。

「女が官邸内をうろついてる。身長百七十センチ以上。痩せ型。髪は短髪で黒。短機関銃を持っている。見つけたらすぐに報告しろ。女だが格闘技ができる。用心しろ。すでに一人やられて、迷彩服を奪われた」

ライアンはマイクを持って官邸内に呼びかけた。この放送は女にも聞こえているはずだ。これで、女もうかつに官邸内を動き回ることはできない。あとは忍耐と頭脳戦だ。負けるわけにはいかない。

「止めろ」

監視カメラの映像を見ていたライアンが叫んで、モニターに顔を近づけた。

「こいつを拡大して鮮明にしろ」

迷彩服に野球帽をかぶり、サングラスをかけた姿が拡大された。徐々にシャープになっていく。頑強そうではないが、機敏そうでバネのような身体つきだ。一見、性別は分かりにくいが、確かに女だ。短機関銃を構えているが、無線機は持っていない。

「この女だ。間違いない。無線機を復活させるよう伝えろ。女の情報を伝える。ただし、重要事項は話すな」

ライアンは無線機を出し、繰り返し始めた。

「女は二階だ。特徴を伝える。迷彩服に野球帽をかぶり、サングラスをかけている。その他、容姿は放送で言った通り。仲間に伝え、全力を挙げて探せ」

女は警護官の一人だろう。ということは、新崎総理の警護官だ。

ライアンは二階に駆け上がった。

「新崎総理を連れて来い。通訳もだ」

部下に怒鳴るように指示した。


横田は指揮車の中からモニターに映る官邸を見ていた。

朝日を浴びた日本的で優美な姿からは、中で起こっている事態は想像できない。

モニターを睨んでいた部下が横田の方に向き直った。

「官邸の四階からレーザー光が発信されています。モールス信号、ＳＯＳのようです」

「人質になるのを免《まぬか》れた者がいて、官邸に潜んで信号を送っているというのか」

「分かりません。私もモールス信号はＳＯＳしか分かりません。高校時代にアマチュア無線をやっている友達がいて、覚えさせられました」

横田はモニターに顔を近づけた。確かに赤い点が点滅している。

「おそらく、警護官の一人でしょう。警護官の中にモールス信号ができる者がいたかどうか問い合わせています」

他の部下が受話器を耳に当てている。

「警護課の高見沢警部補だ。彼がモールス信号を知っている」

横田は思わず声を出した。周りの視線が横田に集中する。

「高見沢が拘束されずに生きてる。彼は新崎総理の警護官だ。他にモールス信号を知っている者はいないのか。彼と通信ができる者は」

「ただちに呼び寄せます」

警察の通信担当者には、非常時に備えて和文モールスを理解する無線通信士か無線技士が何人かいる。

「絶対にテロリストに覚られないようにしろ。信号を送っている者の生死に関わる」

「しかし、こっちから信号を送ると、テロリストに覚られる恐れがあります」

「分かってる。今、考えている」

横田はモニターに顔を付けるようにして、官邸の四階で点滅する小さな赤い光を見つめた。


明日香は動きを止めた。

〈見つかった。彼ら、サングラスに野球帽の女を追ってる。明日香は今、三階のエントランスホールに続く廊下にいるんでしょ。そっちにテロリストが向かっている〉

イヤホンから聞こえるのはスーザンの声だ。

〈小ホールにも連絡がいってる。サングラスに野球帽、迷彩服を着た細身の女。あなたの場所は、監視カメラでとらえられている〉

明日香は監視カメラの位置を確認すると短機関銃を向けた。激しい銃撃の音とともにカメラが吹っ飛ぶ。

「女は三階だ。エントランスホールに向かう廊下だ」

「逃げ道はない。逃がすな」

怒鳴り声と共に足音が聞こえ始める。

走りながら発煙筒のピンを抜いて転がし、廊下の角に身体を伏せた。

煙が上がり、辺りは怒鳴り声や、走り回る足音で騒然とし始めた。

明日香はサングラスと野球帽を捨て、首のアフガンストールを頭に巻いた。

「敵が侵入した。複数だ。機関銃を持っている」

明日香は英語で怒鳴り、短機関銃を天井の明かりと監視カメラに向けて撃った。

電灯が砕け散り、辺りは薄闇に包まれる。明かりはエントランスホールから漏れてくる光だけだ。薄闇に煙が広がり、辺りはほとんど何も見えない。明日香は走りながら監視カメラがあった方向に銃口を向けて引き金を引き続けた。

周りで銃声が響き始めた。明日香は階段を駆け降りて、二階の階段横の壁際に隠れた。

階段から降りてくるグループがある。三階を調べていた者たちだろう。

最後の一人の襟首《えりくび》をつかんで引き倒した。短機関銃の銃床《じゅうしょう》で殴りつけると動かなくなった。そのまま廊下の片隅に引きずっていく。

介抱《かいほう》している振りをしてポケットを探った。

プリンセスの情報になるものを探したが、何もない。迷彩服を奪った男と同様、身分証など身元の分かるものは持っていない。

スマホと持っていた三個の弾倉《だんそう》を奪って、その場を離れた。スマホの情報を外部に送ることができれば、何か分かるかもしれない。階段に向かいながらスマホを操作したが、ロックがかかっている。指紋認証になっている。

迷ったが引き返して、倒れている男の指でボタンを押していった。右手の中指で画面が開いた。足音が聞こえ始めた。中指の第一関節にナイフを当てたが自分にはできそうにない。

辺りが明るくなった。テロリストが運んできた大型ライトの光が小ホールの前を照らしている。視界を遮っていた煙も半分が拡散していた。

「落ち着け。私は訓練を受けた警護官だ。必ず任務を遂行する」

明日香は口の中で呟きながらスマホを握り直した。

階段を駆け上がりながら、男のポケットにあったバンダナを頭に巻いた。

四階の高見沢とスーザンのいる部屋に戻った。

「助かった。あなたが知らせてくれなかったら、捕まって殺されてる」

「あなたが植木鉢に置いたマイクが拾った声を伝えただけ」

「私がここに戻ったのを、監視カメラで見られてないかしら」

「官邸内のすべての監視カメラを一度には映しきれない。三階で騒ぎが起こっている。手いっぱいで見られていないことを祈るばかりだ」

眠っていると思った高見沢が目を開け、自信なさそうに言う。

「総理と国務長官、大使夫妻は、囚われてはいるが無事なことを知らせておいた。届いたかどうかは分からないが」

持っているレーザーポインターに目を留めた明日香に、高見沢が言った。

明日香はポケットの残りの発煙筒と閃光手榴弾を、高見沢の前に置いた。

「早く教えてほしかった。こんな便利なものがあるなんて。忘れてたわけじゃないでしょ」

「最後の手段だ。数も多くはない」

「私を信頼してなかったんですか。ここで動けるのは私だけです」

明日香の言葉に高見沢が一瞬視線をそらしたが、すぐに明日香を見据えた。

「プリンセスの正体は分かったか」

「不明です。一人倒しましたが、身元の分かるものは何も持っていませんでした」

明日香はテロリストから奪ったスマホを出した。

「中のデータを見ることができれば、テロリストグループの正体が分かるかもしれません」

明日香はスマホを高見沢に渡した。

「ロックは?」

「指紋認証でしたが、その場で解除しました」

「指は切れなかったというわけか」

高見沢がスマホを調べている。待ち受け画面は肩を組んで笑いかける若い男女で、男はスマホの持ち主だろう。

「ネットにつながっていないので、外部と連絡できない」

写真のアプリをタッチした。女性の顔写真が現れる。

「これって――」

写真を見た明日香は息を呑んだ。高見沢も固まっている。真面目くさった顔のスーザンが明日香を見つめていた。証明書に使われていた写真か。

スーザンが覗き込んでくる。

「あなたがプリンセスなの」

「やめてよ。私はスーザン・ハザウェイ。ワシントン・ポストの記者」

「でもこれって、あなたの写真。本当にテロリストに狙われる心当たりはないの」

「そんな重要人物になりたいわね」

高見沢が画面をスクロールした。今度は笑みを浮かべた、Tシャツにジーンズのスーザンの全身写真だ。間違いない。プリンセスはスーザンだ。次にあるのが、新崎総理とアンダーソン国務長官だ。

「三人だけだ。他の者の写真はない」

「よく考えて。大切なことだから。自分が何者なのか。私たちの命がかかってる」

明日香の言葉にスーザンの表情が引き締まった。

第四章　決断

1

新崎総理はライアンの前に立つと、背筋を伸ばし強い視線を送った。憎しみと非難、軽蔑と憐れみ、様々な感情の入り混じったものだ。

ライアンが新崎の顔を殴りつける。

よろめいて倒れそうになる新崎の身体を、頬に絆創膏《ばんそうこう》を貼った通訳が支えた。力を入れて傷が痛んだのか、通訳が顔をしかめる。

ライアンを見つめる新崎総理の目は怒りに燃えている。痛みよりも、自分の無力に屈辱と腹立たしさを感じる。

もう一度振り上げた腕を、思い直したようにライアンが下ろした。

「おまえらの特殊部隊が地下道を通って侵入しようとした。だが、我々の地下道爆破で全滅した。それに懲りず今度はヘリだ。おまえの政府は総理を護ろうという気はないようだ」

「政府がヘリを送るはずがない。あれはマスコミが勝手にやったものでしょう」

ライアンと総理の言葉を通訳が震える声で伝える。

「それを統制するのも政府の役割だろう。できないなら、死者を増やすだけの無能な政府だ」

新崎は現在の政府の状況を考えていた。

おそらく指揮を執っているのは副総理の梶元だ。彼は慎重な男だ。ムチャはしない。いや、できない。慎重すぎるために、決断力に欠ける弱い政治家と見られている。だから大臣経験はあるが重要ポストには就いたことがない。副総理とは名誉職的なものだ。自分の政権で副総理に指定したのは、肩叩きの意味もある。そろそろ若者に道を開けてほしい。それが、こんなことになろうとは。

「政府に要求はしたでしょうね。しかし、政府の姿勢はテロリストとはいかなる交渉もしない。これは、曲げられないはず」

「それを曲げさせるのが我々の仕事だ。どんな手を使っても。今ごろ、政府は大騒ぎだ」

梶元なら情に流されるかもしれない。昔気質《むかしかたぎ》の人間だ。人命はいかなるものより重い、と本気で信じているかもしれない。それではまた、昔の日本に戻ってしまう。その言葉は真実だが、それがもたらす結果は単純ではない。

「いったい、何を要求したの。私たちの命と引き換えに。日本の総理として、また当事者として知っておきたい」

「五年間で十万人の難民受け入れと一億ドルの金の振り込みだ」

ライアンは要求内容をすんなりと話した。新崎は軽いため息をついた。

「数は異常だけど、難民受け入れは可能でしょう。世界は文句を言わない。でも、金銭の要求は拒否される。受け入れれば国際的に非難される。昔と同じになる」

「秘密裏に行えば問題ない。大した額じゃない」

「一億ドルが大した額じゃないと言うの」

「おまえの国にとってはな」

一億ドルの武器とはどれほどのものなのか。何丁の銃、何個の手榴弾《しゅりゅうだん》、何機の戦闘ヘリを買えるのか。何人の人を殺せるのか。さらに何人のテロリストを訓練できるのか。そう考えると、新崎はめまいを覚えた。

「そんな額、払えるわけがない。テロ活動の資金源になるのは分かっている。国際社会からは大きな非難を受ける」

「おまえの心配することじゃない。自分の命と他の人質の命の心配をすればいい」

ライアンが二人を大ホールに戻すよう部下に指示した。


アンダーソン国務長官は新崎を見て息を呑んだ。

口元から血が流れている。あわててハンカチを出して新崎の口に当てた。唇を嚙みしめているのは、痛みよりも理不尽な相手に対する憤《いきどお》りと悔しさからか。

「医療品を持ってきてくれ。きみらにも少しの良心はあるだろう。女性が血を流してるんだ」

アンダーソンはテロリストに向かって叫んだ。

「国務長官、興奮しないで。私は大丈夫です。でも、ここには体調のすぐれない人もいる。水と薬は必要です。それに横になるときの毛布くらいは」

新崎が淡々とした口調で言う。

「テロリストは日本に要求をしてきました」

新崎が要求内容を話した。

「テロリストは日本ばかりではなく、あなたの国にも要求を出しているかもしれません」

アンダーソンの顔が曇った。

「アメリカはテロリストとは、一切交渉しません。これが原則です」

「裏取引もないのですか」

「私はドナルド大統領とは幼馴染《おさななじみ》です。彼の性格からして、テロリストの要求を呑《の》むとは思えません」

「当然です。テロリストとは一切交渉はしない。国のトップとして、常に世界に与える影響を考えなければなりません」

新崎が強い意思を持った視線を向ける。アンダーソンは新崎から視線を外した。

「ドナルド大統領の場合、テロリストとは交渉しない、という世界の安全を前提にした原則とは違う。彼は自分は特別だと思っている。自分にとって都合の悪いことは、すべて排除する」

アンダーソンが顔をゆがめた。その表情には複雑な思いが滲《にじ》み出ている。

「しかし、心底から悪人ではない。激しやすく涙もろい。心の偏狭《へんきょう》な愚かな人間です」

新崎が驚いた顔でアンダーソンを見つめている。

小柄な男がアンダーソンのところにやってきた。

「ここにあった救急ボックスだ。官邸の職員に聞いて持ってきた」

アンダーソンの前に置いた。

テロリスト中で唯一、ブレザーを着た男だ。名前は——アレンと呼ばれていた。

「いつまでここに閉じ込めておくつもりだ」

「僕も分からない。我々の要求が認められるまでだ」

アレンはアンダーソンを見つめると、テロリストたちの方に戻っていった。

新崎も彼を目で追っている。


警視庁危機管理センターは落ち着きを取り戻しつつあった。

SATのほぼ壊滅《かいめつ》とヘリの撃墜で、一時は騒然としていた。ヘリの墜落で判明した死者は二十名以上、負傷者は七十名を超えている。操縦士とテレビ局の三名以外は、たまたま墜落現場の近くにいた一般人で、巻き込まれた人たちだ。

梶元副総理は警視庁の会議室で開かれた国家安全保障会議に出ていた。

梶元は十分ほど前に届けられた、現場の対策本部からの報告について考えていた。「総理と国務長官、大使夫妻は生きている」と、レーザーポインターを使ったモールス信号が送られてきた。信号はそれっきり途絶えているという。テロリストに覚られると、送信者の身に危険が及ぶので返事は避け、公表はしない。

「三十分後、国民に向けて演説をする」

「副総理自らですか」

梶元の言葉に財務大臣が口を開いた。

「私には、荷が重すぎると思うかね」

「そういう意味では――」

「政治家歴、三十七年です。衆議院では誰よりも長い。しかし、全国民に向けて話すのは初めてです。国民も正確な現状を知りたいでしょう。責任ある者の口から直接に。メディアや評論家の推測より、正確で詳しい状況をです」

首相官邸占拠が明らかになってから、テレビの全チャンネルは、この事件を放送している。軍事評論家、国際問題の専門家を集めて、推測のみの討論番組を続けている。その番組に、日本中の国民が釘付けになっているに違いない。さらに、外国のメディアにもリアルタイムの事件として大きく扱われている。そろそろ正確な情報が必要だ。

「かえってテロリストたちを刺激することにはなりませんか」

「そうならないように訴えるつもりです。私はなんとしても、総理以下、現在官邸内に囚われている者たち全員を無事に救出する意思があること、あらゆる手を尽くすことを訴えます」

「演説では――テロリストからの要求は公《おおやけ》にするんですか」

梶元の迫力に、財務大臣が遠慮がちに聞いた。

「十万人の難民受け入れ要求は公にせざるを得ないでしょう。金については――」

「国民に話すということは、世界に発信するということです。もう、後戻りはできません」

秘書の長森が梶元の背後に回り、遮《さえぎ》るように言う。

「覚悟の上です。法務大臣は至急、その準備に取り掛かってください。法的な問題を洗い直し、難民の受け入れ体制を作ってください」

梶元の口調はむしろ、積極的な感じさえする。

難民受け入れは、難民申請と難民認定の二段階で行われる。

難民申請は、法務省出入国在留管理庁で受理される。その申請に基づき、入国審査官が認めれば難民と認定される。

難民と認められた場合は三年までの在留資格が与えられる。国民健康保険への加入、自治体の福祉支援、政府の委託団体による日本語教育や生活オリエンテーション、職業斡旋《あっせん》などの定住支援プログラムを受けることが認められる。

「金についてはどうしますか」

「しばらく伏せておきます。国内は納得しても、世界は反発します。テロリストを説得して、なんとか回避するか、極秘裏に支払うか――。しかし一億ドルとは大きく出たものです。秘密裏に行うには無理がある金額です」

梶元は独り言のように呟《つぶや》いている。

「やはりアメリカの状況を確かめた方がいいでしょう。テロリストから要求は来ているのか、対処の基本方針はどうか。我が国だけが、勝手に突っ走るわけにはいきません。国務長官の命もかかっています」

梶元は顔を上げて、居並ぶ閣僚たちに目を向けた。

「至急、外務省を通し連絡を取ってください。ドナルド大統領との電話会談を望んでいると」

閣僚たちは、梶元の言葉を無言で聞いている。

「国民に副総理が直接状況を話すのなら、そろそろ用意をした方がいいかと」

長森が時計を見て梶元に耳打ちした。

梶元は頷《うなず》いて立ち上がった。


明日香はスーザンとスマホの写真に見入っていた。

二人を睨むように見ている写真の女性は、紛れもなくスーザンだ。テロリストたちが必死で探しているのはスーザンなのだ。そして彼女は、明日香の目の前にいる。

「この服はいつのもの」

「忘れたわ。こんなの最近着たことない」

「じゃ、こっちのは」

「去年の夏だったかしら。彼ら、どこからこんな写真を手に入れたの」

「あなたを捕まえるために、周到《しゅうとう》な準備をしてたってわけね」

明日香は考え込んだ。

横では高見沢が壁にもたれて目を閉じている。意識があるのか、ないのか。時折苦しそうに顔をゆがめた。

「本当に心当たりはないの。テロリストに狙われるような、スゴイ特ダネをつかんでいるとか。世界がひっくり返るような」

「そんなのがあれば、もっと有名になってる。私はただの政治記者。入社以来ずっと政治部で、取り立てて驚くような記事も書いてないし。でも、いつか必ず、そういう仕事をやりたいと願ってる。ピューリッツァー賞を取れるくらいのね」

スーザンは写真に何度も目を向け、考えながら話している。本当に心当たりはなさそうだ。

「あるのは野心だけか。何か思い出したら教えてよ。テロリストたちの目的が分かるかもしれない」

「思い出したらね」

スーザンが自信なさそうに答える。

「そのスマホにこのテロにつながりそうな写真とメール、通話履歴《りれき》が残っているかもしれない。電話した相手はママやパパが多い。一番多いのはマリアだ。結婚相手か恋人だろう。いくつかある非通知の通話がテロ関係者か。これらのデータを警視庁に送りたい。方法を考えろ」

突然、高見沢が目を開けて言った。

「通信を可能にすることです。それには、携帯電話を使用不可にする電波を出している機械を破壊するのが、一番確実で手っ取り早い方法です」

「小ホールに置いてある。破壊するにはそこまで行かなきゃならない。行けるか」

「やらなきゃならないでしょ。髪まで切ったんです」

明日香はバンダナを巻き直して、立ち上がった。

「その前に、監視カメラを切れないか。彼らは必死で監視カメラを睨んでいる」

「地下の官邸警備室に行かなければ、切ることはできません」

明日香は官邸の電気設備を思い浮かべた。総理の警護官に決まって、一週間で官邸の図面と電気設備、通信設備、防犯設備に関する資料を覚えさせられた。防犯設備の中には監視カメラも入っている。設置場所と死角になる位置もだ。だが監視カメラは基本的には死角を作らないように配置されている。今まではそのわずかに残された死角を中心に動いてきた。いや、映ってはいるが、見逃《みのが》しているだけだろう。これからはそうはいかない。

「個々の監視カメラを破壊するしかありません。しかし——」

監視カメラを破壊すれば、その時点で居場所が分かってしまう。

「監視カメラを壊す前に、分電盤を破壊しろ。そうすれば監視カメラはすべてダウンする。その隙に監視カメラの破壊だ。その方が発見される可能性は低い」

監視カメラを破壊しておけば、分電盤を修理してもカメラは作動しない。

「分電盤は官邸警備室ではなく、各階にあります。もしものときに、全館がいっせいに停電にならないためです。あれを壊せば、各階の監視カメラはアウトです。まず、私が五階に行って、切ってきます」

「五階の電源が切れれば、五階にいることが分かる。修理も早い」

「同時に四階もやったら。敵を混乱させることができます」

「同時って——」

明日香の説明にスーザンが震えるような声を出した。

「あなたが五階の分電盤を壊すと同時に、私が四階をやる。テロリストが四階と五階に駆けつけている間に、私は三階に降りて分電盤を破壊する。そうすれば彼らには、私がどこにいるか分からなくなる。その間、あなたは五階のどこかの部屋に隠れてて、騒ぎが収まってからここに戻って」

「私にできるの？　分電盤がどこにあるかも知らないし、どこを壊せばいいかも分からない。第一、行き着くまでに監視カメラに見つかりそう」

「これを着て」

明日香は着ていた迷彩服を脱いでスーザンの肩にかけた。自身の上半身は下着と防弾ベストだけになった。バンダナを取って、スーザンの頭に巻いて金髪を隠した。自分はアフガンストールで頭と顔を覆《おお》った。監視カメラに引っかかっても、誤《ご》魔化《まか》せるかもしれない。

「私についてくるのよ。やり方を教える」

スーザンに拳銃を渡して、明日香は立ち上がった。

明日香は先に立って、監視カメラの死角を渡り歩きながら進んだ。それでも何台かの監視カメラにはとらえられているはずだ。

「首相官邸には、テロリストに襲われたときに総理が立て籠もるシェルターはないの。ホワイトハウスにはＰＥＯＣ、バンカーと呼ばれる核シェルターを兼ねた避難シェルターがある。核シェルターだから軍ともつながっていて、戦時の指揮もできるのよ。そこに籠もれば、外からは絶対に開けられない」

歩きながらスーザンが聞いてくる。

「日本の官邸は、総理と閣僚たちが政治を行うための場所。神聖な場なの。テロリストが占拠するなんて考えた人はいないんじゃないの。それに日本では合法的に銃器を持つことができるのは、警察官と自衛官だけ。その他は許可を受けた登録制の銃器のみ。ハンターが持つ猟銃とかね。拳銃とか小銃は誰も持てない。だから銃犯罪は極端に少ない」

明日香とスーザンは給湯室の前で立ち止まった。

廊下の反対側の壁には分電盤がある。

東京スカイホテルの大宴会場に設けられた、臨時の記者クラブは騒然としていた。

数百人のマスコミ関係者が詰めかけている。

六本木一丁目の交差点の方から、救急車とパトカーのサイレンがまだ聞こえている。

東京湾から飛んできたテレビ局のヘリが、テロリストのミサイルを被弾し、墜落した。ヘリは炎に包まれて、記者たちの頭上を通って六本木方面に落ちていった。

ここから一キロも離れていない場所で大惨事《だいさんじ》を引き起こしている。

半数近くのマスコミ関係者がそちらに移動していった。何の新しい情報も入らないここで待つよりも、事件を伝えることができると踏んだのだろう。

遠山も迷ったが、六本木は若手記者に任せて居残ったのだ。

「テロリストたちに動きはないのか」

「政府に新しい動きはないのか」

残っている記者たちの中から、入ってきた政府関係者に向かって声が上がった。

「官邸のテロリストから要求があったそうです」

言ってから、しまったという顔をした。口が滑ったのだろう。

「初耳だぞ。内容は何なんだ」

「私はよく知りません。副総理から国民に向けての発表があるはずです。そこで正確に話すと思います」

「電話回線は切られ、携帯電話も通じない。どうやって伝えてきた」

「官邸内のファックスから警視総監室へのファックスのようです。現在、副総理にいちばん近いと思ったのでしょう」

「官邸から送られてきたなら、本物なんだろうな。電話回線がつながっているのか。その回線を使って官邸内部と話せなかったのか。総理を含めて、拘束されている人質の様子が知りたい」

「電話回線は一時的に復活させたようです。ファックスを受信すると同時に切れたそうです」

遠山は考え込んでいる。金の要求があっても政府は発表しないはずだ。他の要求もあったのか。いずれにしろ、今ごろ大騒ぎだ。

「梶元副総理の国民に向けての緊急会見が始まるぞ」

声が上がると部屋の正面に設置されている大型モニターに、会場中の視線が集中した。


国民に向けての放送は内閣府の会議室で行われた。警視庁で収録するという話もあったが、梶元が押し切った。国民には、あくまで政府主導で対応していると印象づける必要がある。

テレビ中継はＮＨＫが行った。それを民間放送も含めて同時に全国に流すことに決まった。

梶元はテレビカメラを睨むように見つめた。長森はもっとリラックスすべきだと言ったが、その顔が精いっぱいだった。

「国民の皆さん、我が国は現在、非常に苦しい状況に陥《おちい》っています」

テレビカメラを見つめたまま固まった。要点を書いたメモを目の前に置いてはいるが、言葉が出てこない。

長森が梶元の性格を考慮して原稿全文を書いて読むべきだと言ったが、時間がなかった。梶元も自分の言葉で訴えたかった。

「ついに、我が国もテロからは逃れられないという現実に直面しました。皆さんもテレビや新聞、その他のメディアによってご存知のように、昨夜より新崎総理は他の人質の方々と共に、テロリストたちによって官邸内に拘束されています。政府はあらゆる手段を講じて救出を試みています。しかし、思うように進んでいないのが現状です」

直前までテロリストの要求について話すつもりでいたが、テレビカメラを見ているとかえって国民を混乱させると思い始めた。この問題は賛否が分かれるに違いない。

「現在、官邸には総理をはじめ、外務大臣、経済産業大臣、アメリカの国務長官、駐日アメリカ大使夫妻以下、官邸職員をはじめ百名余りの方々が拘束されています。我々はそのすべての方々の救出に全力を尽くします」

突然言葉が途絶え、涙が溢《あふ》れてきた。既に警護官やＳＡＴに多くの犠牲者が出ている。自分の決断の失敗だ。彼らの家族もこのテレビ中継を見ているに違いない。

梶元はそのままテレビカメラを見つめていた。

自分は国家のトップには失格だ。このようなときに、涙が出るとは。この危機を乗り切ったら、政治家を引退しよう。新崎総理もそのつもりで、自分を副総理に任命したはずだ。

「今後も、最良と思える対策を取っていくつもりです。どうか皆さんも冷静さを保ち、テロには屈せず、我々政府と一体となって人質救出へのご協力をお願いします」

梶元はテレビカメラに向かって深々と頭を下げた。

2

大統領執務室には、首席補佐官と国務副長官がいた。

ドナルド大統領は執務机の椅子に座り、眉根《まゆね》を寄せて二人を見ている。

「日本の首相官邸を襲ったテロリストの一味は、アメリカ国内にもいると考えるべきですかね」

国務副長官が皮肉を込めて言った。彼は現在、国務長官代理だ。

いつもなら怒鳴りつける大統領も、黙り込んでいる。

彼の脳裏《のうり》には、ボイスチェンジャーで変えられた電話の声がまだ残っている。日本の首相官邸での国務長官の拘束など重大事項ではないのだが、今回はそう言っていられない。アメリカ国内にもいるテロリスト、国務副長官の言葉が現実味を帯びているのだ。

「連邦政府には、日本の官邸占拠に関する電話やメールが殺到しています。その半数が実行犯を名乗る者からの金銭要求です。残りが情報提供者です。現在、それらのすべてにNCTC（国家テロ対策センター）が中心となり、FBI（連邦捜査局）と地元警察を動員して捜査しています。ほぼすべてがフェイク情報ですが、放っておくわけにはいきません」

「どさくさに紛れて、身代金と称して金をせしめようとする悪党たちだろう。こういう悪質犯罪は、国家反逆罪に該当する重罪にすべきだな。最高刑は死刑だ」

首席補佐官の言葉に、大統領は吐き捨てるように返した。

「しかし、ジェームズ・レポートの公表は何が目的でしょうか。こういう要求をするのは環境保護団体かオイルメジャーの連中か。シェールオイル・ガスの採掘中止となれば、国のエネルギー政策の見直しが必要になります。企業の損失も数十億ドルに及ぶ。譲れないでしょうな」

「日本の総理と我が国の国務長官を犠牲にしろということか」

「そうは言っていません。他にいい方法がありますか。だったらそれに従います」

首席補佐官が大統領を見据《みす》えた。

「大統領はアンダーソン国務長官とは長年の友人でしたな。幼少のころからの」

「助けてやりたいが、テロリストとの交渉は原則しないことになっている」

「そうです。テロリストの要求には断固拒否を貫くべきです」

大統領は答えない。

立ち上がり、手を背後で組んで窓の前に立って庭を見た。

彼にしては珍しく物静かで、どこか孤独で寂しそうにも見える。

「何か別に考えておいでですか」

「テロリストとは交渉しない。ただし、表向きにはだ。だが、このまま国務長官を犠牲にするには、問題が多すぎる。なんとか救出したい」

自分でも思いがけない言葉だった。

二人の視線が大統領に集中している。自分はおかしなことを言っているのか。確かに、あの電話の最後の言葉が影響している。

男は確かに、スーザン・ハザウェイの名前を出した。何者だその女は。考えたが、やはり思いつくのは一つだ。

「ジェームズ・レポートについて、もう一度詳しく話を聞きたい。プロジェクトに詳しい者をよこしてくれ」

ドナルド大統領は執務机に戻り、椅子に深く腰を下ろした。

一瞬、意識が薄れかけたが、気力を振り起こして背筋を伸ばした。


一時間後、ワールド・エナジー・カンパニーのワシントンD.C.支社長が、若手社員を連れて現れた。

ワールド・エナジー・カンパニーは大手独立系エネルギー会社で、テキサス、オクラホマ、カナダのアルバータなどで天然ガスや石油を採掘、精製している。天然ガスを一日当たり約二十四億立方フィート生産するが、これは北米で消費する天然ガスの五パーセントにあたる。またカナダでは、オイルサンドから炭化水素油を生産している。そして数年前から、アラスカのシェールオイルとガスの採掘と精製に大規模に乗り出した。

従業員数は約六千名。採掘、原油生産の業界ランクは八位。売上高、約百四十億ドル、総資産、約四百三十億ドルの巨大エネルギー企業だ。

若手社員は、両手で資料ファイルを抱えている。ホワイトハウスは初めてらしく、かなり緊張していた。

説明は若手社員が行った。

シェールオイルというのは――と話し始めたので、アラスカで採掘を進めているプロジェクトの問題点についてだけ話すように言った。

「大規模プロジェクトだが、問題が発生しているのか」

「土壌汚染についてですか。かなり被害が出ていることは事実ですが、対策も進んでいます」

シェールガス、シェールオイルの掘削《くっさく》方法は最先端技術だ。

垂直に掘った縦穴の先端から水平掘りを行い、水圧破砕、マイクロサイズミックといった最新技術が組み合わされて、シェールオイルとガスの採掘が行われる。

まずドリルで地下二千から三千メートルの深さにあるシェール層まで垂直に穴を掘る。次にシェール層に沿って直径二、三メートルの横穴を水平に掘っていく。長さは二キロほどに及ぶこともある。

その後、縦穴と横穴に、砂粒状の物質であるプロパントや数百種類の化学物質を混ぜた特殊な液体を注入し、五百から一千気圧ほどの圧力をかけて岩石に割れ目を作っていく。このような水圧のかかる箇所を五十メートルから百メートル間隔に設置する。この水圧破砕によって、岩石に閉じ込められていたメタン分子が流れ出てくるのだ。

こうした化学物質入りの液体注入工法により地下水が汚染された。それを飲んだ牛や羊などの家畜が死に、人間にも影響が出始めたのだ。

「対策とは何だ」

　大統領の質問に支社長が立ち上がり、若手社員を押しのけた。

「被害者家族には賠償金として一律、十二万ドルが支払われています。さらに、町の移転計画もいくつかあります」

「町の移転だと。被害はそれほど大きいのか」

「プロジェクト自体が今までになく巨大ですから」

「賠償金が支払われた家族は何件だ」

「現在までに十四件です。裁判中は七十八件ですが、この種の事件には時間も金もかかります。普通、訴訟《そしょう》は三年以上、裁判費用は十万ドル以上。最終的には示談《じだん》で決着するのがほとんどです」

「そんな話は聞いてないぞ。二年前は大きな問題はなかったのではないか」

「流し込む液剤をさらに効率のよいものに変えました。量も増やしています。異常が出始めたのはそれからです」

「だったら、中止するか元の液剤に戻せ」

「設備も変えたので、元に戻すことはできません。対策装置をつけると莫大《ばくだい》な損失が出ます。さらに今中止すると、損失は計り知れません。会社の存続問題にもなります」

　支社長は大統領の反応を見るように、顔を見つめて話している。

「どういう症状が報告されている」

「様々なケースがありますが、多いのは手足の震えと白血球の減少です。数人の子供たちに現れました」

「その子供たちはどうなった」

「一人の女の子は死亡しました。他の子供たちはシアトルの病院に移送し、入院させました。今は家族ともどもシアトルに住んでいます。その他のケースについては――」

　支社長は苦しそうに顔をゆがめた。

「私は詳しくは存じません」

「死んだ子の親からは何も言ってこなかったのか」

「裁判中に娘は死亡。母親も入院していました」

「母親の病状はどうなんだ」

「娘の葬儀の翌日、自殺しました。極度の鬱《うつ》状態でした」

　大統領は支社長の首をつかみそうになったが、かろうじて我慢した。

「その一家に他の家族はいないのか。父親がいるだろう」

「和解金を支払いました。五十万ドルです。新しい生活が取り戻せる額です」

「それで、取り戻したのか」

「我々は存じません。父親は地元の大学講師でしたが、現在は行方不明です。家はそのまま放置されています。あの辺りじゃ、売るに売れませんから」

「町の移転が行われたのは何ケースだ」

「ゼロです。あの辺りの町は、シェールオイル、ガス掘削工場に勤めている者が大部分です。ただ、五年もすればさらに新しい掘削方法の開発で被害も軽減すると思われます。ですから、賠償問題が発生してもプロジェクトは進んでいます」

「全面中止と対象地区の全家庭への賠償は考えてはいないのか」

「それはありえません。費用は数百億ドルと想定され、会社は破綻《はたん》します。そうれば、影響はアメリカのみならず世界に及び、破綻の連鎖が起きます。一企業の破綻ではすみません。リーマン・ショックの再来です」

　ワールド・エナジー・カンパニーの支社長は、三十分余り説明して帰った。

　日本の官邸を占拠しているテロリストはイスラム過激派ではなく、環境保護を掲げる過激派グループだというのか。だったらなぜ、アメリカではなく日本で行動を起こしたのか。

　大統領の脳裏では、電話の声と支社長の声が重なり渦巻いている。

明日香はスーザンを背後にして四階の廊下を歩いた。

部屋の前の廊下をカバーしている監視カメラはダミーだ。五階と四階は総理執務室と閣議室があるので要人の出入りも多く、監視カメラは嫌がられている。秘密裏の訪問を望む者も多いのだ。明日香とスーザンの姿が今まで発見されていないのは、それが幸いしている。

「ちょっと待って」

明日香はスーザンの腕をつかんで、事務室に入っていく。

壁際のロッカーの扉を次々に開けていった。大型ドライバーを扉の隙間に差し込み、強引にこじ開けるのだ。

「これに履《は》き替えて。少し小さいかもしれないけど」

明日香はスーザンにスニーカーを渡した。

「他人の靴なんて履いたことない。おまけに男ものよ」

顔をしかめたが、明日香の靴を見て履き替えた。明日香は数倍汚い軍靴《ぐんか》を履いている。

「どっちにする」

今度はスーザンがバットとゴルフクラブを差し出した。職員のロッカーで見つけたものだ。

「分電盤を破壊したら、監視カメラを叩き壊していくんでしょ。銃より静かだし、私にとっては確実よ」

「あなたはどっちを使いなれてる」

スーザンがバットを取って、振った。

明日香は監視カメラの死角の場所を選びながら分電盤まで戻った。バットを持ったスーザンが後に続いている。

スーザンに分電盤の開け方と切断する配線を教えた。分電盤さえ破壊すれば、監視カメラはダウンする。あとは自由に動くことができる。

「まず五階の分電盤まで行って配線を切る。次に監視カメラを破壊する。五階と四階には各階に五台の監視カメラが付いている。今から五分後、あなたが分電盤を壊して、監視カメラを破壊する。私は八分後に同じことを始める。終わったらあなたは四階に戻って警部補と共に待機する。私は三階に向かう。上がってくるテロリストがいれば、なんとかする。分かった？」

「同じ者が五階から下に向かって降りながら、監視カメラを破壊していると思わせるのね。そうすればテロリストは私たちが下に向かっていると思って、四階は調べない」

「そううまくいくといいんだけどね。彼らが上がってくる間に私は下に降りる。一人でそんなに早くはできないんだけど、彼らには分からない」

明日香はスーザンの腕をつかんで時計が合っていることを確かめた。

「じゃ、五分後ちょうどに、五階の分電盤と監視カメラを破壊して。テロリストはすぐに上がってくる。それは私に任せて。あなたは、四階に誰もいないことを確認して、警部補のところに戻るのよ。その頃には、私は四階を終わって、三階の監視カメラを破壊してる。四階を調べることはない」

そううまくいくとは思えないが、今は信じるしかない。

明日香の合図で二人は分かれた。

五階の明かりが消えたのを確認後、明日香は分電盤を破壊した。四階の電灯が消え、辺りは薄暗くなった。ゴルフクラブで監視カメラを叩き壊していく。

三階から駆け上がってくる足音が聞こえる。テロリストが分電盤の異常を調べにくるのだ。

明日香は廊下の角に身を隠した。

ライアンは二階の小ホールに立って、部下からの報告を待っていた。プリンセスはまだ見つかっていない。

無線機が鳴り始めた。地下の官邸警備室からだ。

〈五階の監視カメラがすべて消えました。分電盤に異常があったようです〉

ライアンの耳元で大声が聞こえる。

「五階に行け。何が起こったか確かめてこい」

無線機を切ると同時に、さらに無線機が鳴り始める。

〈四階の監視カメラも使用不能です。電灯も消えています。何者かが分電盤を破壊したのでしょう。五階から下の階へと壊しながら移動していると思われます。次は三階かもしれません〉

「三階の分電盤に人をやれ。怪しい奴が来たら拘束しろ。抵抗したら射殺していい」

ライアンの指示で、短機関銃を構えた部下が階段を駆け上がっていく。

ライアンは地下の官邸警備室に降りた。

正面に並んだ監視カメラのモニター画面で、四階と五階の映像が切れて白くなっている。

三階はまだ見えていた。

「すべてのモニターを三階以下の監視カメラに切り替えろ。女が紛れ込んでいるはずだ。迷彩服に野球帽とサングラスの女だ。帽子とサングラスは取っているかもしれん」

一つひとつのモニターを目で追っていった。迷彩服の者たちが走り回っているが、該当する侵入者は見当たらない。

「分電盤周辺の監視カメラを重点的に見張れ」

分電盤の前には、短機関銃を構えた数人の部下の姿が映っている。

3

明日香は、廊下の角に身を隠したまま銃を構え直した。

階段を駆け上がってくる靴音が聞こえる。

明かりが消え、辺りは薄暗い。三階と吹き抜けからの光だけだ。

四階に上がって来たのは七人だった。最後の一人を銃で撃ち、発煙筒を投げて、三階に駆け降りていく。銃声で先に行った者たちが戻ってくる。騒ぎは大きければ大きいほどいい。三階の分電盤に近づきやすくなる。

明日香は三階に駆け降りながら閃光《せんこう》手榴弾を投げた。廊下の隅に身体を丸め、目を固く閉じて両手で耳をふさぐ。

閃光手榴弾はフラッシュバンとも呼ばれ、強烈な爆発音と閃光を放つ。英国SA

S、陸軍特殊空挺部隊が採用して以来、世界中の軍隊、警察、特殊部隊で使用されている非致死性兵器だ。近くにいる者は一時的な失明、めまい、耳鳴り、難聴が起こりパニックに陥る。しかし、有効なのは短時間だ。
数秒後、明日香が目を開けると、廊下には複数の迷彩服の男たちが顔を手で覆いうずくまっている。

手前の男の頭を蹴り上げて気絶させた。迷彩服を奪って着ると、監視カメラを銃撃していった。

二階から駆け上がってくる多くの足音が聞こえ始めた。同時に怒鳴り声が響く。

「女は三階だ。全員、三階に向かえ」

「監視カメラが破壊された。この辺りにいるぞ」

明日香は発煙筒を発火させて階段とエレベーターの前に投げた。辺りは煙に包まれ、大混乱に陥っている。散発的に銃声も聞こえた。敵味方の区別がつかなくなっている。

さらに二階にも複数の発煙筒を転がした。階段付近に白煙が立ち込めて、怒鳴り声に時折り銃声が混じった。混乱に紛れて二階に降り、前回と同様に給湯室に駆け込んだ。

監視カメラさえ破壊すれば、分電盤を壊す必要はない。頭の中で残りの監視カメラの数と位置を確認した。

　小ホール前の混乱は続いていた。換気口《かんきこう》が開けられ、ファンがフル回転しているが、まだ煙は残っている。

「なんとかして小ホールに入る。そして、妨害電波の発生装置を破壊する」

　呟きながら、弾《はず》みをつけて給湯室を出た。反対方向に発煙筒と閃光手榴弾を投げた。騒ぎは他の階にも広がっている。

　明日香はアフガンストールを巻き直して背筋を伸ばし、正面を見据えて歩いた。テロリストたちが明日香にぶつかりながら通りすぎていくが、気づく者はいない。

　このまま小ホールまで行き、妨害電波発生装置の近くに手榴弾を置いてくるか。しかし発見されて銃撃戦が始まれば、大ホールの人質たちに被害が出るかもしれない。もし新崎総理が怪我でもしたら、と考えると積極的にはなれなかった。最初に人質たちを逃がすべきか。

　落ち着け、誰も私には気づかない、口の中で唱えながら歩いた。

　小ホールの入口付近の混乱はかなり収束していた。

　明日香はさりげなく閃光手榴弾を取り出し、入口に向けて転がした。激しい音と光で見張っていたテロリストが、その場にしゃがみこんだ。

　監視カメラに銃口を向けて引き金を引く。

「敵が紛れ込んだ。エントランスホールだ。二階にもいるぞ」

叫びながら発煙筒を置いていく。煙が立ち込め、視野が遮られる。

大ホールから複数の悲鳴が上がっている。大部分が女性の声、人質たちだ。

大ホールの中が見えた。中は大混乱に陥っている。人質たちが立ち上がり、その周りをテロリストたちが短機関銃を構えて威嚇《いかく》しながら、座るように大声を出していた。

「座れ。立っている奴は、撃ち殺す」

怒号《どごう》と共に銃声が響いた。テロリストの一人が天井に向かって銃を撃っている。悲鳴が上がり、騒ぎはさらに大きくなる。

銃声が響き、一人の人質が倒れた。人質たちの動きが止まり、緊張が大ホール内を支配した。

明日香はテロリストの一人に銃の照準を合わせた。

「皆さん落ち着いて。味方が来てくれたようです。もうしばらくここで待ちましょう」

新崎の声が聞こえる。その声に通訳の英語が続いた。人質の一人が座ると次々に座っていく。

明日香は最後の閃光弾を小ホールの入口に投げ、その場にしゃがんで爆発に備えた。

閃光と轟音《ごうおん》が辺りを支配する。

明日香は廊下の隅に移動して、短機関銃をさり気なく小ホールの妨害電波発生装置に向けた。

目の前を複数のテロリストが横切っていく。一人のテロリストと目が合った。銃を明日香に向ける。明日香は引き金にかけた指に力を入れた。

二発の銃声が響いた。一発目でテロリストが倒れ、次の銃声で妨害電波発生装置が砕け散った。

「敵だ。女が紛れ込んでいる。アフガンストールで顔を隠した女だ」

男の怒鳴り声と共に銃声が響き始める。左腕に激痛を覚えたが銃を撃ちながらその場を離れ、まだ漂っている白煙の中に飛び込んでいった。

何度もテロリストたちにぶつかりながら階段に向かって走った。


四階の部屋に戻ると、スーザンが心配そうな顔を明日香に向けてくる。

「下はすごい騒ぎ。銃声もすごかった。てっきり、あなたがやられたと思った」

「訓練を受けてるって言ったでしょ。私の仕事は総理を護ること。仕事はまだ終わってない」

「血が出てる」

スーザンの言葉で左上腕を見ると、迷彩服が血で濡《ぬ》れている。

袖《そで》をたくし上げると肉がえぐれていた。銃弾がかすったのだ。傷を見ると急に痛み出した。スーザンが救急箱から消毒液と包帯を出した。

高見沢は目をつぶったまま動かない。喉元が動くのは生きている証拠だ。

明日香はスマホを立ち上げた。数え切れないほどのメールが入っている。おそらく百以上だ。

「携帯電話が復活しました」

明日香が高見沢に向かって言うと、薄く目を開いた。


「くそっ」

ライアンは吐き捨てるような声を出して壁を蹴りつけた。

結局、侵入してきた女は逃がしてしまった。五階と四階の分電盤と監視カメラ、三階の監視カメラの一部を壊された。五階と四階は、分電盤を修理しても監視カメラは使えない。

おまけに妨害電波発生装置が破壊された。女の目的はこれだったのだ。今ごろは、外部と連絡を取っているに違いない。

女は五階か四階に潜《ひそ》んでいるのか。それとも、すでに三階か。監視カメラを壊されたため、発見は困難になっている。

「三階の階段に見張りを立てろ。四階から降りてくる者があれば射殺しろ。残っている監視カメラの映像に注意しろ。おかしな行動を取る者がいれば、ただちに報告するんだ」

ライアンは苛立《いらだ》った口調で、部下に指示した。

「プリンセスはまだ見つからないのか。すでにアメリカ本土でも交渉が始まっている。いつプリンセスの出番がくるかもしれない。急ぐんだ」

ライアンはスマホを出してもう一度、写真を見た。

ふと、忍び込んできた女がプリンセスかと思ったが、それはありえない。短髪で黒髪、銃の扱いに長《た》け、官邸内を知り尽くしている。女は訓練を受けたプロだ。

大ホールで言い合う声が聞こえる。

ライアンは部下を連れて大ホールに行った。

「何だ。何が起こっている」

「国務長官がリーダーに会わせろと――」

部下の言葉が終わらないうちに、アンダーソン国務長官が部下を押し退《の》けるようにライアンの前に出てきた。

「きみたちは何をやってるのか分かってるのか。新崎総理はここにいる者たちのために、水を要求しただけだぞ。それを殴ろうとした。彼女は日本の総理、私はアメリカ合衆国国務長官だ」

「それがどうした。この官邸でのボスは俺だ。おまえたちは俺の指示に従っていればいい」

「このホールに拘束されて、すでに長時間が経ってる。人質の中には年配者が多い。女性も病弱な者もいる。彼らだけでも外に出してもらいたい。総理と私がここに残れば十分だろう。それとも、他に残ってもらいたい者がいるのか。だったら、ここに連れて来い」

　アンダーソンがライアンに鋭い視線を向けた。

　新崎が二人の方にやってきた。

「あなたたちは、誰を探してるの。見つけて、どうしようというの」

「黙ってろ。ここにスーザン・ハザウェイという、ワシントン・ポストの記者はいないのか。いたら、出てきた方が身のためだ」

　ライアンが新崎に向けて銃を上げた。

　その前にアンダーソンが立ち塞《ふさ》がった。

東京スカイホテルの記者クラブはマスコミ関係者で溢れていた。六本木のヘリ墜落現場に行っていた記者たちが、副総理の会見があると聞いて戻ってきたのだ。

遠山は、副総理の国民に向けての会見の内容について考えていた。

副総理はテロリストの要求については何も話さなかった。しかし官邸に近い警察官僚の友人から、五年で十万人の難民受け入れ要求があったと聞いている。世界はこの要求を支持するだろう。しかし日本にとっては、高いハードルだ。

だが、これだけではテロリストにとって、他国にまできて命を懸けた行動なのに、何のメリットもない。政治記者として過去の人質事件を考えれば、ありえない。必ず別の要求があったはずだ。おそらく金だ。十億円か二十億円か。それとも、それ以上の金額なのか。知り合いの官僚が隠しているのか、それとも政府か。

遠山は考え込んだが、納得できる答えは浮かばない。

警視庁が自分たちを国会記者会館から遠ざけたのは、国道二四六号を挟んで官邸のすぐ前で危険であることも間違いないが、再度突入する可能性も大いにありうるということだ。見せたくない行動を取る可能性もあるのだろう。

しかし、官邸内については何の情報もない。これについても副総理は触れなかった。ふと、遠山の脳裏に新崎総理の姿が浮かんだ。背筋を伸ばし、いつも急ぎ足で歩いている女性総理だ。質問に答える前には一瞬、首をかしげて考え込む仕草をする。

その横か背後には、常に長身の若い女性が寄り添い周囲に目を向けていた。夏目明日香という女性警護官だ。彼女の表情と仕草からは、新崎に対する尊敬と、なんとしても護るという意志を感じた。彼女もすでに射殺されたのか。

スマホを出して本社の友人の記者を呼び出した。

「データを送ってほしい。夏目明日香という総理付きの女性警護官だ」

〈彼女がどうかしたの〉

「知ってるのか」

〈数週間前に取材したことがある。総理の警護官という企画で。やる気満々という印象を受けたけど。でもデスクからストップがかかった。警護官が目立ちすぎると、国家の不利益を招くって。彼女が狙われると気の毒だ、とも言ってたけど、官邸か警視庁から何か言ってきたんだと思う。目立つとまずい仕事だものね。そのときのデータがある。それを転送する。ちょっと変わった家族だった〉

スマホを切ってから、一分も経たないうちにファイル付きのメールが送られてきた。

明日香の家族構成や経歴、住所が書いてある。父親は画家。母親は保険会社社員。弟がいるが、職業は――何も書かれていない。理工系大学を中退している。

住所は――阿佐ケ谷《あさがや》だ。
遠山は官邸の方を見た。いつもと同じ高層ビルが並んでいるだけだが、さらにその先には木々に囲まれた瀟洒《しょうしゃ》な官邸があり、そこでは百人余りの人質がテロリストに囚われている。

4

ノックの音にドナルド大統領は顔を上げた。

首席補佐官が一枚の紙を持って入ってきた。

大統領は引《ひ》っ手繰《たく》るようにそれを取った。スーザン・ハザウェイについての情報だ。

ワシントン・ポストの政治記者で、二十七歳。現在、アンダーソン国務長官の随行員として同行している。この女も首相官邸で人質になっているのか。

写真が付いているが見覚えはない。ブロンドの美しい女だ。笑顔がすがすがしかった。会っていれば、記憶に残っているはずだが。

生まれは――ニューヨーク州ロチェスターだ。一九九三年生まれ――。

大統領は視線を止めた。もう一度、女の顔を見直した。わずかながら、面影《おもかげ》がなくもない。ファミリーネームはハザウェイか。その名に、大統領の脳裏から過去の記憶の一片《いっぺん》が湧き上がってくる。しかしそんなはずは――。

「どうかなされましたか」

首席補佐官が覗き込むように見ている。

「何でもない。日本の総理――いや、副総理に連絡を取ってくれ。今後の対応を相談したい」

「我が国の対応は決まっています。テロリストとは交渉しない。ジェームズ・レポートの公表と二億ドルの身代金など論外です」

「日本の副総理の国民への呼びかけを聞いたが、テロリストの要求については触れていなかった。賢いやり方だ。しかし、要求は来ているに違いない」

「裏で金で解決しようとしているはずです。日本式の汚いやり方だ。前例のある国ですから」

「やはり、レポートの公表は無理だ。あれが公になれば、ただちにEPAが乗り出してくる。建設中の工場の工事が中止になるばかりでなく、操業中のシェールオイル、ガス採掘も止めなくてはならない。EPAの調査は長期にわたる。結果によっては、操業中止だ。私の政策にも大きな停滞が起こる」

EPA、アメリカ合衆国環境保護庁は名前通り環境問題を取り扱う官庁だ。市民の健康と自然環境の保護を目的に活動している。

本部はワシントンD.C.にあり、正規職員数は約一万八千人、年間予算七十三億ドルの巨大組織で、大きな権限を持っている。水、大気、土壌、生物、衛生、法律などの専門官により構成され、大気汚染、水質汚染、土壌汚染などに関する司法捜査権を持っている。大手自動車会社の排出ガス基準に対する不正に、百四十七億ドルを支払わせた実績がある。

「EPAの行動は、私の権限では止めることはできない。無理をすると、あとで必ず問題になる」

「テロリストとは一切の交渉をしない。この態度を貫くべきです。国民にはそのように訴えたらどうです」

「日本の状況を知りたい。それからだ」

大統領は不愛想に言った。


十分後には日本の副総理と電話がつながった。

大統領が副総理と話すのは異例のことだ。梶元などという議員がいることも知らなかった。

〈大統領、このたびは訪日中の貴国の国務長官がテロリストに拘束されるという不測の事態になったことを、深くお詫び申し上げます。すみやかな救出に向けて、全力を尽くす所存です。そのために協力が得られれば、非常にありがたく存じます〉

「日本側の今後の対応を教えてほしい。すでにテロリストからの要求はありましたかな」

大統領は鷹揚《おうよう》に聞いた。

〈現在、様子を見守っております。官邸の電話回線はすべて切られ、携帯電話も電波が遮断《しゃだん》されています。こちらからの連絡は取れません。テロリストからの連絡を待っている状況です〉

通訳を介《かい》するためにワンテンポ遅れているが、お互いに腹の探り合いといった感じだ。

「我が国に対して、一億ドルの要求がありました。ただし、これは極秘に願いたい。あなたの国に対する要求をお教え願いたい。国の最高行政府である首相官邸が武装勢力に占拠され、総理ばかりか我が国の国務長官と大使夫妻が拘束されるという異例の事態が起こりました。これは警護の不備から起こったテロ事件だと言う専門家もいます。この責任に対しては、事件解決後にゆっくり話し合うことになるでしょう」

梶元の動揺が伝わってくる。ある意味、正しい指摘だからだ。

〈まことに遺憾《いかん》に感じています。しかし、未確認ながら総理と貴国の国務長官、大使夫妻は無事との報告が入っています〉

「どこからの情報ですかな。私のもとには届いてはいない」

〈情報源は言うわけにはいきません〉

「我が国の協力が欲しいと言ったが、正確な情報と信頼がまず必要ではないですか」

〈率直に言います。人質の安否《あんぴ》につきましては、さらなる確認が取れた時点でお伝えします。テロリストからは、五年で十万人の難民受け入れを求められています。さらに、一億ドルの要求です〉

「それで、貴国はどう対応するおつもりか」

〈どちらの要求も呑まざるを得ないでしょう。総理の命と国務長官の命を護るためには〉

一呼吸置いてから返事が戻ってくる。声の震えは、この男の弱さのせいか。

通訳の言葉を聞きながら、自身にかかってきた電話の声が脳裏をかすめた。あれは、国家ではなく私を脅しているのだ。テロリストの真の狙いはアメリカ合衆国大統領の私だ。個人に対する脅迫であれば、テロリストとは交渉しないという国家方針など関係ない。日本の総理などカモフラージュにすぎん。十万人の難民受け入れも体《てい》のいいカモフラージュだ。日本は受けざるをえない。アメリカもそれにならえということか。

「テロリスト一掃《いっそう》という手段はまだお持ちかな」

〈特殊部隊の突入ですか〉

「警察のＳＡＴの突入が行われたと聞きました。詳細はまだ公表されていませんが、うまくいかなかったという情報も入っています」

〈残念ながら失敗しました。極秘の地下道を使用したのですが、テロリストはすでに爆薬を仕掛けて、待ち受けていました〉

「再度、突入する予定は」

〈ありません。なんとか話し合いで解決できないものかと――〉

副総理の声が幾分はっきりした。この男は本気でそう思っているのか。

官邸前の対策本部近くに停められた警察車両の前に、横田は立っていた。いつもなら車と人が行き交っている官邸前の通りはひっそりとして、動くものは何ひとつ見当たらない。

道路を隔《へだ》てた目の前には、官邸が静かなたたずまいを見せている。その周りを、今では千名近い警察官が取り巻いているのだ。今日中にさらに増える。

横田のスマホが鳴り始めた。

画面の名前は夏目だ。一瞬、顔が浮かばなかった。最初の銃撃で死んだと思い込んでいたのだ。では、あのレーザーポインターの光は、高見沢ではなく、夏目が送っていたのか。だが総理と国務長官、大使夫妻の無事を知らせてきてからは、信号は途絶えている。

〈横田警護課長ですか。夏目です〉

「どこから掛けている。官邸内か」

思わず声が低くなった。官邸内であれば、どこに隠れている。

〈高見沢警部補と代わります〉

〈高見沢です。現在、官邸内にいます。この回線は大丈夫ですか。外部の者には聞かれたくありません〉

声は低く荒いが高見沢に間違いなかった。

「盗聴防止装置はついている。ちょっと待ってくれ。おまえも無事なのか」

横田は他の警察官がいない場所に移動した。

「話してくれ。私しか聞いていない」

〈申し訳ありません。テロリストに漏れると、私たちの命が危ない。現在、官邸の四階にいます。小窓のある部屋です〉

「あのレーザーポインターの光は、やはりおまえか」

〈気づいておられましたか。テロリストは五十名余り。イスラム過激派ではなく、傭兵部隊という感じです。英語圏、おそらくアメリカ人です。彼らを中心に日本人も何人かいます。持っている武器も、軽量改良型のM249など、欧米の最新の兵器です〉

「ヘリを落としたのもスティンガーミサイルだった」

〈すでに要求は届いていますか〉

「私は現場対応だ。そういったことは聞かされていない」

〈了解です。テロリストは二階の大ホールと小ホール、三階のエントランスホールを中心にいます。地下の状況は不明です。人質の大部分は大ホールに集められています。新崎総理もアンダーソン国務長官もです〉

　高見沢が何度か話すのをやめて息を整えている。痛みで声が出なくなるのか。おそらく負傷している。それも重傷だ。

〈エントランスホールでは、ミサイルランチャーや爆薬、その他の武器も見たと夏目が言っています。守りは万全です。各所に爆薬が仕掛けられている可能性もあります。下手に突入すると犠牲者が出るだけです。地下道から侵入しようとしたＳＡＴを爆破により全滅させたと、テロリストが話すのを聞いています。マスコミのへ

もミサイルで撃墜したと〉

「その通りだ。多数の死傷者が出ている」

〈我々と一緒にスーザン・ハザウェイというワシントン・ポストの記者がいます。テロリストは彼女をプリンセスと符丁《ふちょう》で呼んで、発見に懸命です。アメリカから情報はありませんか〉

「私は聞いていない。アメリカ側で拘束されているのは国務長官に大使夫妻だ。後は国務省の役人とマスコミ関係者と聞いている」

〈課長の判断に任せますが、彼女については公表しない方がいいと思います。彼女と我々が一緒だとテロリストが知ると、まずいことが起こりそうです〉

「了解した。しかし上には報告しなければならない。マスコミには伏せるようにする。彼女については至急調べてみる」

〈なんとかして彼女だけでも脱出させたい。方法が見つかれば、また連絡します。夏目が奪ってきたテロリストのスマホがあります。写真とメール、通話履歴を送ります。何か分かれば知らせてください〉

「こちらから連絡することは可能か。警視庁に置かれている政府の国家安全保障会議に直接つなぎたい。副総理が指揮を執っている。テロリストの要求も分かるかもしれない」

〈了解です。マナーモードにしておきます〉

「負傷しているのか。声がおかしい」

〈まだ生きています。他の警護官の分までやらなければ〉

「気を付けてくれ。きみたちが頼りだ」

〈この回線は夏目が復旧させました。彼女はよくやっています〉

スマホの通信は切れた。

横田は部下に、警視庁本部に行く車を用意するよう指示した。


高見沢はスマホを明日香に渡すと目を閉じた。

その顔からもかなり消耗しているのが分かる。無理をしてしゃべったからだ。

「聞いていただろう。テロリストのスマホの情報を課長に送ってくれ」

高見沢が目を閉じたまま言うが、息遣いは荒く浅い。

明日香は言われたまま、テロリストのスマホに入っていたスーザンの写真とメール、通話履歴を横田課長のスマホに転送した。

「今後はおまえが対応しろ。俺はこれが限界だ」

「私には無理です。能力の限界はとっくに超えています」

そう言いながら、高見沢が横田に最後に漏らした言葉を思い浮かべていた。〈彼

女はよくやっています〉
少し気が楽になり、昨日の昼以来何も食べず、飲んでいないことを思い出した。
「待っててください」
明日香は事務室に行って、デスクとロッカーから飲み物と菓子類を持ってきた。
高見沢にスポーツドリンクのペットボトルを渡したが、自力では飲めそうにない。
口にあてがうと、彼は三分の一ほどを飲んだ。
スーザンを見ると、オレンジジュースを飲みながら頬に涙を伝わせている。

5

横田の報告に警視庁の危機管理センターは色めき立った。

官邸内から電話が入ったのだ。相手は新崎総理の警護官、高見沢警部補と夏目巡査部長だ。

梶元は横田を国家安全保障会議に呼び、高見沢に電話をするよう指示した。

電話に出たのは夏目明日香だった。

〈高見沢警部補は負傷しています。かなり重傷です。代わりに私が対応します〉

「副総理の梶元です。総理が拘束されているので、現在、私が国家安全保障会議の議長を務めています。ここには所管の大臣他、警視総監、警察庁長官もいます。正確さと時間の節約のため、この電話はスピーカーにして、他のメンバーと共有しています」

〈総理は大ホールにアンダーソン国務長官らと共に拘束されています。現在のところ無事です。残念ながら、私と高見沢警部補以外の警護官はテロリストに射殺された模様です〉

覚悟はしていたが、実際に聞くとやはりショックだった。警護官の中には顔見知りもいる。

「最初に銃撃戦があったと聞いています。やはりそうでしたか」

夏目が官邸内の様子を話し始めた。部屋中の者が固唾《かたず》を呑んで聞き入っている。

思っていた以上にテロリストは大規模に組織されているようだ。しかし同時に、行動には違和感を覚えるところもあると、夏目警護官は言っている。受けている訓練の程度が違いすぎるというのだ。

〈スーザン・ハザウェイさんのことは聞いていますか。アンダーソン国務長官に随行してきたワシントン・ポストの記者です〉

「横田警視から連絡を受けて、現在調べています。分かり次第、連絡します」

〈テロリストの要求は何なのですか。教えていただけませんか。知っておく必要があります〉

「その必要はないでしょう。マスコミにも公表していないことです」

背後で長森の声が聞こえた。

「テロリストと直接やりあっているのは彼らです。敵の行動を推測するには有益です。知らせるべきです」

横田が強い口調で言う。

「十万人規模の難民受け入れと、一億ドルの振り込みです。詳細についてはまた連絡があります。ただしこれらは国民には発表していません」

一瞬迷ったが、梶元は話した。現在、一番の頼りは彼女たちだ。

〈要求に応じるおつもりですか〉

「政府の基本姿勢はテロリストとは交渉しないということです」

〈しかし、新崎総理以下、人質の命がどうなるか――〉

「やはり強行救出しかないということですか」

〈テロリストは十分な武器を所有し、半数以上が高度な訓練を受けた者です。無謀な突入は犠牲者を増やすだけです〉

「SATの投入が無謀な突入だったと言うのですか」

〈敵の人数、装備、目的。何も分かっていませんでした。彼らが官邸についてどれだけの情報を持っているかも〉

「私は警視総監の高山だが、どうすればベストだと思うのかね」

警視総監の言葉にスピーカーは黙っている。

〈私たちも判断しかねます。もう少し、調べさせてください〉

男の声に変わった。高見沢警部補だろう。

〈また連絡します〉と言って電話は切れた。


「少し顔色が良くなりました」

明日香は高見沢に言った。ペットボトルが空になっている。水分補給とわずかな睡眠が、体力を多少回復させたのか。

「副総理との会話は聞いていた。頼りはおまえだけだ」

「政府にはすでに要求が届いているようです」

「平気で警護官を殺したテロリストの要求が、難民の受け入れ要求だと。一億ドルの金はまだ理解できるが」

「私もおかしいと思います。彼らが難民に興味を持つとは思えません。一億ドルは金額が大きすぎるとは思いませんか。副総理の一存では決定できない額だと思います。それに、日本政府の基本対応は、テロリストとは交渉しないということです。この要求を呑めば、日本は世界から非難を受けます」

「時間がかかるな。どこで折り合うか。今頃水面下で交渉中か」

「彼らはイスラム過激派じゃありません。訓練を受けた欧米の傭兵だと思います。なぜ彼らは日本を狙ったのでしょう。首相官邸を。それも警備が厳しくなるアメリカ国務長官の訪日のときに。疑問だらけです」

「日本の官邸は警備が手薄だからじゃないのか。事実、彼らはあれだけの武器と人員を事前に送り込んで官邸を占拠した」

それは、官邸の警備体制に問題があるということだ。

しかしそれだけではない。明日香には何か納得いかないものがある。心に引っかかるのだ。それはテロリストの要求を聞いて、ますます膨《ふく》れ上がった。そして、テロリストがスーザンを探しているのはなぜなのだ。

「日本には過去にテロリストに屈した事実がある。言いなりに金を払い、犯罪者を解放した。その犯罪者たちは外国でテロを起こし、多くの者を殺した。脅せば屈する国として、テロリストになめられている」

「でも今回は――それだけではない気がします」

「だったら、テロリストはアンダーソン国務長官を狙ったのか。だとすれば、アメリカ側にも要求がいっているはずだ」

スーザンが、何を話しているという顔で明日香を見ている。

明日香はスーザンに現在の状況を説明した。スーザンは神妙《しんみょう》な顔で聞いている。話し終わるとスーザンが口を開いた。

「日本はテロリストの要求を呑むつもりなの」

「私には分からない。でも、新崎総理なら絶対に拒否しろと言うでしょうね」

明日香は自信を持って言い切った。高見沢は反論しない。

「アメリカにもテロリストから要求がいってるのかしらね」

「あなたはアンダーソン国務長官に随行してきたのね」

明日香はスーザンを見つめた。この女性が、テロリストが探しているプリンセス。まさかという思いと、テロリストのスマホにあった写真が交錯《こうさく》している。スーザンがテロリストに捕まればどうなるのか。彼らの口調からは、かなりの重要人物との印象を受ける。

「なんとかして、あなたを官邸から脱出させたい」

明日香は呟いて、窓から外を覗いた。

ドナルド大統領は大統領執務室に一人いた。ここ一日の出来事は心を悩まし、体力を消耗させるのに十分だった。特にスーザン・ハザウェイの出現は考えてもみなかった。

ノックの音に顔を上げた。

同時にドアが開き、入ってきたのはワールド・エナジー・カンパニーのCEO、スチュアート・ランケルだ。痩せてひょろ長い藁《わら》のような男だが、ゴルフ灼《や》けした顔は見るからに精力的でやり手に見える。ホワイトハウスに自由に出入りできる大統領の親友として、マスコミの話題にもなった男だ。年収は一千万ドルを超え、総資産は十億ドル以上と言われている。

「大統領がジェームズ・レポートの公表を考えていると聞いて駆けつけました。あれは、公表するには科学的根拠が薄すぎます。いたずらに不安をあおることは避ける、という結論に達したと思っていましたが」

ワシントンD.C.支社長の報告を聞いて駆けつけたのだろう。

「まだ決めたわけではない。テロリストの出方がはっきりしていない」

「日本での首相官邸の人質事件ですか。アンダーソン国務長官と駐日大使夫妻がイスラム過激派に囚われていると聞いています」

「イスラム過激派と決まったわけではない。日米の複数の警護官が犠牲になった。今もアメリカ国民が拘束されている。これは無視できない」

「大統領、あなたらしくないですな。もっと合理的に考えると思っていました。国務長官も大使も代わりはいくらでもいる。官僚と警護官はさらに簡単だ。テロとテロリストの非道さを世界にアピールすることもできる。そのようなテロリストには断固屈することはできないと。シェールオイルとガスの採掘を止め、工場建設の凍結ともなれば、失業者は倍増します。再びアメリカは、中東の石油に依存することにもなります。そっちの方に国民は注目します。ツケは自分たちに回ってくるとね」

ランケルは大統領を睨むように見つめ、一気に話すとソファーに倒れるように座り込んだ。

「だが日本が今回も人道主義に走れば、我が国も交渉を拒《こば》むわけにはいかない。日本への要求は、五年で十万人の難民受け入れと一億ドルだ。日本は難民については受け入れるだろう。そうなれば我が国も――」

「大統領、あなたは私をからかっているのかね。レポートを公表すれば、ただちにEPAが動き出す。それに伴い、シェールオイル・ガス採掘反対派の住民運動はますます激しくなるだろう。プロジェクトは半年は遅れる。下手をすればもっとだ。おまけに、様々な要求を突き付けてくるだろう。我々にはできることと、できないことがある。これは、できない方だ」

ランケルの語調が険《けわ》しくなった。彼の中にはチェイス・ドナルド大統領誕生には、自分の力が大きく影響しているという自負《じふ》がある。そしてそれは事実だ。

ランケルがソファーから立ち上がり、大統領の近くに寄った。

「チェイス、一体どうしたんだ。大統領の宣誓式の夜、我々は何を誓った。共にアメリカを変えようと語り合った。昔のように強く、豊かなアメリカの復活だ。我が国には中東に頼らなくとも、エネルギーは無尽蔵《むじんぞう》にある。シェールオイル、シェールガスの形でだ。我々はそれを取り出す技術を手に入れた。真偽も定かではない論文で、それを投げ出そうというのか」

「そうじゃない、スチュアート。少し待てと言っているのだ。私が責任を持ってなんとかする。だから、もう少し待て」

「テロリストには屈しない、これが国の方針ではなかったのか。きみはドミニク・アンダーソンとは幼馴染だそうだな。たとえ、その友人を失っても同様だ。日本の女性総理に気を遣っているわけじゃないだろ」

ランケルが語りかけたが大統領は答えない。

「中間選挙の結果は芳《かんば》しくなかった。次の大統領選は難しいものになるだろう。だが、任せてくれ。今度も私と我が社が総力を挙げて応援しよう」

やはり大統領は無言だった。

ノックと共に首席補佐官が入ってきた。

二人の顔を見て、話の内容を悟ったようだ。ランケルが首席補佐官に鷹揚に語りかける。

「大統領は疲れておられる。気弱になっている。きみからも最良の方法を示唆《しさ》してくれ」

「アメリカはテロには屈しない。たとえ、身内が犠牲になろうとも。この鉄則は守るべきです。何が起こっているのです。ランケルCEOのお言葉のように、大統領は弱気になっています。人質になっているアンダーソン国務長官も、我々と同意見のはずです。彼は喜んで我々の決定を受け入れます。彼のためにも、ここは英断すべきです」

首席補佐官の言葉に、大統領は顔を上げた。

「ネイビーシールズの突入か」

「日本政府には任せておけません。特にあの老人、副総理には。過去と同じ間違いを繰り返すだけです」

「突入でどの程度の犠牲者が出る」

「場所が日本の首相官邸です。まずは、アメリカ軍の行動がどれほど許されるかです。日本の警察との共同作戦ということであれば可能です」

ただ、と言って、首席補佐官は言葉を濁している。

「国務長官が何かをしゃべり出すか、あるいは国外に連れ出される前に救出する必要があります。もし、そういうことがあればの話ですが。彼の身は多くの国や組織がほしがるでしょう。合衆国国務長官の持つ情報です。それを阻止するには――」

首席補佐官の言葉が終わる前に大統領は立ち上がり、ランケルに向き直った。

「これから国家安全保障会議だ。また連絡する」

「やっと、元の強い大統領に戻りましたな」

ランケルが笑みを浮かべて大統領を見ている。

6

ドナルド大統領は多少緊張した表情で、シチュエーションルームにいた。

この部屋は、ホワイトハウスのウエストウイングの地下にある施設だ。有事のとき、大統領が世界に展開するアメリカ軍の指揮管理を維持するための通信設備と必要なセキュリティ機能が整備されている。

大統領の周りには、国家安全保障会議のメンバーが集まっていた。

アメリカ国家安全保障会議、通称NSCは大統領、副大統領、国防長官、エネルギー長官、そして本来であればそこに国務長官を加えて、正規メンバーとされる。日本の安全保障会議スタッフが各省庁からの寄せ集め集団にすぎないのに対し、専門の大規模な組織を抱えている。特に世界中に情報網を持つ強力な情報機関、CIAの存在は大きい。

正面の大型モニターの一つには、日本の首相官邸が映っていた。

「生死を問わずということですね。国務長官が日本国外に連れ出される前に決着をつけるということは」

国防長官が前方のモニターに目を向けたまま、部下に指示を出した。日本の首相官邸の鮮明な衛星画像が映し出される。リアルタイムの映像だ。

「犠牲者は避けることはできません。テロリストは地対空ミサイルを持っているので、ヘリによる屋上からの突入はリスクが大きすぎます。敷地外周部の高さ五メートル以上の塀を越えて、ということになります。この第一警戒線は、塀の上に監視カメラとコード型の圧力感応センサーが設置され、侵入者を見張っています。これらを事前に切る必要があります」

「誰がどのように切るんだ」

「日本側に頼むしかありません。しかし日本政府が突入に消極的であれば、事前に官邸に電気を送っている電源設備を狙った小規模な爆撃を行います。官邸のすべての電源を切るためです。同時にネイビーシールズが第一警戒線を越えて官邸敷地内に潜入して、攻撃を開始します。しかしこれは数分の時間しかありません。五分後には予備電源が動き出します」

「かなり乱暴な作戦だな。犠牲者が相当数出る」

「最悪の場合、人質の七十パーセントが犠牲になるでしょう。国防総省の試算です。このままだと日本は要求を呑むでしょう。難民受け入れは公に、金は秘密裏に。このテロリストたちが資金を得て世界に放出されれば、さらにテロは広まり犠牲者は多くなります」

考え込んでいた大統領が顔を上げた。

「いつ実行できる」

「すでにネイビーシールズ三十名の部隊が厚木基地に待機しています。日本サイドとの協議で現場周辺に移動し、いつでも作戦に入れます」

「待ってください。それはあまりに早急すぎます」

アドバイザーとして控えていた首席補佐官が割って入った。

「官邸には日本の総理もいます。もし、総理が犠牲にでもなれば、国際社会が黙ってはいません。アメリカは自国の国務長官を救出するために他国で軍事行動を起こし、他国の総理を犠牲にしたと。しかも総理は女性です」

「だから共同作戦なのです。日本の警察や自衛隊に何ができると言うのです。実戦経験のない張子の虎《とら》にすぎません。もし、かつてと同じように日本政府の判断に任せて、テロリストに金を与えて脱出の手配までするようなことがあれば、取り返しがつきません。同様なテロが世界中に広まります。ここはネイビーシールズを投入すべきです」

国防長官が大統領を見ている。彼の顔はやる気満々だ。

「ネイビーシールズの官邸前への移動を日本に打診《だしん》してくれ。これは大統領の強い意向だと」

「準備はできています」

国防長官が部下に指示すると、部下はシチュエーションルームを出て行った。

明日香は必死で考えを巡らせていた。なんとかしてスーザンをここから脱出させる。次に新崎総理とアンダーソン国務長官、他の人質たちを救出する。そして高見沢を医者に診せる。そのすべてが自分にかかっている。

明日香のスマホが震え始めた。画面を見ることもなくタップした。

〈やっと通じた。姉ちゃん、元気か〉

驚くほど明るい声が聞こえてくる。弟の純次《じゅんじ》からだ。

〈母さん、昨夜からテレビにかじりついてる。一睡もしてないぜ。メシも作らないし、食わないし。テレビの前を離れるのはトイレのときだけ〉

「あんた、なんで電話なんかしてくる――」

〈そんな言い方ないだろ。やっと通じたんだ。テレビで官邸が占拠されたって知ってから、何百回かけたか。警護官が殺されたって聞いたから、姉ちゃんも死んだかと思ってた。母さんに代わるぜ。安心させてやれよ〉

〈明日香ちゃん、生きてたの。母さん、てっきり――〉

あとは半分泣き声で聞き取れない。

「私は大丈夫だから安心して。今は仕事中。ジュンに変わって」

〈姉ちゃん、もっと話してやれよ。母さんは――〉

「電話が通じたことは誰にも話したりメールしちゃダメよ。絶対に。私たち三人の命に関わることだからね。バカなあんたにも、分かるでしょ。二度と、電話してきちゃダメ。必要なときは、お姉ちゃんから電話する」

〈了解。姉ちゃん、総理大臣の警護官だったたな。横に総理かテロリストがいるのか。俺は――〉

急にトーンを下げた声が聞こえたが、明日香は電話を切った。

「母と弟です。テレビを見て、心配してたみたいです。二度と電話しないように言いました」

高見沢に言うと、頷いている。

スマホが震え始めた。止まりそうにないので、明日香はしかたなくタップした。

〈父さんからも伝言だ。ガンバレって〉

それだけ言うと電話は切れた。

「警部補も家族に電話しておいた方がいいですよ。死んだと思われて、悲しんでます」

「俺はいい。それより、おまえはこれからどうするか考えろ。動けるのはおまえ、一人だ」

こういう言い方は初めてだった。少しは明日香を認めているのか。

高見沢は再び目を閉じた。痛みがひどくなったらしい。顔色もさらに悪くなっている。

明日香は医療品の入ったカバンを引き寄せた。

遠山はスマホを手で覆い、声を低くしてしゃべった。

周りには同じマスコミ関係者が数百人いるのだ。全員が情報を求めて必死に動いている。

「生きている警護官がいるらしい。その警護官から、現場の対策本部に電話が入った。これは極秘だ。新聞発表なんてできない。俺は友人の警察幹部からやっと聞き出した」

〈彼の名前は分からないの〉

「教えてくれなかった。しかし、彼じゃなくて彼女だ。国家安全保障会議と警視庁では把握している。これも極秘だ。生存が分かれば、テロリストたちが見つけ出して殺す。外部に仲間がいれば、家族が危険にさらされる可能性もある」

〈生き残りは彼女一人なの〉

「そうらしい。まだ、上には言うな。すぐに漏れる。また何か分かったら知らせる」

　遠山はスマホを切った。電話の相手は夏目巡査部長について調べてもらった女性記者だ。遠山自身に何かあった場合、この情報は彼女が引き継ぐ。そのための電話だ。

　女性警護官で、官邸にいたのは一人だ。遠山はスマホを立ち上げ、添付ファイルを開いた。

　夏目明日香巡査部長、二十七歳。自宅は阿佐ヶ谷、両親と弟と一緒に住んでいる。電話番号が書いてある。

遠山は番号を押した。

〈どちらさまですか〉

受話器はすぐに取られ、小さな声が返ってくる。声は小さいが若い男だと分かった。おそらく弟だ。

「純次くんですか。私は明日香さんの友達です」

一瞬、沈黙する気配が伝わってくる。用心しているのだ。彼は姉が警護官として官邸にいることを知っているはずだ。

〈あんた、誰だ。俺は純次だけど、俺はあんたなんて知らないよ。姉ちゃんが家にいないのは知ってるだろ〉

半分居直り、半分怯《おび》えたような声が返ってくる。

「悪かった。どうしても話したかったんだ。一度会えないかな」

〈俺は話したくないよ。もう、かけないでくれよ〉

「お姉さんの明日香さんについて――」

電話は切られた。彼は明日香が生きていることを知っている。彼らは連絡を取っている。遠山はそう直感した。

もう一度、電話をしようとして思いとどまった。

時計を見た。数時間にわたって、テロリストに動きはない。政府発表も新しいものはなかった。それとも新情報はあるが、公開できないものなのか。ここでこうしていても仕方がない。何かあるとしても、午後になってからだろう。勝手に推測した。

後輩の記者に大きな動きがあったら連絡するように念を押して、ＪＲ新橋駅に向かった。一番近いＪＲの駅だ。官邸周辺を通る地下鉄を除いて都内の交通は動いている。

第五章　反撃

1

四階、五階の監視カメラはすべて破壊した。発見されることなく自由に動くことができる。

しかし、テロリストたちは三階以下の護りをさらに固めている。その上でスーザンの捜索は進めている。

明日香たちは四階の部屋で身動きができなくなっていた。

「スーザン、あなたを脱出させたいの。官邸の敷地外に出られたら、警察の保護を求めることができる」

「その前にテロリストに見つかり、捕まるか殺される。ここから逃げ出すのは無理」

「私が約束する。あなたを無事にお母さんのもとに帰してあげる」

明日香は興奮して涙ぐむスーザンに、右手を胸に当てて宣誓してみせた。

しかし、と考えた。このワシントン・ポストの若い女性記者を、なぜテロリストたちは血眼《ちまなこ》になって探しているのだろう。

「なぜ、テロリストたちはあなたをプリンセスと呼んでるの？　私たちは新崎総理をクイーン、前の総理はキングと符丁《ふちょう》で呼ぶ。彼らは国の統率者。女王様、王様。当然の呼び名でしょ。プリンセスはお姫様、彼らはなぜあなたをそう呼ぶの」

「分からない。本当よ。私は母子家庭で育って、ママは決して裕福じゃない。高校中退のシングルマザー。仕事をいくつも掛け持ちして私を育ててくれた。だから、私には大学に行けって励ましてくれた」

「じゃ、お父さんは？」

「私が生まれてすぐ家を出て行ったの。ママはそう言ってた。だから、会ったこともないし、写真を見たこともない」

「ごめんなさい。嫌なことを思い出させて」

何かあるとすれば父親に関してか。明日香は思った。

「パパのこと聞かれるの、ちっとも苦痛じゃない。むしろ、想像力が膨《ふく》らむわ。どこかの国の王様か、凄いお金持ち。アップルやグーグルのようなＩＣＴ企業の創業者かもしれないって。だったら私は大金持ちの娘」

スーザンが笑みを浮かべたが、どこかぎこちない笑い顔だ。

「そうだったらいいね。シンデレラガールだ」

と話しながらも、これからどうするか、明日香は官邸からスーザンを脱出させる方法を考えていた。


官邸内の排煙装置はフル回転していた。二階に立ち込めていた発煙筒の煙はほとんど排気され消えている。

「女一人をなぜ捕まえることができない。射殺してもかまわん」

ライアンは怒りを隠しきれず、大ホールを歩き回っていた。

声を上げるたびに、人質たちの間に緊張が走った。

「アメリカサイドはうまく進んでいるの？　このままだとただの人質を取っての占拠じゃない。アメリカを変える行動であり、必ず国民とマスコミの支持を得られる。我々は強いアメリカをつくり上げる。大きなことを言ってたけど、アメリカ政府の発表では、テロリストとは一切の交渉をしない、なのよ。我々の行動は、ただのテロと見られてる」

マギーがライアンに皮肉を込めて言った。

「まだ分からん。アメリカ政府は、我々の要求二つを国民に向けて発表していない」

「我々の要求二つって、あんた知ってるの。私は何も聞かされていない」

「一つは二億ドルの金の要求だ。ここの全員で分けても十分な金だ」

「ただし、手に入ればね」

マギーはヒューと口笛を吹いた後、大げさに肩をすくめて見せた。

「ここでこんな話をしていいの。彼らも聞いてるわよ」

「かまうもんか。どうせ——」

ライアンは人質たちに視線を向けた。マギーも薄ら笑いを浮かべて、大ホールの中央で座ったり横になっている人質たちを見ている。

「もう一つは何なのよ。私たちは聞いてない」

「あるプロジェクトの中止だ。アメリカを救う作戦だ」

「金と救済か。両極端ね」

ライアンの衛星電話が鳴り始めた。

〈プリンセスの出番が近づいてる。身柄は拘束しているか〉

落ち着いた明瞭《めいりょう》な声が聞こえる。

ライアンは思わず衛星電話を持つ手に力を入れた。感情を消した声だけに、不気味さと共に威圧感を覚えるのだ。

「女が一緒にいるようです。訓練を受けた女で、おそらく警護官の一人です」

〈私が聞いているのは、プリンセスだ。まだ拘束はできていないのか〉

「捜索しています。時間の問題だと――」

〈一時間前と同じセリフだ。私が求めているのは言葉ではなく、結果だ。生身のプリンセスだ。手段は問わない。一時間後の私の電話では、プリンセスの声が聞けることを望む〉

電話は切れた。ライアンは部下に向かって怒鳴った。

「プリンセスを見つけ出せ。手段は問わない」

「何ブチ切れてるの。アメリカサイドは何を言ってきたの」

マギーが鼻で笑いながら言う。

「女の出番が近づいてる。一時間以内に探し出すんだ。手段は問わない」

「女の正体は何なの。プリンセスなんて、大そうな名前を付けて」

「俺もよく知らない。しかし、大統領に関係がある女らしい。大統領の意思を曲げさせることのできる女だ」

「大統領の女か。でもドナルド大統領は七十二歳、プリンセスとかいう女は二十七歳でしょ。いくら女好きの大統領でも、孫みたいな女よ。どういう関係か聞いてみたら」

マギーが挑発するように言うが、ライアンは冷ややかな目で見つめるだけだ。

「女が何であろうと関係ない。さっさと仕事を済ませて国に帰りたい。大金を持ってな」

ライアンは視線を人質たちの方に向けた。

2

ライアンは大ホールの壁を蹴飛ばした。

広い空間に重い響きが伝わる。よほど強く蹴ったのだ。

人質たちがいっせいにライアンの方を見た。

「プリンセスはどこに行った。官邸内にいるのは確かなんだ」

「監視カメラを壊して、妨害電波の発生装置を破壊した女を先に見つけて、殺した方がいいんじゃないの。その女、既に外部と連絡を取ってるかもしれない」

マギーが挑発的にライアンに言う。

「なんで、そんな女が紛れ込んだ。その女も警護官の一人か」

「日本の総理は女よ。一人くらい女の警護官がいてもおかしくはない」

「名前を調べるんだ。筒井を呼べ」

筒井は七名の日本人部下と共に、日本人の人質の見張りと、官邸外の動きをチェックしていた。この占拠に対する日本のマスコミのとらえ方と動きだ。

「総理には女の警護官がついているのか」

ライアンは筒井に聞いた。彼はしばらく考えていた。

「俺は聞いたことはない。今まではいなかった。しかし新崎に代わってから、いても不思議じゃない。女総理だからな」

「だったら、調べてくれ。名前と写真、家族。その他に、分かることはすべてだ。遺体に女警護官はいない。現在、暴れている女が、その警護官だ」

ライアンの言葉に、筒井は人質に目を向けた。

筒井は人質たちに近づいて行った。

「誰か知ってるか。女の警護官がいるのか」

大声で話しながら、一番手前にいた中年の男の襟首《えりくび》をつかんで立たせた。

「おまえ、知ってるか」

「私は国際部の新聞記者だ。アメリカの国務長官に話を聞きたくて来た。警護官については何も知らない」

「誰か、知ってる奴はいないか。官邸の者なら知ってるだろう」

筒井は男の額《ひたい》に拳銃を突きつけた。

「やめてくれ。官邸に来るのは今回が初めてなんだ」

「その人は私も初めて見る人。官邸内部については何も知らないわ。放してあげて」

新崎総理が立ち上がった。

「だったら、あんたが言うんだな。女の警護官の名前だ」

「私が言うはずないでしょ」

新崎は強い意志を持って筒井を見ている。

「信念と責任感の強さで、人は意志を曲げないと思われがちだ。しかし、それは間違いだ。結局は自己保身のためだ。簡単にしゃべる奴と思われたくないからだ」

男は下を向いたままだ。その髪をつかんで上を向かせた。

「人のためだと言い訳さえつけば、意志などすぐに消え去る」

筒井の顔には笑いが浮かんでいる。

「おまえの強情のせいでこの男が死ぬことになる。そんなことが起こらないようにしゃべるんだ。それならおまえも言いやすいだろう」

新崎は筒井を睨みつけている。

銃声が響いた。同時に人質の中から女性の悲鳴が上がる。

新崎は思わず目を閉じていた。

目を開けると、足元には男が右耳とこめかみを押さえてうずくまっていた。手の指の間から血が流れている。筒井が男の耳を撃ったのだ。

「どうってことない。当分耳鳴りが続き、メガネが掛けられなくなるのは不自由だが。恨むなら、この女総理を恨むんだな」

筒井は男から新崎に視線を向けた。

「耳の次はどこがいい。鼻か、もう一方の耳か。あごってチョイスもある。自力で食えなくなるのは辛いぜ。あんたに決めさせてやる」

銃口を新崎の頬につけた。銃身の熱が肌に伝わり、反射的に身体をそらせた。

「その前に、その人の治療をして。このままだと、血が止まらない」

筒井は部下に、男の治療をするよう指示した。

「夏目明日香、私の警護官よ」

新崎は姿勢を正し、筒井に強い視線を向けた。

「彼女は最高の警護官よ。名前を言ったくらいじゃ、あなたたちに捕まらない。必ず私たちを救い出してくれる」

「せいぜい祈っててくれ。世の中、思い通りにはいかないものだ」

筒井がタブレットに名前を打ち込む。

「載ってるぜ。世間にはバカが多いからな」

タブレットを新崎に向けた。

「総理を護る美人SPか。可愛いすぎる警護官、写真付きだ。ほんとに可愛いぜ。この女が監視カメラをぶち壊して、官邸で暴れまわっているとは信じられないな」

新崎総理に寄り添うように立ち、周囲に視線を向ける夏目明日香のスナップ写真がタブレットの画面いっぱいに映っている。

ライアンが筒井の手からタブレットを取り、見つめている。やがて筒井に何事か告げると、筒井は部下を呼んだ。

3

ホワイトハウスの大統領執務室には、三人の男がいた。

ドナルド大統領はデスクに座り、前のソファーにはトーマス・ロビン大統領首席補佐官とビーン・コナー国務副長官が座っている。

「やはり、テロリストとは交渉はしないで押し通そう。スチュアートには来年また世話になる。恩を売っておくことに越したことはない」

大統領は二人を交互に見て言った。

「国防総省に連絡します。チャンスがあり次第、強行突入を試みるようにと」

「日本政府にも連絡してくれ。アメリカ合衆国は自由と民主主義に敵対する何者にも屈しない」

日本の総理とアメリカの国務長官と駐日大使夫妻、さらにその他の人質を見捨てるということだ。いや、救出には全力を尽くす。ただ生きて救出される確率は低くなる。

一時間後には合衆国政府の基本方針として、テロリストとは一切交渉しないと発表された。

デスクに置いてある大統領のスマホが鳴り始めた。非通知の文字が出ている。呼びかけたが返事はない。大統領の脳裏《のうり》に前の電話の声が蘇《よみがえ》った。

「おまえは誰だ」

相手は沈黙を続けたままだ。

「私は忙しいんだ。この番号の相手が誰だか知っているのか」

〈知ってるわ、チェイス。チェイスなんでしょ。チェイス・ドナルド〉

今度は大統領が沈黙した。その声から記憶の断片が心の奥から引き出されてくる。歯切れのいい多少甲高《かんだか》い声。年を経《へ》て、角《かど》が取れて丸みを帯びた声に変わっているが間違いない。

首席補佐官と国務副長官が大統領に視線を向けている。大統領は二人に背を向けて窓際まで歩き、声を潜《ひそ》めた。

「ナンシー・ハザウェイか」

〈驚きだわ。覚えててくれたのね。なんて説明しようかと、ずっと迷ってたの。二十八年も昔の話ですものね〉

大統領は二人に出て行くように合図した。突然の指示に困惑しながらも二人は出て行った。

「元気かね。私は元気だ」

〈バカな挨拶《あいさつ》はやめて。テレビを見てりゃ、そのくらいは分かるわよ〉

「私の支持者か。ありがたいね」

〈幸せな人ね、昔から。本気でそう思ってるの〉

「で、何の用だ。金か。いくらほしい」

〈やめてよ、失望させるのは。私の声と名前を覚えてくれて感激したのに、興《きょう》ざめじゃない〉

「謝るよ、悪かった。しかし、きみもマスコミによって知ってると思うが、現在私は忙しい。落ち着いたら私の方から連絡する」

〈スーザン・ハザウェイ。この名前知ってるでしょ。この電話をかけるようにと言った人が、知ってるはずだからって〉

「ワシントン・ポスト紙の政治記者だ。彼女がどうかしたのか」

〈やはり知ってたのね。だったら、今、日本で人質になってることも知ってるわね〉

「同じハザウェイだな。きみの親戚か」

〈そうよ。助けてほしいの〉

「もちろんだ。全力を尽くしてる」

〈嘘でしょ。テレビは見た。テロリストとは交渉しない。これが政府の方針なんでしょ。人質なんか、殺されてもいい。あんたらしいわ〉

「だれが、そんなこと言った。救出に全力を尽くしてる」

〈証拠を見せてほしい〉

「結果を見てくれ」

〈昔、同じような言葉を聞いた記憶がある〉

冷めた声が返ってくる。大統領は必死で二十八年前の記憶を引き出していた。ロチェスターでひと月間だけの関係だったはずだ。

〈いいことを教えましょうか〉

「きみの電話よりいいことがあるのか」

〈昔と変わらないわね、泣かせるようなことを言うのは。あのころ、私は十六歳になったばかりだった〉

ナンシーが十六歳を強調する。

〈スーザンはあなたの娘よ〉

大統領は絶句した。何度目かの沈黙が続いた。

〈あのときあんたは、四十六歳。問題なのは――〉

「きみは確か――」

大統領は呻《うめ》くような声を出した。

〈十六歳だったと言ってるでしょ〉

「嘘だ。十九歳と言った」

〈それも覚えててくれたの。意外ね〉

大統領の脳裏には、自分の置かれている様々な状況が駆け巡った。

アメリカ合衆国の中には、十六歳以下の異性とのセックスは重罪であり、仮釈放なしの懲役十年以上という州もある。

「本当にスーザンは私の――」

〈マスコミが飛んでくるでしょうね。今はDNAを使った親子判定があるんでしょ。精度は百パーセントに近い〉

「どうしたいんだ、きみは」

〈スーザンを私のもとに帰してほしい。もちろん、元気なままで。私が望むのはそれだけ〉

ナンシーの背後に誰かがいる気配がする。

電話は唐突《とうとつ》に切れた。いや、切られたのか。

大統領はしばらくスマホを耳に当てたまま立っていた。

ふと我に返って、あわててスマホを切って、ドアに向かって入ってくるように怒鳴った。

「今の電話の逆探知はできないか」

「さほど難しいことではないでしょう」

入ってきた首席補佐官が答える。

4

遠山は阿佐ヶ谷駅を降りた。スマホの地図によると、夏目明日香の家は、駅から徒歩十分ほどのところだ。

駅前の繁華街を抜けて歩いた。

ＮＡＴＳＵＭＥと木に彫ったＢ４サイズのバカでかい表札というより看板がかかっている。四人の名前が彫ってあり、ＡＳＵＫＡの名前もある。空いているところにカラフルな似顔絵が彫ってあった。若い女性が明日香だろう。ちょっと変わった家庭だと聞いていたが、確かにそのようだ。

遠山はインターホンを押した。

誰ですか、と不愛想な声が聞こえてくる。電話を掛けたときに聞こえてきた若い男の声だ。

「東京政経新聞の遠山です」

〈さっきの電話の人か。話すことはないって言っただろ〉

そう言うとインターホンは切れた。遠山は再度インターホンを押し続けた。

「お姉さんのことが知りたくないのか。きみより、俺の方が情報は多いと思うが」

考える気配が伝わってくる。

「きみだって、お姉さんと話したんだろ。無事なことを知っている」

返事がこないと思っていたら、ドアが開いて、痩せて小柄な少年のような顔が覗いた。

遠山はドアの前に行くと、隙間に足を入れた。

諦《あきら》めたようにドアが開いて、中に入るように彼が言った。

「きみが純次くんだね。お姉さんはなんて言ってた」

「急ぐなよ。両親がいるんだ。二人の前で姉ちゃんのこと話してくれるか」

「もちろんだ。ただし、多くは知らない」

遠山は相手の話も引き出しながら、明日香の家族三人の前で、現在の状況を説明した。

「分かってるのは、生きてるってことだけか。姉貴のことだから、もっと派手なことをやってるんじゃないかと思ってた」

「派手なことをやってれば、とっくに殺されてる」

「警護官が全員射殺されたって本当なの。明日香ちゃん以外は」

黙って遠山の話を聞いていた母親が、おそるおそる聞いてくる。

「残念ながら――」

「姉ちゃんが死ぬわけないと思ってたけど、他の警護官が全員殺されたと聞いてたから──母さんなんか──」

途中から純次の声が乱れ、黙り込んだ。心配してたってことだ。

後輩の女性記者から送られてきた資料には、長男は引きこもりのパソコンオタクと書いてあった。しかし目の前の若い男は、かなり高揚《こうよう》しているが姉思いの普通の青年だ。

「家族もどこかに避難した方がいい。お姉さんが生きていると分かれば、マスコミが押し寄せる。テロリストの仲間が官邸の外にもいる可能性は高い。必ず何かやってくる」

「この家もテロリストに占拠されるってことか」

「お姉さんを捕まえるために、家族が利用されるってことだ」

「僕たちのことなんて、彼らは知らないだろ」

「俺が知ってるんだ。一介《いっかい》の新聞記者の俺が。相手は、総理大臣とアメリカの国務長官を拘束して、官邸を占拠している連中だぞ。俺なんかより、はるかに情報量も多いし、組織力、機動力のある連中だ。警護官を皆殺しにするような用心深い奴らだ。本物の軍事訓練も受けてる」

「じゃ、僕たちはどうすればいいんですか」

純次が素直に聞いてきた。

テレビの前の父親が、胡散臭《うさんくさ》そうに遠山を見ている。

「すぐに家を出る用意をするんだ。ここから避難する」

遠山の言葉に純次が立ち上がった。

「車を持ってきます。近所の月極《つきぎめ》の駐車場に停めてあります」

「急いでくれ。下手すると、きみらもテロリストに捕まることになる」

「十分で戻ってきます」

純次が家を飛び出して行く。

遠山は両親を促《うなが》して、家をしばらく留守にする準備をするように言った。

十分後に家の前で車の激しいブレーキ音がして、純次が家に飛び込んでくる。

家の前には赤い軽自動車が停まっていた。

遠山と夏目家の三人は、純次が運転する車で家を出た。

「どこに行くんですか」

「まずは、うちの新聞社に行こう。まさかテロリストも、新聞社にいるとは思わないだろう。銀座方面に行ってくれ」

助手席の遠山が答える。

「独占取材ってわけですね。取材料はもらいますよ」

純次がアクセルを踏み込んだ。

警視庁に設置された国家安全保障会議では、梶元副総理が高山警視総監と田島警察庁長官の言葉を聞いていた。

「アメリカ軍の特殊部隊が、完全武装で基地外に出るというのは問題でしょう。マスコミに漏れれば大騒ぎです。しかも人質救出とはいえ、国内で警視庁、あるいは自衛隊と合同作戦を行うのです。日本側に死傷者が出た場合、違憲問題にもなりかねません」

警視総監は、アメリカの特殊部隊を投入するのに反対なのだ。警視庁の危機管理体制、対応能力への信頼性を疑うことになる。

警察庁長官が憮然《ぶぜん》とした表情で言い放った。

「この非常時だぞ。そんなことを言っているから、国際社会から日本はバカにされ、信頼されないんだ。それに警視庁のSATは壊滅《かいめつ》状態だ」

「法的な問題です。それなりの手続きが必要です。実弾入りの武器を外国の軍人が携行《けいこう》して、霞《かすみ》が関《せき》、永田町を闊歩《かっぽ》するのです。マスコミが黙っちゃいない。さらに一般市民が巻き込まれるようなことがあれば、国際問題になります」

警視総監の声が大きくなった。

「日本を訪問する外国の要人を警護する彼らの国の警護官が持つ武器も、すべて許可を取ったものです。我が国は銃規制を徹底している。だから、日本はアメリカより安全なんだ」

「ネイビーシールズが日本側と協力すると言っているのです。すでにSATは大きな打撃を受けています。自衛隊の特殊部隊と組めばいい」

警察庁長官が言い切った。彼はこれ以上、事態を悪化させることにはなんとしても反対なのだ。自分たちの責任問題になる。いや、すでになっている。

梶元は二人の話を聞きながら、決めかねていた。

「官邸に残っているという警護官からの報告はないのですか」

「夏目という女性警護官です。高見沢警部補も残っていますが、負傷しているようです。かなりひどいと言っていました」

「すべての協力を受け入れましょう。事態をこれ以上悪化させることだけは防ぎたい。早急にネイビーシールズを受け入れてください。必要な許可があれば、ただちに取るように」

梶元は長森に、アメリカ政府に伝えるよう指示した。

横田は警察車両の前で待っていた。

目の前には首相官邸がいつもと変わらぬ、優美で穏やかな姿で建っている。中で起こっていることを考えると不思議な気分だった。

三十分後には、厚木基地から完全武装した三十名のネイビーシールズがやってきた。ヘリで新宿御苑まで来て、機動隊の輸送バスに乗り換えて到着したのだ。

全員黒ずくめでＭＰ５で武装し、暗視スコープ付きのヘルメットをかぶっている。最後尾の男はスナイパーライフルを持っていた。

アメリカ人通訳と一緒に、シールズの指揮官と副官がやってきた。

指揮官は四十歳前後の黒人で、エイブル海軍少佐と名乗った。

横田は彼らを連れて指揮車に入った。

「この事態の概要はつかんでいます。間違っていることがあれば言ってください」

エイブルは、昨日の夜から現在に至るまでの経過をほぼ正確に話した。

「これらは国防総省からの情報です。官邸の詳細については分かっていません」

横田はモニター画面に映る官邸と周辺状況について話した。

「地下道を通って侵入を試みたＳＡＴが全員死亡と聞いています」

「全員死亡ではありません。五人は救出され、病院で治療を受けています」

「突入したのは」

「二十三名です」

半数以上がまだ埋まったままだ。救出した五名は、最後尾で埋まっていたのを掘り出したのだ。一人はまだ意識不明だ。救出作業はまだ続いている。

「テロリストたちはミサイルを持っていて、民間のヘリが撃墜されましたね。空からの侵入は難しい。他に侵入経路は？」

「正面突破か、側面の塀を乗り越えるしかありません」

「監視カメラと塀上部の圧力感応センサーの電流が邪魔ですね。奇襲の直前に、それらの電源を破壊します」

エイブルは当然という顔で言う。

そんなことをした時点で人質の命が危険だ。横田はあわてて付け加えた。

「我々は現在、強行突入という選択肢は考えていません。アメリカ側は人質を安全に救い出す策があるのですか」

「強行突入時、援護をするように命令を受けています。我々の準備はいつでもできています」

そんな話は聞いてないぞ、と思いながら横田はエイブルの話を聞いていた。

5

ライアンと筒井は、新崎総理を連れて地下の官邸警備室に行った。

そこのマイクを使えば、官邸全体に呼びかけることができる。

「総理大臣として女警護官に指示を出すんだ。既に任務は終わった。ただちに出てくるようにと。呼びかけに応じれば危害は加えない」

筒井の言葉に新崎は答えない。

新崎はいつの間にか、明日香を、十四歳のとき死んだ自分の娘と重ねているのに気づいていた。あの子は背伸びをしすぎていると感じることがある。自分と同じだ。女性初の総理大臣と女性初の総理警護官。初日は緊張で固まっていた。高見沢からは厳しい言葉を受けていた。彼女は自分で思っている以上に責任感が強く、ナイーブな女の子だ。

鋭い音が部屋に響く。筒井が新崎の頰を殴ったのだ。

「分かった。でも、彼女は私の呼びかけくらいで出てこないわ」

「黙ってやればいいんだ」

筒井がマイクを握った。

「夏目明日香、新崎総理の警護官だな。この名前はおまえのボスが教えてくれた。この声は聞いてるんだろ。おまえのボスから話がある」

筒井が新崎の口元にマイクを近づける。

「もう任務は終わった。おとなしく出てくれれば危害は加えない。おまえから、出てくるように言ってやれ」

新崎は一瞬、顔を遠ざけたが、筒井を睨んで背筋を伸ばした。やがて諦めたようにマイクを取って話し始めた。

「夏目警護官、私は新崎よ。聞いてるわね。ゴメンね、あなたの名前を言ったのは私」

新崎は何かを求めるように辺りに視線を漂わせた。

ライアンがこれから起こることを興味深げに見つめている。

「あなたの任務は私を危険から護ること。でも今、あなたの任務を解きます。今後、あなたは自由に動きなさい。私の生死にかかわらず、テロリストたちと戦いなさい。あなたは必ず生きて――」

筒井が新崎からマイクを奪うと、銃で殴りつけた。新崎の額が切れて血が流れている。

「絶対に出てきちゃダメよ。彼らはあなたを殺すつもり。他の警護官は全員殺された。私の命はどうなってもいいから、あなたは――」

マイクに向かって大声を出す新崎を再度、筒井が殴りつける。

「何事だ。この女は何を言った」

ライアンが聞いてくる。

「俺たちと戦うよう、女警護官に言った。自分の生死にかかわらずだ」

筒井が新崎を睨んで言う。

ライアンが筒井からマイクを取った。

「英語は分かるか。分からなければ、プリンセスに通訳してもらえ、ナツメ。プリンセスは一緒にいるんだろう。俺たちの仲間はここにいる者だけじゃない。今ごろ、俺の仲間たちがおまえの家族のところに向かっている」

ライアンは二度繰り返して、マイクを切った。

「大ホールからも官邸全体に放送できるようにしてくれ」

「このマイクを使って。官邸内ならどこにいても、官邸警備室に電波を飛ばして、官邸全域に放送できる」

マギーがライアンに別のマイクを渡した。

ライアンは新崎を連れて大ホールに戻った。

人質たちが恐怖に怯《おび》えた視線を向けてくる。彼らも放送を聞いていたのだ。

アンダーソン国務長官が新崎とライアンを見ている。その表情には苦悩と困惑が入り混じっている。

ライアンは、新崎に、人質たちのところに戻るよう指示した。


高見沢が閉じていた目を開けた。何かを探るように辺りに視線を向けている。

「テロリストが放送を始めた」

明日香はスーザンに向かって唇に人差し指を当てて耳をすませた。

官邸内のスピーカーから日本語が流れ始めた。男の声だ。

大ホールで見かけた、目つきの鋭い男だろう。ずっと心の隅に残っていたが、あの男は筒井信雄だ。左翼過激派で「赤色戦線《せきしょくせんせん》」の議長だ。すでに十三年前から、爆弾犯として全国に指名手配されている。新宿駅東口駅前広場で爆弾を爆発させ、死者三名、重軽傷者三十六名を出している。死者の中には三歳の子供もいた。

警察官になって以来、週に一度は二、三時間かけて指名手配犯の写真を見るようにしている。何年も前の写真の場合は、顔の輪郭《りんかく》や表情を様々に変えて、現在の姿を思い描いた。

警護官になってからは、過激思想を持つ指名手配犯は特に念入りにチェックしている。筒井はあまりに変わっていて、すぐには思いつかなかった。明日香が見ていた写真は筒井が二十五歳、爆破事件の前日に新宿駅を撮った写真に偶然映っていた。事件のあとで調べていて見つけたものだ。下見に来ていたのか。以後、目撃情報はない。しかし顔や体形は変えられても、瞳だけは変えることができない。

スーザンが放送の中で明日香の名を聞いて、明日香の方を見た。

放送は女性の声に変わった。

「新崎総理――」

明日香の口から乾いた呻きのような声が出た。動きを止め、硬い表情で聞いている。

放送が終わると同時に、明日香はスマホを出して横田を呼び出した。

「私の正体がばれました。新崎総理は無事です。テロリストは私の家族に危害を加えようとしています」

〈ただちにきみの家族を保護する〉

夏目明日香巡査部長の家族を保護しろ。彼女は実家に住んでる。阿佐ヶ谷だ。横田が部下に指示する声が聞こえた。

〈他に情報はないか〉

「プリンセスのことを言ってました。スーザンのことです。彼らは私とスーザンが一緒にいると知っていました」

〈スーザン・ハザウェイについてはアメリカ政府に問い合わせ中だ。分かり次第、連絡する〉

　明日香はスマホを切った。

「女性の声は新崎総理ね。あなたの名前が出ていた。彼女があなたのことをテロリストに話したんでしょ」

　スーザンが聞いてくる。明日香は頷《うなず》いた。

「最後の声がテロリストのボスね。プリンセスという言葉も出た。官邸の外にもテロリストの仲間がいると言ってる。あなたの家族を――」

「それ以上言わないで。あの英語は私にも理解できた」

　明日香はかすれた声を出した。

　自分の名前を教えたのが新崎であったら、やむをえない事情があったのだろう。任務を解くと言われても、どうしていいか分からない。

　新崎は最初、明日香の警護を拒否したと聞いていた。

　新崎の死んだ娘が明日香の一歳上だと知ったのはクイーンの警護に付いて一週間後だった。娘は中学二年生のとき、未成年者の無差別殺傷事件で亡くなっている。そのとき、娘をかばった夫も犠牲になった。もう十年以上前の話だ。それ以来、自分の家族は国民と公言し、政治一筋の生活を送っている。

「自分の娘に、自分の警護をさせる親なんていないと思うの。いざというときには、私の方が護らなきゃならない」

親しくなった女性秘書官から、新崎がそう漏らしたと聞いた。

「子供にとっては、親だから命を懸けて護れる」

そう言い返したかったが、以後は話題に上ることはなかった。

二ヶ月たった今では、信頼関係は築けたと思っている。しかし、警護対象に余計な感情移入はするな、というのが高見沢の言葉だ。

「必ず、私が総理を救い出します」

強い意志を込めて呟《つぶや》くように言った。

6

車は青梅《おうめ》街道を新宿に向かって走っていた。

純次が運転しながら、バックミラーをチラチラ見ている。

「つけられてる。二台おいて後ろの黒の四輪駆動車」

遠山が見ると、サングラスをかけた外国人の男が運転している。助手席の男もサングラスをかけた外国人のようだ。後部座席にも二人乗っている。

「次の交差点で左折しろ。ウインカーは曲がる直前に出すんだ。いや、出さずに曲がれ」

純次が遠山の言葉に従う。背後の四輪駆動車はそのまま直進していく。

「違った。考えすぎなのかな」

しばらく走ってから元のルートに戻ろうとしたとき、行きすぎたはずの四輪駆動車が横道から飛び出してきた。遠山たちの車は、その横をかすめるように通りすぎる。

バックミラーに、四輪駆動車がすごいスピードで近づいてくるのが見えた。

「スピードを上げろ」

「あいつらなの。僕たちを狙ってるテロリストは」

純次がしゃべっている間に、車が横に並んだ。

遠山たちの車を追い越すなり、タイヤ音を響かせて前に曲がり込み急停車する。

純次が急ブレーキを踏む。車体を大きく回転させながら後部を相手の車にぶつけ、反対方向を向いて停まった。

「おい、ジュン。注意しろ、新車なんだぞ」

後部座席から父親が身体を乗り出して怒鳴った。

「急げ、逃げるんだ。あいつら、テロリストだ」

振り向いた遠山は叫んだ。

四輪駆動車のドアが開き、拳銃を持った男たちが降りてくる。

純次はエンジンをかけ直すとバックギアに入れて、もう一度相手の車にぶつけ、逆方向に走り出した。驚愕《きようがく》した顔で飛び退《の》いた男たちが、あわてて車に戻っていく。

「どこに行くんだよ、僕たち。あいつらまだ追ってくる気だ」

「新聞社は中止だ。警視庁に向かえ。あの辺りは交通規制が敷かれ、警官隊が取り囲んでる。あいつらも追ってはこないだろう」

車は新宿通りを警視庁に向けて疾走した。

突然、車のスピードが落ちた。前方の信号機が黄色に変わっている。

「何してるんだ。追い付かれる」

「信号が赤に変わる」

「行け」

遠山が腕を出してクラクションを鳴らした。

それに押されるように車は赤信号の中に飛び出した。

交差点を通りすぎたとき、黒の四輪駆動車が交差点に進入した。

ガン、という重い音が追いかけてくる。

「何が起こったの」

ハンドルにしがみ付いている純次が聞いた。

「テロリストの車に横から来た車が衝突してる。警視庁に急げ」

車は内堀《うちぼり》通りに入った。道の両側には警察車両が見え始めている。

「正面は進入禁止になっている」

「まっすぐ進め」

車は赤い三角コーンの車止めを跳ね飛ばして前進した。

十人以上の警察官たちが飛び出してくる。

「わきに寄せて停めろ」

車を停めると、拳銃を構えた警察官たちが寄ってきた。テロリスト集団を警戒している警官隊の中に車が突っ込んできたのだ。撃たれなかったのが不思議だ。

遠山は警察官たちにポケットから出したのがスマホであることを示して、電話番号のメモリーを出して、押した。

「横田か。遠山だが相談に乗ってもらいたいことがある」

遠山は事情を話し始めた。

壁にもたれて目を閉じている高見沢を囲むように、明日香とスーザンは床に座っていた。

明日香はスーザンを官邸外に出す方法を考えていたが、いい考えが浮かばない。

同時に家族のことが頭から離れない。テロリストが言ったことは本当だろうか。今ごろは――。

床に置いたスマホが震え始めた。待ち受け画面には横田課長の名前が出ている。

〈夏目はいるか〉

「私です」

〈家族は無事だ。警視庁で保護している〉

一瞬、全身から力が抜けていく。張り詰めていた精神が緩んだのだ。心の中に重くひっかかっていた懸念《けねん》が一つ消えた。

〈やはり官邸外にもテロリストの仲間がいた。彼らが家族を襲撃したが、なんとか脱出した。私の友人の新聞記者が連れ出してくれた〉

「襲撃したテロリストは」

〈逃げられた。車を残していったので現在調べている〉

「家族は、事件が解決するまで安全な場所に留《とど》めておいてください」

〈しばらく警視庁にいてもらう〉

横田の背後で話しかける声がする。

〈スーザン・ハザウェイの身元が届いた。読むぞ〉

横田が自分も確認するように、ゆっくり読み始めた。

〈ロチェスター生まれ、ハーバード大卒。ワシントン・ポストの政治部記者。現在、アンダーソン国務長官に随行して訪日中。これだけだ。きみたちが送ってくれた以上の情報はない〉

「そのスーザンをテロリストが必死になって探しています。必ず他にも何かあるはずです。表には出ていないこと、アメリカ政府が隠していることが」

〈再度、アメリカに問い合わせる。別ルートも使ってみる。何か分かったら知らせる〉

「なんとかして、スーザンを官邸の外に出したいと思ってます。方法はありませんか」

〈考えてみるが、難しい。すでにＳＡＴが突入に失敗している。テロリストの監視も厳しくなっているだろう〉

頑張ってくれ、という言葉と共に通話は切れた。

「大統領――電話の相手に同行願いました」

首席補佐官が大統領の横に来て、困惑した表情で耳打ちした。

ＦＢＩの捜査により、電話の相手は簡単に特定できた。マサチューセッツ州ボストンのアパートからの電話だった。

相手はナンシー・ハザウェイ。同行を願うと、ナンシーはそれを待っていたかのように承諾したと報告を受けている。ただちにヘリでワシントンＤ.Ｃ.に連れられてきた。

「どんな女だ――。いや、言わなくていい。二人だけで会えるよう計らってくれ」

「ただちに部屋を用意します」

「いや、ここで会おう。大統領執務室でだ。これはプライベートな会見ではない。これ以上、問題を複雑にはしたくない」

大統領は笑おうとしたが、頬がわずかに引きつっただけだった。

通されてきた女性は四十代の上品な女性だ。趣味のいいパンツスーツ姿で、知的な雰囲気が感じられる。身長は百七十センチ程度で細身のブロンド。わずかに残る記憶から想像した女性とは別人だった。

「昔とちっとも変わっていない。きれいだ、ナンシー」

「相変わらず口が上手ね。それとも、別の人と間違っているんじゃないの。当時、私は十六歳。身長は今より、五センチ低く、体重は今よりあった。私は昔の写真を見るのが好きじゃない。別の思い出もあるしね」

大統領と対面しても臆《おく》することなくしゃべった。

「今は四十四歳。でもあなたとは親子ほど違ってる。道ですれ違っても分からないはず」

「私は十九歳だというきみの言葉を信じた。だから――」

大統領は懸命に平静に振る舞おうとしているが、声が震えている。

「やめてよ、言い訳は。チェイス――いえ、大統領。私はそんなことを話しに来たんじゃない。あなたの娘のスーザンについて、お願いに来たの」

「私の娘のスーザン――」

大統領は絶句してナンシーを見つめている。

「そう。あなたの娘よ」

ナンシーは強い口調で言うと、大統領を見据《みす》えた。

「信じられないでしょ。私だって信じられなかった」

大統領の視線はナンシーに張り付いている。

「私は決していい高校生ではなかった。警察沙汰にはならなかったけど、その一歩手前だった。あの頃は、何に反抗していたんだろう。同年代の子供にしては早熟だった。言い寄ってくる同年代の男も大勢いた。でも、興味はなかった。そんな時に現れたのがチェイス、あなただった。都会の垢《あか》ぬけたビジネスマン。大人の男性。

私に色んな話をしてくれた。私の知らない世界のね。年の差なんて関係なかった。私の方が夢中になった。妊娠が分かったのは、あなたがいなくなってから」

「だったらなぜ、もっと早くに――」

「やめて。赤ちゃんを堕胎《だたい》するなんて考えられなかった。あなたを探し出して、責任を取らせようって気もね。学校には興味がなかったし。この子は私が自力で産んで、私が育てるって決心した」

ナンシーの言葉と全身からは、強い意志が感じられる。

「妊娠が分かってから、計画を立てたの。子供を産んで、育てるにはお金がいる。お腹が大きくなるまで、半年は働けるって。だから、必至でバイトした。だから、出産費用は自分で作った」

大統領は無言で聞いている。

「結局、母親に見つかって、正直に話したわ。男に遊ばれて妊娠した、バカで哀れな娘。あなたの名前は出さなかったけどね。その母も二年前に亡くなった。言ってあげたかったわ。あなたの孫は、アメリカ合衆国大統領の娘よって」

ナンシーの表情が崩れ、頬を涙が伝っている。

大統領は我に返ったように、ハンカチを出してナンシーに渡した。

「私は高校を中退して必死で働いた。ウェイトレス、スーパーのレジ係、清掃員。

そのくらいしか職はなかったけどね。でも、スーザンはあなたに似て、頭がよかった。成績はいつだってオールA。大したものでしょう。高校中退の母親の娘にしては」

「いや、きみに似たんだろう。私はきみのことを頭のいい女性だと――」

「とにかく、私もスーザンのおかげで勉強した。普通なら遊園地に行く年頃に、二人で図書館に通ってね。これでも通信制で高校を卒業して、短大を出たのよ。今は法律事務所で弁護士助手をやってる」

「法律については多少、知ってるというわけか」

「いろいろとね。素人《しろうと》よりは。今は夜間大学の経済学部に通っている。卒業後はロースクールに入って、弁護士になれればと思ってる」

アメリカの大学では、法学部や医学部などは学部では専攻できない。卒業後、ロースクールやメディカルスクールに通い専門知識を学ぶ。

「協力するよ。成績は問題なさそうだ」

「そんなことより、今日はスーザンのことを話しに来たの。なんとしても、スーザンを助け出してほしい。スーザンは私の分身、私のすべてなの」

ナンシーが強い意志を込めて言う。

「日本政府と協力して、全力を尽くしている。いずれ時が来たら、全員――」

「相変わらず、嘘が上手ね。でも、今の私は簡単には騙されない。あのマスコミ発表では、アメリカはテロリストには屈しない。従来の交渉しない態度を貫くと言ってたでしょう。いずれ、武力行使するってことよね。人質の安全なんて顧《かえり》みず。そうなればスーザンは――」

「国際社会の常識を言ったまでだ。裏では――」

ナンシーが顔を上げ、大統領を直視した。

「信じてないんでしょう、私の話」

「突然、言われても――」

「スタチュートリー・レイプ。知ってるでしょう。性的同意年齢未満の女性との性交。つまり十六歳以下の女の子とセックスすれば、制定法上の強姦罪になる。まず地裁に申し立て、スーザンとあなたのＤＮＡ検査をして親子関係を証明する」

「本気か」

「私はそんなことはしたくない」

ナンシーはポケットからスマホを出した。

「生まれた日から、毎年誕生日に撮り続けた写真よ。私はこの習慣を今年も来年も、ずっと続けたい」

一人の赤ちゃんが少女に成長し、美しい女性へと変わっていく。写す者と写される者の心の結びつきを強く感じさせる写真だ。

大統領は一枚一枚を食い入るように見つめている。やがて、顔を上げた。その目は、潤《うる》んでいるようにも見える。

「間違いない。スーザンは私の子だ」

「私はあなたを恨んではいない。むしろ、感謝してる。あなたが現れなかったら、私の人生はあの町の中で終わっていた」

「それは、きみの力だ。自分自身で道を切り開いた」

「私のスーザンを、必ず私のもとに帰してくれるって気になったの」

「彼女は知っているのか。私のことを」

「知らない。取り戻せれば、これからも知ることはない。でも、そうでない場合には――」

「約束する。私の、つまりアメリカ合衆国大統領の持つ権限と力の限りを尽くして、きみと私の娘を取り戻す。そしてきみのもとに帰す」

ナンシーが大統領執務室にいたのは、ほんの三十分ほどだ。彼女はその間に二十七年分の話をして帰っていった。

大統領は窓の前に立ち、ナンシーの言葉を反芻《はんすう》していた。

ナンシーの言葉は素直に大統領の精神に沁み込んでいった。見せられた二十七枚の写真が瞼《まぶた》に焼き付けられている。また同時に、ナンシーの言った制定法上の強姦、と言った言葉が脳裏に刻まれている。

大統領はナンシーが帰る直前に手渡した一枚の写真を見つめた。去年の誕生日の写真だ。自分に似た頑固ともとれる目元と口元の娘が、笑いかけている。

脳裏に「家族」が浮かんだ。三度の結婚に破れた。二人の子供たちも独立して、それなりの立場で頑張っている。今の妻とは歳の差こそあれ、うまくいっている。

しかし、自分に残っているモノはなんだ。自問をするがなにも浮かばない。金か、権力か。もう、十分に手に入れた。残るは……。

小さく頭を振って、すべてを振り払った。上り詰めた地位をなんとかして守りたい。絶対に再選を果たす。そのためにできることは何でもやる。

大統領は写真を胸ポケットに入れた。

7

明日香は官邸の敷地を頭に描いた。

敷地内には首相官邸と首相公邸がある。

官邸正面には広い庭が続き、その先には柵《さく》が設けられ、通常は多数の警官が警護している。夜もライトアップされていて、見つからずにここを突っ切ることは不可能だ。

その他の外周は五メートルを超す高い塀に囲まれている。塀の内側には竹などの高い木々が植えられ、周辺のビルから中が見えにくくなっている。

官邸の外に出て、木々の中に逃げ込めばなんとかなるかもしれない。高い塀に囲まれてはいるが、ロープさえあれば越えられないものではない。しかしスーザンにはとても無理だ。

「何か方法はあるか」

「暗くなってから屋上に出て、そこから庭に下りるのはどうでしょう」

「屋上にもテロリストがいる。ヘリは屋上からのミサイルで撃墜された」

「いるとしても数人です。そんなに人数を割《さ》けません。私がなんとかします」

高見沢が明日香を見つめている。その目は無理だと言っている。

「方法はそれしかありません」

「しかし、庭に出てどうする。やはり塀を越えるしかない。テロリストも対策は考えている」

「そう思います。私が考えつくくらいです。敵もきっと待ち構えています。地下道でのSAT部隊もそうでした。二の舞にはなりたくありません」

「だがやるしかないか。ここにいても捕まるのを待つだけだ」

高見沢が言い切った。

「官邸から庭に出れば、警察か自衛隊の回収部隊が待っている。これならどうです」

高見沢は答えない。ということは、これしかないのか。

明日香はスーザンに計画を話した。スーザンは無言で聞いている。

「いやよ、私だけが逃げ出すなんて」

「逃げるんじゃない。外に出て、何が起こっているか正確に伝えるのよ。それが、記者としてのあなたの使命でしょ」

「自分の使命を果たせ。俺たちは総理を護るのが使命だ。だから、残って戦う」

目を開けた高見沢が英語で言った。

「分かった。でも、どうやって官邸の外に出るの」

「夏目に聞け」

高見沢は突き放すように言う。

明日香は官邸の庭の図を描いて、スーザンに説明した。

「屋上からロープで庭に下りる。そこに警視庁のＳＡＴが待っている。彼らがあなたを塀を越えて外に連れ出してくれる」

「ロープなんてあるの」

「消防用のホースを使え。おまえなら、担《かつ》いでいける」

高見沢が言った。

各階の階段横の非常ボックスに十メートルのホースが二本入っている。つなげば、屋上から下まで下りることができる。

「うまくいくと思うの？」

「私が必ずあなたを護る」

明日香は強い決意を込めて言った。

スーザンの不安そうな顔がわずかにやわらいだ。


明日香は横田に電話をした。

「暗くなってから、スーザンを官邸の屋上から南側の庭に下ろします。木々の多い方です。自衛隊の特殊部隊で回収は可能ですか」

横田が考え込む気配が伝わってくる。

「官邸の敷地内に回収部隊を潜入させて、スーザンを安全な場所に連れ出してください」

〈再編成のＳＡＴを送る。塀の上に設置されている監視カメラと圧力感応センサー

を一時切断する必要がある。それができれば、五分で塀を越えて指定の場所まで移動することができる〉

「電源は官邸内部です。地下の官邸警備室でコントロールしています。でも――」

明日香は官邸敷地内の配電図を頭に浮かべた。

「塀に電気を送る配電盤は庭にあります。それを破壊します。監視カメラと圧力感応センサーをダウンさせることができます。他の配電盤に切り替えるのに十分。急いでください」

〈どこにあるか知っているのか〉

「官邸敷地内は自分の家と庭だと思え。高見沢警部補の言葉です」

明日香はスーザンを下ろす場所を指定した。

「配電盤を破壊する前に、レーザーポインターで指揮車に合図します。ただちに回収場所にSATを送ってください。位置はあとでスマホで送ります。これから準備に入ります」

明日香はスマホを切った。

「暗くなるまでまだ時間がある。それまで少しでも眠っておきましょ」

無理な話だと思いながら言った。

高見沢は何かを考え込むように目を閉じている。スーザンは明日香に怯えた目を向けている。明日香は軽く頷いて、全身の力を抜いた。そのまますべての力が抜け落ちていくような気がする。思わず力を入れると、身体の節々が痛み、一瞬だが意識が途切れた。

窓から差し込む光は消え、外を覗くと街灯の明かりの中に路上に立つ警察官の姿だけが見える。わずかな時間だが眠ったことにより、身体が軽くなっている。

「急ぎましょ」

明日香はスーザンを促して部屋を出た。

五階に上がり、非常ボックスからホースを出して一束ずつ担いだ。一束八キロの重さが肩に重くのしかかってくる。スーザンがよろめきながら屋上への階段を上がっている。

「屋上にもテロリストの仲間がいるんじゃないの。ヘリを撃ち落としたのは彼らでしょ」

明日香は答えず、了解の印に短機関銃を軽く上げてみせた。

明日香はスーザンを待たせて、一人で屋上に出た。

屋上は中庭の光が十分に届かず薄暗い。いくつかライトはあるが消してある。狙撃を恐れているのだ。

薄闇の中を冷たい風が吹き抜けていく。空を見上げると、星空が広がっていた。いつもより鮮やかに感じるのは、周辺の高層ビルが自粛《じしゅく》して照明を消しているからか。

複数のテロリストがいるはずだ。気づかれずに彼らを始末しなければならない。今度は生半可《なまはんか》のことでは命取りになる。自分ばかりではなく、スーザンを含めて。

目を凝《こ》らすと四方向に四人のテロリストが、手すりの壁に身を隠して座っていた。銃は庭に向けられている。中央に置かれている箱は、ヘリを撃ち落としたミサイルか。

どうやって彼らに近づくか。明日香は辺りを見回した。身を隠すことのできる場所は——ない。だとすると、堂々と歩いていくしかない。

明日香はナイフを抜いて、右手に持って背中に回した。

南側の角に向かって歩いた。そこからは庭の配電盤が見える。

銃を左肩にかけ、右手に持ったナイフを握り直した。

テロリストが座ったまま明日香を見ている。明日香は軽く左手を上げた。

「どうかしたのか」

訛《なま》りの強い英語が聞こえたが、どこの国の訛りかは分からない。声の相手は——

女だ。

「屋上に行くよう指示された」

明日香は銃を肩にかけたまま左手を上げ、短く答えた。他のテロリストにも聞こえたはずだが反応はない。

明日香は歩みを速めた。無防備であることを示すために左手を身体から離した。相手も銃は明日香の反対側に向けている。

相手の懐《ふところ》に倒れ込むようにぶつかった。心臓を一突きにしたはずだ。肉を切る感触、骨にぶつかり、さらに体内に入っていく感触。テロリストは一声も出さずに絶命した。

明日香はゆっくりと身体を離した。倒れないように注意して、壁にもたれさせた。北側のテロリストが見ている。右手を振って何でもないと意思表示をした。納得したかどうか分からないが、何事も起こらなかった。

テロリストの身体を倒さないように注意して、庭の配電盤を探した。外灯横のうす明かりの中に見えている。あの配電盤で敷地内の監視カメラ、塀上の圧力感応センサー、外灯の電気をすべてコントロールしている。ここが一番近い場所だ。

明日香は銃を構えた。短機関銃の連射で十分破壊できる距離だ。

引き金を引く前に正門近くに停めてある警察車両に、レーザーポインターの光を当てた。車の赤色灯《せきしょくとう》がついた。作戦開始の合図だ。

銃声が響いた。庭が闇に包まれる。同時に明日香は左右と北側のテロリストを撃った。暗闇に紛れて位置を変えながら、テロリストに向けて発砲する。

銃撃が数秒間続き、静かになった。動きを止めて様子をうかがったが何事も起こらない。

明日香は屋上への出入り口に戻った。消防用のホースを担ぐとスーザンと共に屋上の端に走る。

ホースの端を柵の金具に結び付け、スーザンのバンダナを取って迷彩服を脱がせると肩を抱いた。

「行くのよ。下に日本の警察官が待っている。彼らが外に連れ出してくれる。これは何かあったときのため」

明日香はスーザンに拳銃を渡した。

「でも、警察官を確認したらすぐに捨てるのよ。両手を上げて、敵じゃないことを示すの」

「あれを見て」

スーザンの指す方を見ると、二つの光の束がゆっくりと移動してくる。光芒《こうぼう》の先は庭の木々を照らし出している。

「何なのよ、あれは」

「ドローンよ。強力なライトを二つ積んでる」

「銃撃を聞きつけてテロリストが飛ばしたのね。ここにもすぐにテロリストが上がってくる」

官邸の正面入口から、複数の声が聞こえてくる。庭を走る足音が聞こえ始めた。敷地に潜入したSATに気づいたのか。明日香の脳裏に官邸地下道のSATの惨劇《さんげき》が蘇った。

明日香はスマホを出して、横田を呼んだ。

「敵は敷地内への侵入に気づいています。すぐに引き上げてください」

〈すでに待機している。スーザンを下ろせ。回収しだい引き上げる〉

「行って。無事を祈ってる」

明日香はスーザンの身体を押した。スーザンはホースにつかまり下りていく。

闇に紛れて見えないが、複数のテロリストが庭に出ているはずだ。

さらにもう一機のドローンが現れ、庭を明るく照らしている。

「敵に気づかれている。すぐに引き返してください。ドローンが来ます。早く逃げて」

明日香の声が終わらないうちに、ドローンが官邸の庭を照らし出した。強力な二つのライトが庭の植え込みを照らし出していく。SATの姿が見えた。

明日香はドローンに向けて銃を乱射した。ひとつの光の束が消える。

銃声が響き始めた。庭に潜むSATとテロリストの銃撃戦が始まった。

明日香はもう一機のドローン目がけて銃を撃ち始めた。すぐに弾倉《だんそう》が空になる。

倒れているテロリストの銃を取り、再び連射した。ライトの光が跳ね上がるように空の闇を照らすと、そのまま落ちていく。

明日香の動きが止まった。血の気が引いていく。

背後で銃声が響き、足元のコンクリートが砕け散った。

「動くと撃つ。銃を捨てて、こっちを向くんだ」

訛りのあるヘタな英語だが意味は分かった。

ゆっくりと短機関銃を下に置き、手を上げて振り向いた。

短機関銃を構えたテロリストが立っている。

足と右腕を負傷しているようだが、左手で持った銃の銃口は明日香の胸に向けられている。

「おまえが騒ぎの女か。よくも、仲間を殺してくれたな。彼らがあの世でおまえを待ってるぜ。十分に可愛がってもらえ」

銃声が響き、夜の空に消えていく。

第六章　急転

1

明日香に向けられていた男の手が下がり、銃が床のコンクリートに落ちて乾いた音を立てた。男が膝をつき、崩れるように倒れる。

振り向くとスーザンが立っている。手に拳銃を持って――。

「あなた、何してるの」

「庭で銃撃戦が始まったから戻ってきた」

スーザンの表情が変わり、弾かれたように明日香にぶつかると、押し倒した。柵《さく》を砕く銃弾の音と、頭上を銃弾が飛ぶ空気の振動を感じる。倒れた男が二人に銃を向けている。明日香はスーザンの拳銃を取ると、男に向けて全弾を発射した。

庭からは激しい銃撃の音が聞こえてくる。警視庁のＳＡＴとテロリストの銃撃戦は激しさを増していた。時折り、爆発音が聞こえた。どちらかが投げた、手榴弾《しゅりゅうだん》の破裂音だ。

「逃げてください。このままでは全滅します。敵は暗視スコープとロケットランチャーも持っています。新たなドローンが来ます」

明日香はスマホを使って横田に呼びかけた。横田のスマホも通話モードになったままだが、返事はない。

柵から身を乗り出すと、正面玄関の横からドローンが飛び立つのが見えた。ライトを消してあるので、官邸の外からでは見えないのだろう。ドローンには赤外線カメラが積んであるのか。

柵にもたれて死んでいるテロリストの横には、三基のＳＭＡＷロケットランチャーと暗視スコープが転がっている。

明日香はロケットランチャーを取ると、前庭のテロリストに向けて発射した。

爆発音と共に悲鳴に似た叫び声が上がる。

庭から突然、銃撃音が消えた。テロリストも撃つのを止めている。

〈撤退する。全員、官邸の外に戻れ〉

　スマホから横田の声が聞こえる。

「なぜ逃げなかったの」

「あなたたちを置いて、一人では逃げられない。私も一緒に――」

　明日香はスーザンの腕を引いて身体を低くした。一機のドローンが屋上に向かってくる。屋上の異常に気づいたのか。

　明日香はテロリストの短機関銃を取るとドローンに向けて連射した。ドローンが飛び上がるように跳ね、墜落していく。

　明日香はテロリストが持っていた暗視スコープと手榴弾を、横にあったテロリストのデイパックと上着のポケットに詰めた。

　デイパックをスーザンに持たせると、明日香はロケットランチャーを両肩に一基ずつ担《かつ》いだ。二基で十六キロの重さが両肩にかかる。

　一瞬よろめいたが、なんとか踏ん張った。

「四階に戻る。ここにはすでにテロリストが向かってるはず」

　明日香はスーザンの腕をつかんで、建物内に入った。五階に降りたところで、階段を駆け上がってくる音がする。

「テロリストが上がってくる。どうやって四階に戻るのよ」

スーザンが泣きそうな声を出す。

「入って」

階段の横にある部屋のドアを開けて、スーザンを押し込む。

明日香は二個の手榴弾のピンを抜いて階段の方に転がすと、自分もその部屋に滑り込んだ。

爆発音が連続して響いてくる。


四階の部屋に戻ると、高見沢が目を閉じている。こんな無防備な高見沢を見るのは初めてだった。かなり苦しいのだろう。

明日香がロケットランチャーを下ろすと目を開けた。

「戦争でも始めるつもりか」

「もう始まっています。屋上にあったのを持ってきました」

明日香は屋上でのことを話した。

「スーザンを逃がすのは失敗しました。彼らは赤外線カメラ搭載のドローンを使って、官邸を外側からも見張っています。カメラの死角をつくこともできません。警視庁のSATの侵入も察知していて、攻撃してきました。ドローンは三機を撃ち落としましたが、まだ持っているでしょう」

「ここから見ていた。攻撃型のドローンでなくてよかった」

高見沢が窓に目を移す。

最近は短機関銃を組み込んだ戦闘用ドローンも出ている。ドローンのカメラがスコープの役割をして、目標を攻撃できるのだ。

「屋上には何人いた」

「四人です。四隅に一人ずつ。もっと人数を割《さ》くべき場所ですが、それだけでした。テロリストの人数は、大したことはないのかもしれません」

「甘く見るな。何かが起これば、ただちに屋上に人員を送ることになっていたんだろう。おまえは運がよかった」

おそらく、高見沢の言葉通りだ。今ごろは、新しい要員が送り込まれている。さらに優秀な者たちだ。

「なぜ、戻ってきたの。戻るべきじゃなかった」

明日香は声を潜《ひそ》めて、再度スーザンに聞いた。

「上であんなに撃ち合ってたのよ。気にするな、なんて無理な話。私が戻らなきゃ、あなたは死んでた」

明日香には返す言葉がなかった。命を救われたのだ。

「それに、ドローンで見張られてた。あのまま下りてたらテロリストに捕まってた」

高見沢が天井のスピーカーに視線を向けた。英語の声が聞こえてくる。

〈夏目明日香警護官、この放送を聞いているか。私たちは今、おまえの行動に怒っている。殺したくてうずうずしている。おまえから言うことはないのか。無線機のチャンネルは元に戻してある〉

明日香は無線機を取った。高見沢がその腕をつかむ。

「答えるな。おまえを挑発しているだけだ」

〈屋上の兵士とドローンはやられたが、私たちもＳＡＴの奴らを大量に殺してやった〉

声が途切れた。明日香の出方をうかがっているのだ。

〈今度、私たちの前に姿を現せば、その身体をズタズタにしてやる〉

一発の銃声と共にスピーカーは沈黙した。

警視庁の危機管理センターは静まり返っていた。

全員の目が中央の大型モニターに向けられている。ＳＡＴの隊員のヘルメットに装着したカメラ映像だったが、現在は植え込みを映したまま動かない。

官邸の屋上から聞こえていた銃撃の音も消えている。

「どうなっている。現場に問い合わせろ」

警視庁幹部が怒鳴るような声で言うと、職員があわてて受話器を取った。

「やはり無理があったようですね」

梶元がぽつりと言った。

「監視カメラの死角をついたのですが、テロリストは赤外線カメラを搭載《とうさい》したドローンを飛ばして、庭を見張っていたようです」

受話器を耳に当てたまま職員が言う。現場の声をそのまま伝えているのだ。

「SATの隊員はどうなりましたか」

「かなりの死傷者が出た模様です。詳しいことが分かり次第、報告が来ます」

梶元は背筋を伸ばして、再度モニターに映る官邸に目を向けた。

官邸前の指揮車では、横田とSATの副官たちが食い入るようにモニター画面を見ている。

道路を隔てただけで、二十メートルも離れていない塀の中で銃撃戦が行われていたのだ。爆発音も何度か聞こえた。手榴弾ばかりではなく、ロケット弾も使われた。あれはテロリストが発射したのか。

「生還者は何名だ」

「現在は五名。全員、負傷しています。二名は重傷です」

「十五名中、五名か。三割の帰還か。ドローンを飛ばして建物の外を見張っていたとはな。内部の者は気づかなかったのか」

ＳＡＴの副官が拳《こぶし》でデスクを叩いた。

「夏目が撃ち落とさなければ、ＳＡＴは全滅していた」

横田が呟《つぶや》くように言う。


明日香たちは四階の部屋でぐったりしていた。

耳の奥にはまだ銃撃戦の銃声が残っている。あれだけのＳＡＴの犠牲者を出しながら、スーザンを脱出させることができなかった。すべて、自分の責任だ。

〈夏目明日香警護官、きみはよくやってる。褒めてやる。しかし、きみの仲間のＳＡＴは全滅に近い。地下に埋まっている者たちと同じだ〉

スピーカーからライアンの声が聞こえる。

〈おまえがワシントン・ポストの記者、スーザン・ハザウェイと一緒だということも分かっている。二人で出てこないか。お互い無駄を省《はぶ》こうじゃないか。私はおまえの仕事に敬意を払っている。おまえたちが出てくれれば、人質の半数を解放しよう。老人と女、そして負傷者だ〉

「嘘だ。惑わされるな。彼らは必ず全員を殺す」

高見沢がかすれた声を出した。

〈おまえたちが四階か五階にいることは分かっている。おまえたちは下には降りて来られない。階段もエレベーターも我々が固めている。今から三十分待ってやろう。以後、事態は次の段階に移る。二人でしっかり考えろ〉

「次の段階って何なのよ」

スーザンが震える声を出した。

〈これから、私たちは三十分ごとに人質を一人処刑する。おまえたちが出てくるまで、この処刑は続ける。この放送は官邸全体に流れている。もちろん大ホールの人質たちも聞いている。返事をしろ。無線機を持っているんだろう〉

しばらく沈黙が続いた。

〈あとになって、聞いていなかったとは言わせないぞ〉

女を一人連れて来るように命令する筒井の声が聞こえる。

誰かが連れて来られた気配がした。

〈こいつを殺す。三十分経つと五分ごとに一発を撃ち込む。まず足だ。次に腕。そして、腹だ。心臓は最後だ。その様子は、生放送してやる。それを聞きながら震えているのもいい〉

〈やめて、殺さないで。私には小学生の子供がいるの〉

女性の悲鳴のような声が聞こえる。官邸の女性職員だろう。

〈静かにしろ〉

筒井の言葉が終わらないうちに銃声が響いた。悲鳴と共に、人が床に崩れ落ちる音がする。

明日香は思わず立ち上がった。

「放っておけ。おまえが出て行っても人質はいずれ全員が殺される。最初はおまえだ」

高見沢が言った。

「見殺しにするなんて私にはできません。私はどうすればいいんですか」

「見殺しにできないのなら、解決方法を考えろ」

高見沢が苦しそうな声を出した。肉体的な痛みと共に警護班主任としての精神的な苦しみも味わっているのだ。

部屋の中を歩き回っていたライアンが立ち止まった。

「放送から何分だ」

「二十五分です」

「女を立たせろ」

部下に命じ、拳銃を握った。

大ホールから人質のざわめきが聞こえてくる。さっきの放送を聞いていたのだ。

「夏目明日香警護官。これから起こることは、すべておまえの責任だ。おまえの臆病のせいで人質が死ぬことになる。しかも、苦しみながら。子持ちの女だ」

ライアンが英語で、筒井がそれを日本語に訳した。

2

ホワイトハウス、大統領執務室は静まり返っていた。

大統領を囲んで、首席補佐官、国防長官、CIA作戦本部の対テロセンター部長がいた。

日本の警視庁、SATの攻撃の失敗はすでに報告されていた。

「我が国の特殊部隊が攻撃を仕掛けて、人質を奪還できる確率は」

「こういうケースは非常に難しい作戦になります。おまけに、人質が囚われているのは日本の官邸です。公《おおやけ》に軍事作戦をとるのが非常に困難な国で――」

「人質を無傷で救出できる確率が知りたい」

大統領は国防長官の言葉を遮《さえぎ》った。彼は三年前まで海軍大将だった。現役を退《しりぞ》いてからも軍事顧問として参謀本部に関わり、強い影響力を残していた。

「現在の状況だと非常に低いかと。テロリストはすでに相当数の者を殺害しています。殺害に躊躇《ちゅうちょ》しないプロ中のプロです。十パーセントを切ると思われます」

「この確率を上げるには――」

「日本政府の全面的な協力が得られれば、三十パーセントには上げることが可能です。まず、官邸の詳細な見取り図と防御システムについての情報提供です。この場合、囚われている新崎総理の安全確保が条件になります」

大統領は考え込んでいる。これではまだ低すぎる。スーザンを救出するには七十パーセントは必要だ。

「救出目標を一人に絞れば成功率はどのくらい上がる。つまり、新崎総理を含めた他の人質の生死にかかわらずということになれば」

「成功率六十パーセントというところでしょう。救出ターゲットが明確であればの場合です」

「その線でさらに検討してくれ。成功率を上げたい。せめて七十パーセント」

「救出の対象は、アンダーソン国務長官ですか。それとも駐日大使――」

「無傷で救い出してほしいのは、この女性だ」

大統領は一枚の写真と、メモに書いた名前を国防長官に渡した。

「作戦を実行するとなればどのくらいかかる」

「時間は大してかかりません。シールズがすでに日本の現場に待機しています」

「その部隊を動かせばいい。日本側に覚られることなく」

「救出作戦には日本側の協力が必要です。シールズの単独行動では無理です」

「日本政府からスーザン・ハザウェイに関する問い合わせが来ています。彼女はワシントン・ポスト紙の政治部の記者です。その旨《むね》だけを回答していますが、さらなる問い合わせが届いています」

首席補佐官の言葉に大統領は考え込んでいる。

「テロリストは彼女をプリンセスと呼んでいるようです」

間違いない、大統領は確信した。スーザンは私の娘だ。おまけに、テロリストたちはその事実を知っている。彼女を交渉のカードにして、私に脅しをかけようとしている。

大統領は意を決したように顔を上げて首席補佐官を見た。

「現在、日本側の最高指揮官は梶元副総理と考えていいんだな。彼と極秘で話せないか。記録はなし、通訳だけを交えてということだ」

秘書がデスクの電話に手を伸ばした。

梶元との電話はすぐにつながった。

「緊急事態が発生した。我々はアメリカ国民の救出を実行したい」

〈もう少し、待っていただけませんか。現在、官邸内部に潜んでいる警護官と連絡を取り合っています〉

「そんな話は聞いていない。情報は共有するのではなかったのか」

〈こちらこそスーザン・ハザウェイという女性についての情報をお願いしていますが、未《いま》だに届いていません。ワシントン・ポストの女性記者です。調べるのに時間のかかる相手ではないはずです〉

梶元がかつてないほど強い口調で言う。

「分かり次第、報告しよう。官邸に関することを教えてくれ。見取り図はもとより、防御システムを含むすべてのことだ」

〈どうするつもりなのです。あなたたちは単独で――〉

「SATの作戦はことごとく失敗している。我が国には、立て籠もり人質事件に対する専門の部署もある。対応できる部隊も持っている。たとえ作戦が失敗して、総理がテロリストの犠牲になっても、あなたの肩書から〈副〉が消えるだけだ」

〈私の唯一の仕事は、総理をはじめ人質の命を救うことです〉

日本語は分からないが、梶元の語調からは嘘ではない意志が感じられる。この男に野心はないのか。

「意図は分かりました。より多くの詳しい情報があれば、我々もあなた方の作戦に対してアドバイスが可能です。プロとしてのね。これ以上の犠牲を出すこともないでしょう」

〈送りましょう。すべて極秘情報ですが。それ相応の取り扱いをしてもらいたい。ワシントン・ポストの女性記者についての情報もお願いします〉

大統領は電話を切った。

「彼はもっと喜ぶべきだ。せっかく最高の提案をしてやったのに。情報が入り次第、攻撃を開始してくれ」

「さらに詳しい作戦と成功確率を検討します」

国防長官は敬礼をして出て行った。


横田は後方に並ぶ機動隊の輸送バスに視線を移した。

三台の輸送バスには厚木基地から派遣されたアメリカ海軍、ネイビーシールズの隊員、三十名が待機していた。

「なんで、陸軍のデルタフォースでなく、海軍のシールズなんだ」

横田は隣にいた部下になにげなく聞いた。

「たまたま日本近辺にいたからではないでしょうか。陸軍のデルタフォースはアメリカ本土に基地があるはずです。朝鮮半島有事にそなえ、シールズは韓国にも駐留しています。国務長官が日本で人質になったので、緊急派遣されたのでは」

「デルタフォースよりシールズの方が、この作戦には成功率が高いからじゃないのか」

「どっちも同じようなものです。軍の特殊部隊は人質救出よりも、テロリスト制圧や殺害の集団です。彼らが動けば、必ず多くの死傷者が出ます」

部下の一人が横田に説明した。横田の気分は重くなった。確かにそうなのだろう。

「シールズのテロリストの制圧方法を知ってるか」

「かなり強行です。まずヘリで急襲して、隊員を送り込みます」

「敵が待ち構えていればどうする」

「ヘリの機銃とロケット弾で攻撃します。次に、閃光弾や催涙弾《さいるいだん》を撃ち込んで、敵の視覚と聴覚をつぶして混乱させます。ドアを破壊し、窓があればそこから突入する。銃を持っている相手は、迷わず射殺。それから人質を救出します。人質が殺害されていなければの話ですが。ただし、言ったように救出が作戦の目標ではありません。第一の目標はテロリストの制圧です。生死にかかわらず」

「力で制圧するというわけか。犠牲者が出るわけだ」

横田は息を吐いた。彼らの出番は何とか阻止しなくては。

「シールズの動きがおかしいです」

部下の一人が来て、横田の耳元で囁《ささや》く。

「どうおかしいんだ」

「一部を残して移動しています。使用車は黒塗りの大型バン。大使館ナンバーの車です」

「エイブル海軍少佐を呼んできてくれ」

「少佐はすでに出発しています。残っているのは日米の連絡員と通訳、その他数人だけです」

「彼らの装備は――」

「何も残ってはいません」

「ヘリはどこだ。彼らが厚木から乗ってきたのはＭＨ47だったな」

ＭＨ47はネイビーシールズが特殊作戦に使用しているヘリだ。ＣＨ47ベースの改良型だ。

「ヒルトンビルのヘリポートに移動しています。外資系の企業が入っているビルです」

「至急、調べさせろ。勝手な行動を取られたら困る」

一瞬考えたが、立ち上がった。

「俺が行く。何人かついてこい」

横田は叫ぶと、停めてあった覆面パトカーに乗り込んだ。横田の後に数人の部下が続いた。

ヒルトンビルの前には十人ほどの外国人の男がたむろしていた。民間人の服装だが、体格がよく、警察か軍関係者と分かる者たちだ。

横田が車から降りると、男たちが取り囲んだ。全員が上着の下に短機関銃を持っている。ネイビーシールズの隊員たちなのだろう。

警察手帳を見せてビルに入ろうとすると、ビルから数人の男が出てきた。一人はエイブル海軍少佐だ。

「これから人質の奪還に向かいます」

「危険すぎる。しばらく待ってくれないか」

「大統領命令です。人質救出作戦を決行するようにと」

「全員の救出は無理だ。救出対象は誰だ。新崎総理か。あるいは、アンダーソン国務長官」

エイブルが黙っている。

「プリンセス、スーザン・ハザウェイか」

横田の言葉にエイブルが反応した。

「申し訳ありませんが、急ぎます」

エイブルが部下を連れてビルに戻っていく。

静まり返った夜の都心に、ローター音が響き始める。

横田はビルの屋上を見上げた。ビルの間を黒い影が二つ、横切るのが見えた。


警視庁の危機管理センターで、梶元副総理は落ち着きなく部屋を歩き回っていた。その動きを警視総監と警察庁長官が目で追っている。

「アメリカは単独行動を取るつもりです。送られてきているシールズを監視するように。特別な行動を取る傾向が見られたら、ただちに報告させます」

「彼らは新崎総理の命を危険にさらすということか。国務長官の救出を一国の総理より優先するなど、考えられないことだ」

「アンダーソン国務長官はドナルド大統領とは幼馴染《おさななじみ》であり、友人だと聞いています。だからといって、日本の総理より優先して救出するなど、許されません」

二人の言い合いを聞きながら梶元は考えていた。現在の総理が死ねば、梶元副総理の肩書から、〈副〉が取れるだけだ、と言った。しかし、これほどまで、ドナルド大統領が人質救出を望む目的、急ぐ理由は何なのだ。

「お二人の言いたいことは分かりました。大統領は我が国に全面協力を頼んできました。他に目的があるはずです。どうしても救出したい者がいるのかもしれません。もう一度、アメリカのリストを見たい」

長森がアメリカ人の人質リストを梶元に渡した。

「夏目警護官が報告してきたスーザンという新聞記者はどうなりましたか。テロリストがプリンセスという暗号名で呼んでいる。大統領に詳しい身元を送るように言ってありますが」

警視総監が聞いた。

「ワシントン・ポストの政治記者ということしか分かっていません。しかし、どうやら何かありそうです。再度の問い合わせに対しても、返答がありません」

梶元はすでに何十回も目を通した人質リストを手に考え込んでいる。

3

銃声が轟《とどろ》いた。

スピーカーに耳を澄ませていた明日香の身体がピクリと動いた。

〈あと、五分だ。この女はおまえが殺すのと同じだ〉

スピーカーからライアンの声が聞こえる。同時に悲鳴のような声が上がった。

明日香は立ち上がって高見沢に向き直った。

「申し訳ありません。私は警護官失格です」

「止めてもムダだろうな。やはりおまえは警護官には最適だった。責任感が強く、自分を犠牲にしても誰かを護ろうとする」

「私も行かなきゃ。目的は私なんでしょ。テロリストはあなたと私が一緒だと知っている」

スーザンが立ち上がり、明日香の横に並んだ。

「スーザンは残って。あなたはＳＡＴに救出されたことにする」

「無駄よ。彼らは状況を知ってる。それに、なぜ彼らが私を探しているか知りたくなった。自分が何者なのかね」

〈覚悟するんだな。夏目警護官は出てくる気はなさそうだ。せいぜい夏目明日香という警護官を恨むんだな。おまえを殺したのは――〉

スピーカーから聞こえていたライアンが女性を脅す声が途切れた。ライアンの背後から、部下たちのざわめきのような声が聞こえてくる。

「何が起こったの」

「静かに――」

明日香がスーザンの口に指を当てる。

耳を澄ますと、ヘリの音が近づいてくる。

窓の隙間から覗くと、月明かりの中に二機の機影が見えた。

「民間のヘリか？」

高見沢が聞いた。

「違います。あれは――」

「アメリカ海軍のヘリ、MH47よ。たぶんシールズが乗ってる。奇襲をかける気よ。私たちを助けに来たのよ」

横から覗き込んできたスーザンがはしゃいだ声を出した。

「アメリカは何を急いでる。日本側はなぜ止めないんだ。テロリストはスティンガーミサイルを持っているんだぞ」

高見沢が呻《うめ》くような声を出す。

「ダメです。引き返させてください」

明日香はスマホで横田を呼び出し、叫んだ。

「ヘリはシールズでしょ。まずいです。また、全滅する気ですか」

〈我々も驚いてる。アメリカ側の勝手な行動だ〉

「帰還するように呼びかけてください。彼らはスティンガーミサイルでテレビ局のヘリが撃墜されたのを知っているのですか」

〈すべて了解しているはずだ〉

「だったらなぜ――。ミサイルで狙い撃ちされます。すぐに引き返すよう言ってください」

〈もう報《しら》せている。しかし、ヘリは自国の作戦司令部以外との交信は遮断《しゃだん》している〉

「彼らに呼びかけて。このままでは、また死者が出る」

明日香はスマホを切って、銃を持って立ち上がった。

「何をする気だ」

「ヘリは屋上に降りる気です。スティンガーミサイルで撃墜される」

「屋上のテロリストは、あなたがやっつけた」

「もう、新たなテロリストを送り込んでいる。屋上が唯一、彼らの弱点だから」

スーザンが高見沢を見ると頷《うなず》いている。

「今度はテロリストも用心している。私が屋上に行って、敵を倒すのは難しい」

そう言いつつ、明日香は暗視スコープと二基のロケットランチャーを担いでドアに向かった。

ライアンはつかんでいた女の髪の毛を放した。女が床に崩れ落ちる。恐怖で失神したのだ。

「ヘリが二機、近づいてきます」

部下の声でライアンはエントランスホールに走った。前庭に面した窓際には部下たちが集まっている。

「米軍のヘリ、ＭＨ47だ。乗っているのはシールズだ。一機は正面から攻撃してくる。もう一機は屋上に着陸して、シールズを送り込むつもりだ。正面玄関前と屋上の人員を増やせ。ヘリが攻撃してくる前にスティンガーミサイルで撃墜しろ」

官邸内は慌ただしくなった。機材と装備を持ったテロリストが走り回っている。

明日香はアフガンストールで顔を覆《おお》い、周囲に気を配りながら階段まで行った。四階から五階に上がっていく。途中、屋上に駆け上がる数人のテロリストが追い越していったが、誰も明日香だとは気づかない。

五階に来ると、中央の部屋に向かって走った。

部屋に入ると、壁を通してヘリのローター音が聞こえ、徐々に近づいてくる。

壁目がけてランチャーの引き金を引いた。

轟音《ごうおん》と共に、壁の一部が吹き飛んだ。近寄ると部屋の一角が崩れ落ちて、暗い空間が広がっている。二機の軍用ヘリが近づいてくるのが見えた。

「やった。貫通させた」

明日香は声に出さずに叫んだ。

しかし、テロリストたちも気がついたはずだ。女警護官が五階でロケットランチャーをぶっ放した。

崩れ落ちた壁の穴の端に立ち、顔を上げると東京の夜が広がっている。その中に高層ビルの黒い影が何本も星空に伸びていた。ビルの明かりのほとんどが消えていて、こんなに暗い東京は初めてだった。

ヘリのローターの音がさらに近づいてくる。ほぼ正面に二機のヘリが見えた。一機が急に高度を上げたかと思うと、視界から消えた。

銃撃が始まった。屋上と庭からヘリを銃撃している。屋上には新しい兵士が配置されている。

一機のヘリが官邸正面に近付いてくる。旋回《せんかい》したかと思うと、ヘリの中で兵士がロケットランチャーを構えているのが見えた。明日香はあわてて、穴から離れて身体を残っている壁に押し付けた。轟音と共に部屋の一部が吹き飛び、穴の大きさは倍以上になっている。明日香を敵と間違えて撃ってきたのだ。屋上でもロケット弾の破裂音が聞こえた。

ネイビーシールズはヘリでロケット弾を撃ち込み、混乱に紛れて隊員を送り込む気だ。話に聞いていた以上に強引な作戦だ。

庭にもミサイルを持ったテロリストが潜んでいる。ヘリが銃撃に気を取られている隙に、スティンガーミサイルで撃墜する。これがテロリストの作戦か。

ヘリの高度が下がる。銃撃はますます激しくなった。

庭をうかがうと、数人のテロリストがヘリに向けて短機関銃を撃っている。その横でスティンガーミサイルを構えている者がいる。

ヘリのエンジン排気口の周囲から白くいくつもの光源が発射された。フレアだ。

ミサイルが発射されヘリに向かう。途中で大きく軌道《きどう》を外れ、フレアの中を横切り闇に消えていった。

スティンガーミサイルは、航空機やヘリのジェット噴射による高温の赤外線を検知して追尾《ついび》する。マグネシウムなど酸化しやすい金属粉末をベースとしたフレアは、エンジン排気口から放射されるのと同じ周波数帯の赤外線を出しながら燃焼する囮《おとり》だ。

テロリストがロケットランチャーで狙い始めた。ロケット弾だとフレアの影響を受けない。

明日香はもう一基のロケットランチャーを彼らに向けて引き金を引いた。

庭に土煙が上がった。そのとき、上空を炎が横切った。屋上から発射されたロケット弾だ。

ドンという鈍い音と共にヘリの後尾が火を噴いた。ローターの回転が落ち、機体がゆっくりと回転を始める。

ヘリから数本のロープが投げられ、迷彩服のネイビーシールズ隊員が降下を始めた。それを目がけて、銃撃が開始される。隊員が次々に降下していく。

ヘリは底の部分を官邸に向け、前庭に墜落した。

数人の隊員が這い出してきたが、テロリストの銃撃が集中する。庭だけではなく、官邸の屋上からも銃撃は行われている。

ヘリから這い出た隊員は負傷しているようだが、反撃している。

〈降伏しろ。これからロケット弾を撃ち込む〉

スピーカーの声が終わると同時に、庭の植え込みから赤い火が走った。

大きな火炎が上がり、庭を明るく照らし出した。

ヘリは二機飛んできたはずだ。もう一機はどこに行った。

屋上の銃撃戦が激しさを増している。フレアでスティンガーミサイルを回避した一機が官邸正面を攻撃してテロリストの注意を引いている間に、もう一機が屋上に降りたのか。かなりのリスクを伴う強引な作戦だ。なぜアメリカは、こうまでしてネイビーシールズを官邸に送り込もうとしているのだ。

明日香は庭のテロリストに向かって弾を撃ち尽くすと、弾倉《だんそう》を入れ替え、部屋を出て階段を屋上に駆け上がった。

屋上に出ると、思わず目をすぼめた。昼間のように明るい。

中央辺りにヘリが墜落して炎上している。

屋上は戦場だった。生き残ったネイビーシールズが必死に反撃している。屋上への出入り口近くにも隊員が何人か倒れていた。

明日香はテロリストに向かって銃を撃ち続けた。

爆発音が轟いた。ヘリのパイロット席が吹っ飛んだ。テロリストが投げた手榴弾の爆発だ。

階段を駆け上がってくる足音がする。振り向くと数人のテロリストがロケットランチャーを抱えて現れた。

彼らは明日香の横を走り抜けていく。仲間と思っているのだ。

その背後に向けて短機関銃を連射した。

ヘリが爆発を起こし、巨大な炎が屋上に広がる。

明日香が建物に戻ろうとしたとき、倒れていたネイビーシールズ隊員と目が合った。二十代の若者で、まだ生きている。明日香は隊員の襟首《えりくび》をつかんで、建物の中に引き入れた。肩に焼けるような痛みを感じて、つかんでいたシールズ隊員の襟首を離した。銃弾が肩をかすめたのだ。振り向くとテロリストが短機関銃を明日香に向けている。

そのとき、爆発音が響いた。テロリストが舞い上がり、屋上のコンクリートに叩きつけられる。さらに、爆発音が轟いた。ヘリの燃料タンクに引火したのだ。

明日香は隊員を立たせて、階段を降りた。

シールズの若者の肩を支えながら、四階の部屋に入った。

スーザンが二人のところに駆け寄ってくる。

「この人は」

「シールズがヘリ二機で官邸を急襲した。二機とも撃墜された。一機は前庭、もう一機は屋上。屋上でテロリストと戦闘が起こり、その生き残り」

「他の隊員は――」

「たぶん全滅。この人以外は」

「彼、肩と腹に被弾している」

スーザンが高見沢を見ると、首を横に振った。ダメだということだ。

咳をするたびに、口から鮮血が流れ出る。肩から入った弾が肺を傷つけている。

「俺たちは――大統領の命令で――女性の救出に来た」

ポケットを探ると写真が入っている。写っているのはスーザンだ。

「彼らはあなたを救出するために来たっていうの？　ここには国務長官も大使もいるのよ」

スーザンは答えない。答えたくとも、何も知らないのだろう。

「この作戦には、日本の警察か自衛隊は参加していないのか」

高見沢の言葉を明日香がスーザンと兵士に伝えた。

「大統領が許可した、シールズの単独行動――。官邸内の情報は持って――。日本政府から入手――」

「ここは日本だ。首相官邸だぞ。なぜ日本側の部隊を入れない」

「俺たちは命令に従う――。最善を尽くした――」

隊員が激しく咳き込んだ。鮮血が辺りに飛び散る。

「死んだ」

明日香が呟くように言う。

スーザンが突然立ち上がった。顔が青ざめ、全身が細かく震えている。

「私を助けようとして、何人もの人が死んだのよ。もう、ここに隠れてはいられない。私が名乗り出れば解決する」

「私も行く。一人では行かせられない」

「あなたは関係ない。これは私の問題」

「あなたのためだけじゃない。新崎総理はテロリストに囚えられてる。私は自分の仕事をするために行く」

明日香は立ち上がろうとしてよろめいた。全身の関節が鋭く痛んだ。肩の傷が出血を始めている。身体はガタガタだ。


横田は驚きを隠せなかった。

二機のヘリとテロリストたちとの銃撃戦が始まったかと思うと、首相官邸の五階の中央の壁が吹き飛んで大きな穴ができた。おそらく、内部からロケット弾を発射したのだ。そこに立った人影は前庭のテロリストに向かって、ロケット弾を撃った。その後、銃撃もしている。

それがやれるのは、官邸の中にいる者しかいない。夏目がやったというのか。

「官邸を映している映像があるだろ。それを見たい」

横田はバンに入った。

バンの中には十台近いモニター装置が並び、官邸の周りに配置されたカメラの映像を映している。近くの高層ビルに設置したカメラからの映像もモニターされていた。横田は官邸正面をとらえた映像を再生するように言った。

官邸の正面部分が映っている。突然その一角が爆破された。かなり大きな爆発だ。二、三メートル四方のコンクリートが吹き飛び、巨大な穴が開いている。

その中に一つの影が立った。穴から身体を乗り出して下を覗いている。テロリストと同じ迷彩服を着て頭にアフガンストールを巻いてはいるが、夏目に違いなかった。その後、ヘリからロケット弾を打ち込まれ、穴はさらに拡大している。

しかし再度夏目が現れ、ロケットランチャーを構えて庭に向けて発射した。もう一度、下を覗き込むと短機関銃を撃って、その場から消えた。

「もう一度見たい。穴の人影を鮮明にして、拡大してくれ」

映っている人影は確かに夏目だった。

モニターの一つが明るくなった。屋上を映したものだ。

中央近くにヘリが落ち、ヘリを出たシールズとテロリストが銃撃戦を繰り広げている。

警視庁の危機管理センターは静まり返っていた。

全員が驚きの表情を浮かべて画面にくぎ付けになっている。

「官邸を急襲したのはネイビーシールズです」

「誰があんな無謀な作戦を許可した」

「アメリカ大統領じゃないのか。しかし、あれじゃ死ねと言っているようなものだ」

「日本だって、同じようなことをしました」

梶元は無意識のうちに呟いていた。

確かに無謀で愚かだった。SATの投入は二度行われた。地下道を使っての突入とスーザンの回収のための官邸潜入だ。二度とも失敗した。一度目は二十三名の大半、二度目は十五名のうち、十名の若者が犠牲となっている。これはすべて自分に責任がある。

「ドナルド大統領と回線をつないでください。記録の残らない回線で」

画面から目をそらして梶元が長森に言った。

「現在、アメリカ、ワシントンD.C.の時間は――」

「時間は構わないから、つながるまで鳴らし続けてください」

「ホットラインを使われたらどうです。現在は、緊急時です」

「いや、通常の外交電話でいい。私はひどい言葉を使いそうだ」

ホットラインは公式記録として残される。

4

ノックと共に、首席補佐官が大統領執務室に駆け込んできた。

「シールズが全滅しました。攻撃部隊十七名がヘリ二機に分乗して首相官邸に侵入しようとしましたが、反撃にあって撃墜されました」

「二機ともか」

首席補佐官が頷いた。

「国防長官はミサイル攻撃はフレアで回避できると言って――」

「テロリストはロケット弾を使いました。ミサイル以外の対空兵器も用意していたようです」

「ネイビーシールズは米海軍最強の特殊部隊ではなかったのか。今回の作戦の成功確率は八十パーセントに上がったと言っていた」

「地の利がなかったのかもしれません。東洋の国です」

「テロリストを刺激しただけか」

どこであろうと関係ないという言葉を呑み込み、大統領は肩を落として呟いた。

テーブルの上のスマホが鳴っている。

ディスプレイには非通知の文字が出ている。ナンシーからか。

大統領は一度深く息を吸って、スマホをタップした。

「私は全力を尽くして、娘の救出を試みている」

〈スーザン・ハザウェイが娘であることは認めているんだな〉

ボイスチェンジャーを通した男の声が返ってくる。

大統領は、首席補佐官に向かってスマホを指して逆探知するよう合図した。

「おまえは誰だ。ナンシーと関係ある者か」

〈シールズは残念だったな。無謀で愚かな作戦だった。ああいう作戦の立案者は即刻クビにするんだな。娘のスーザンは私の仲間が預かっている〉

「この電話は日本からか」

〈そんなことより、娘の心配をした方がいいのではないのかな。異国の地で、さぞ心細い思いをしているだろう〉

「スーザンは無事なのか。少しでも傷つけたら――アメリカ合衆国大統領の名にかけて、必ずおまえたちを抹殺《まっさつ》してやる」

〈大統領がそんな不用意で感情的な言葉を使っていいのか。ただでさえ、あんたの

発言には反発が多いんだろう。命取りになりかねないぞ〉

「用は何だ。二億ドルとアラスカでのシェールオイル・ガスプロジェクトの中止は、おまえたちが送ってきた要求だ。今、その準備をやっている。時間が必要だ。その他に何かあるのか」

〈もう一つあっただろう。私たちの要求はそれを入れた三つだ〉

「ジェームズ・レポートの公表だったな」

〈その確認と注意事項だ。あんたは、首相官邸にシールズを送り込んだ。テロリストとは取引をしないとも言ってる。それが意味することは分かってるだろうな。アンダーソン国務長官の命ではなく、あんたの娘、スーザン・ハザウェイの命だ〉

「それなら、声を聞かせろ。スーザンの無事を確認したい」

〈二億ドルの振り込みとプロジェクト中止、ジェームズ・レポート公表の用意はできているのか。そっちが先だ〉

電話は唐突《とうとつ》に切れた。

首席補佐官がスマホを耳に当てたまま入ってきた。

「通話先の特定はできませんでした。相手も逆探知されることを考えているのでしょう。通話時間の制限に加えて、盗聴防止つきの衛星電話を使っています。技術レベルは軍並みです」

「ジェームズ・レポートはどうなってる。ホワイトハウスとは別ルートで公表は可能か」

「問題ありませんが、プロジェクトには大きな支障が出ます。プロジェクト中止は撤回できますが、レポートの公表は後戻りできません。環境保護庁が黙ってはいません。大騒ぎになるでしょう。公表はしないということに決定したのでは」

大統領は無言のままだ。まだ電話の声が耳の奥に残っている。

「金の都合はつくか。表に出ない金だ」

「二億ドルでしたね。問題ありません。日本も要求に応じたのでしょうか」

「おそらくな。金の要求さえ表ざたにしなければ、もう一つの難民受け入れは、世界が歓迎する要求だ。使いようによっては、プラスに働く。金の要求のカモフラージュにすぎんが」

大統領は考え込んだ。我が国への要求は、それとは違う。明らかに、大統領である私への挑戦だ。再選を阻《はば》もうとしているのか。ある強い意志を持ったものだ。

「あとは、プロジェクトの中止だ。しばらく待ってみよう。早急に答えを出すには影響が大きすぎる要求だ」

大統領は窓際に立った。脳裏《のうり》には写真の女性が浮かんでいた。確かに自分に似ている。しかし聡明《そうめい》そうな目と、意志の強そうな口元を見ると、自分よりも母親のナンシーに似ているのか。なんとしても助けたいが、ワールド・エナジー・カンパニーのＣＥＯ、スチュアート・ランケルとの関係も断つわけにはいかない。

冷静になると、様々な思いが押し寄せ、交錯《こうさく》する。

政治というのは、単純なものではない。様々な要素が複雑に絡み合って、一つの方向に向かう。歯車の一つが狂えば、行き着く先が大きく変わることもある。命取りになることもある。ここは、慎重に動かなければならない。

「現在、ジェームズ・レポートについては――」

「握りつぶしています。その存在を知る者は少数です」

「テロリストは知っていた。リストを作れ。レポートの存在を知っている者のリストだ。その中で怪しい者は全員拘束しろ。州警察、ＦＢＩ、ＣＩＡ、テロに対抗する組織を総動員してやれ。今回のテロの容疑者として尋問《じんもん》するんだ」

大統領は拳を握り締めた。見つけたら、容赦はしない。

「急ぐんだ。その間に、なんとしても人質を救出しろ。日本政府は何をしている」

「大統領、日本の梶元副総理から電話です」

秘書が入ってきて告げた。

「ここで話す」

どうせネイビーシールズの作戦についてに決まっている。アメリカ独自でやったのはマズかったか。おまけに、失敗して全滅した。アメリカ国民、いや世界が見ているはずだ。しかし、日本側は何をやってる。二度失敗して、あとは指をくわえて見ているだけだ。

「これで、アメリカの威信はまた落ちたな」

自分に言い聞かせるように心の中で言った。

〈大統領、ほんの数分前、日本で起こった惨劇《さんげき》はご存知ですね〉

受話器の向こうからは、一見穏やかな口調の声が聞こえてくる。だが、これまでの印象とは違って、絞り出すような重苦しい響きを含んでいる。ある決意が感じられた。大統領は受話器を握り直した。

「テロリストが高性能のロケットランチャーを持っているとは。おそらく我が国から持ち出したモノだが、それが貴国にあり、それも官邸に持ち込まれていた」

暗に日本側の警備の不備を匂わせた。

〈あなた方は、それを知っているにもかかわらず攻撃を実行した。その理由は何なのです〉

梶元が平然と言い放った。

精いっぱいの皮肉を言ったつもりだが、梶元には通じていないのか。

「軍が敵を甘く見ていた。もっと慎重になるべきだった——ということです」

〈我々ともっと連携が取れていたら、こんな結果にはならなかった。そうは思いませんか〉

「では、日本サイドに、シールズと共に突入の意思はあったのかね」

〈状況によります。今回は早急にすぎました。今後は、勝手な行動は慎《つつし》んでもらいたい。人質の命にも関係することです〉

「我が国は国民の生命と権利は国を挙げて護る、という意志があります。そのためには多少の犠牲は――。国民も分かってくれる」

〈多少の犠牲――ですか。この両日の間に多くの若者が命を失った。私の心は引き裂かれる思いだ。今後は勝手な行動は慎んでいただきたい。若者の無意味な死を回避するのは、我々老いぼれの役目です。今後はさらに情報を共有して、事件解決に協力していただきたい〉

「分かりました。ぜひ、そう願います」

　電話を切った後も、大統領はしばらくそのまま動かなかった。

　自分の指示で十七名の自国の若者が死んでいった。今まで戦場では死は当たり前だと思っていた。気に留めたこともない。しかし今は、顔も声も知らない若い兵士たちの魂が重くのしかかってくる。若者の無意味な死を回避するのは、我々老いぼれの役目――か。大統領は小さく呟いた。アジアの小国と思っていた国の副総理の言葉が、心をはなれない。

「犠牲になったシールズ隊員の経歴を送るように手配してくれ」

大統領は秘書に告げた。

「何かある」

受話器を戻してから、梶元は呟いた。大統領は何かを隠している。あの大統領はもっと冷酷で、無節操なはずだ。その男が梶元の言葉に大して反論はしなかった。途中で何度か言葉を詰まらせさえした。

人質のことを思い描いた。あの無謀ともいえる作戦を強行するには理由があるはずだ。人質の救出か。だとすると、彼は誰を救出しようとしたのだ。新崎総理ではない。では、アンダーソン国務長官か。幼馴染の親友と聞いてはいるが、一人の閣僚にあれだけの犠牲を払う大統領か。ノーだ。駐日アメリカ大使夫妻でもない。では――ワシントン・ポストの政治記者、スーザン・ハザウェイ、プリンセスか。この女性は何者なのだ。

梶元の脳裏を様々な思いが交錯していた。

秘書が出て行きドアが閉まった直後に、大統領のスマホが鳴り始めた。

首席補佐官の合図でスマホをタップした。

〈準備はできてるかね、大統領〉

「スーザンが生きているという証拠がほしい。最終決定はそれからだ」

〈お互いの信頼関係で、というわけにはいかないだろうな〉

「当然だ。おまえたちは、あまりに簡単に殺しすぎる」

〈それは政府も同じではないのか。戦時もそれ以外にもだ。ただ、合法的にやるだけのことだ。国民はそれに気づきさえしない。だが我々はやられる前にやる。殺されるまで待ってはいないということだ〉

「もし、スーザンを多少でも傷つけていたら――」

〈そういう言葉は聞き飽きてる。ところで、あんたはスーザンと話したことはあるのかね〉

テロリストの笑いを含んだ声に、大統領は答えることができない。

〈声を聞いて、スーザンだと分かるのか〉

「私の娘だ。当然だろう」

大統領は自信を持って言い切った。

〈では一時間後、もう一度電話する。そのときまでに十分な準備をしておくんだな。娘が泣き叫び、命乞いをするのを聞きたくなかったら〉

「なぜ、そんなに時間がかかる。そこにいるのではないのか」

〈私はアメリカだ。スーザンは日本だ。安心しろ、大切に扱われている。今のところは〉

　やはり唐突に電話は切れた。

　首席補佐官がスマホを手に首を振っている。今回も発信者の特定はできなかった。なんらかの方法で妨害しているのだ。それもかなり高度な方法で。

「ナンシー・ハザウェイと話したい。電話番号は分かるか」

「お待ちください」

　首席補佐官がスマホを操作した。

「送っておきました。私はしばらく席を外します。電話がすんだら、呼んでください」

　大統領は送られてきたスマホの番号を押した。

　呼び出し音が鳴り始めると同時に声が返ってくる。

〈チェイスね。スーザンが救出されたの〉

「まだだ。しかし、時間の問題だ」

〈簡単じゃないんでしょ。あなたの声の様子から分かる〉

「全力を尽くしている。どうか、祈っててくれ」

〈分かってる。あなたを信じるほかないものね〉

「テロリストたちが私とスーザンを話させると言っている。私はスーザンの声も、趣味や習慣、好きな食べ物、スポーツ、その他のことも何も知らない」

スマホが沈黙した。しばらく経って、声が返ってくる。

音質はよくないが、声は鮮明で、大統領の耳にすんなりと入ってくる。

〈ママなの、今夜は本当にいないんでしょうね。居留守は嫌よ。怒ってるのなら、ごめんなさい。誕生日に帰れなくて。私は現在パリ。フランス大統領選の取材よ。きっと革新派が勝つ。アメリカもそうだといいんだけど。でも、今度の大統領選はきっと接戦になるわね。あいつは、嫌な奴だけど、なぜか心底嫌いにはなれないの。可愛いところもあるでしょ。ママもそうなんでしょ。テレビであいつが出ると、じっと見てるでしょ。ママの目つき変よ。まるで、あいつの魔法にかかったみたい。じゃ、来週は帰るからね。愛してる、ママ〉

声は次の通話に変わった。

〈明日から中国と韓国と日本。アンダーソン国務長官担当よ。国務長官直々《じきじき》に私を指名してくれたの。二度しか会ったことがないのにね。でも、東洋は初めて。すごく楽しみよ。お土産、何がいい。ママのスーザンより〉

生き生きとして知的な声だ。これがスーザンの声、話し方か。美しく聡明な女性が目に浮かぶ。大統領はその声を心に刻み込んだ。

〈留守番電話に入っていたスーザンの声よ。私はTシャツを頼んだ。日本の紅葉の写真がプリントされてるの。昔、スーザンが着てたのよ〉

「いい娘らしいな」

〈最高の娘。だから、必ず無事に私のもとに帰して〉

後半は涙声になった。

「大丈夫だ。アメリカ合衆国大統領の名誉にかけて誓う」

今度は三人で食事だ、心の中で言うと電話を切った。

5

ライアンは窓際に立ち、前庭で燃えさかるヘリの残骸《ざんがい》を見た。炎は周りに倒れている複数のシールズ隊員の遺体を浮かび上がらせている。

時折り、小規模な爆発が起こった。積んでいた弾薬が熱で爆発しているのだ。

ネイビーシールズは撃退したが、味方の損害も無視できない。この数時間で十人以上の部下を失っている。負傷した者はさらに多い。

五階の壁を破壊して、ロケット弾を撃ったのは誰だ。銃撃され、何度も手榴弾を投げ込まれている。やはり、夏目という女警護官か。

部下の死にすべて関係しているのは、この女だ。おまけにプリンセスまで一緒だ。アメリカからの指示では、一時間以内に発見、拘束しなければならない。残された時間は余りない。ライアンはマイクを取った。

「邪魔が入ったが、片づいた。さあ、続きをやろう。私は時計を止めるなんて悠《ゆう》長《ちょう》なことはしない。前の放送からすでに一時間が過ぎている。とっくの昔に時間切れだ」

ライアンの声が官邸内に響いた。

足元にひざまずいた女が、胸の前で手を合わせて目を閉じている。

「目を開けて、こっちを見ろ。おまえは夏目という警護官の代わりに死ぬんだ。泣き叫んでもいいぞ。恨みの言葉を言ってやれ。一発で片をつけるのは、私の情《なさけ》だ」

銃を額《ひたい》につけると女が悲鳴を上げた。ライアンは指先に力を込めた。銃声が轟く。

「一人、死んだぞ。日本人の女だ。女を殺したのは、夏目警護官、おまえだ。三十代の官邸の事務員だ。子供がいると言っていた。いつか会って、状況を話してやれ」

遺体はそのままにしておけ、次の奴への見せしめだ、と部下に指示を出した。

「シールズの始末で時間を無駄にした。今後の処刑は十分ごとだ。次を連れて来い。今度は若い男がいい。新崎総理も連れて来るんだ」

　二十代の男と新崎が連れて来られた。新崎を椅子に縛るよう命じた。

「名前を言え。自己紹介だ。おまえを見捨てて、殺させることのないように頼むんだな」

「僕は——鈴木真一《すずきしんいち》です。二十三歳です。今年、官邸の事務員として——」

　鈴木は途中から泣き出した。声にならない呻き声を発している。

「さっさと出てくるように頼め。時間切れになる」

「お願いします。出てきてください。僕は死にたくない」

「こいつの命はあと七分だ。夏目警護官、どこで震えている」

　ライアンは苛立《いらだ》ちの混じった怒鳴り声を上げると鈴木を蹴りつけた。悲鳴が上がった。

「どうしても行くか」

　明日香は頷いて、拳銃と短機関銃を高見沢に渡した。どうせテロリストに取られる。

「これは持っておけ。俺も持ってる」

高見沢は拳銃を明日香に返した。

明日香は頷くとドアノブに手をかけた。スーザンが後に続く。

「夏目明日香警護官――」

高見沢の声で振り向いた。高見沢が明日香を見つめている。

「俺は間違ってた。女性警護官も悪くはない」

「男性警護官も捨てたもんじゃないです」

明日香は笑おうとしたが、口元が引きつっただけだった。

今まで決して、明日香を認めようとはしなかった。明日香というより、女性は警護官には向いていないと心底信じ切っていた。頑固で昔気質《むかしかたぎ》の男のはずだ。ふっと、明日香の脳裏に不吉な影がよぎった。

「必ず生きてここから出て行け」

高見沢の言葉を背に受けながら、明日香とスーザンは部屋を出た。

懐中電灯の光の中に廊下が続いている。数人のテロリストの遺体が放置されたままだ。

「やはりあなたは残った方がいい。スーザンなんて女性は知らないと言えば済むこと」

「本気でそう考えてるの。あなたが一人で捕まると、テロリストは私を探してただちに四階と五階を徹底的に捜索する。私も見つかるし、高見沢さんまで捕まることになる」

テロリストは高見沢の存在を知らない。しかしこのままテロリストの前に出ると、どうなるのだ。自分は殺され、スーザンは――。

明日香とスーザンは三階に続く階段の前に来た。

〈あと五分だ。ここには新崎総理もいる。おまえを解任した総理だ。次は彼女だ。何か言いたいことはないのか〉

〈出てくる必要はないわよ、夏目警護官。殺されるだけ。あなたは生き延びて戦いなさい。私たちは覚悟を――〉

殴りつける音で声が途絶えた。

〈これ以上私を怒らせるな。すぐにでも、殺してやる〉

ライアンの声が頭上で響いた。

明日香は腰の拳銃を抜いて、スピーカーに向けて全弾発射した。その拳銃を三階に向かって投げた。銃声と床に転がる乾いた音を聞いて、駆けつけたテロリストの声が聞こえてくる。

「私はここにいる。これから三階に降りていく」

明日香は下に向かって怒鳴った。そして、ポケットから出したスマホを階段に落ちているテロリストのバンダナの下に滑り込ませた。

スーザンにしばらく待つように言って、両手を上げて階段を降り始めた。

数人のテロリストが短機関銃を構えて飛び出してくる。

「武器を捨てろ」

「もう、何も持ってないよ」

テロリストは明日香のボディチェックをすると、短機関銃を首筋に突きつけて、二階の小ホールに連れて行った。

新崎総理が結束バンドで椅子に腕を固定されて座っていた。

中肉中背の陽に灼《や》けた男の足元に、若い男が座り込んでいる。この男が鈴木真一で、次に殺されるはずの男だ。男は小刻みに震えていた。鈴木に拳銃を向けているのがライアンか。

「おまえが夏目明日香警護官か。写真通りだな」

ライアンが一歩下がって、値踏《ねぶ》みするように明日香を見た。

「この女が俺の弟を殺したのか」

突然、一人のテロリストが飛び出してきて、明日香の頬を殴りつけた。

殺してやると叫びながら、短機関銃を向けた。

「やめろ。こいつは人質だ」

「この女に多くの仲間が殺されてる。俺の弟は手榴弾で吹っ飛ばされた。手足はバラバラで、顔も誰だか分からない。俺は母親になんて言えばいいんだ」

「殺すのはまだだ。いずれ、好きにさせてやる」

ライアンは明日香に向き直った。

「おまえを殺したい奴は山ほどいるんだ。おとなしくしていれば、苦しまずに殺してやる」

ライアンが明日香の頬を平手で殴った。

新崎の身体がびくりと反応して目を閉じた。

「アメリカ人の女はどうした。ワシントン・ポストの記者だ」

「そんな人、知らない。私は一人で戦ってきた」

「プリンセスだ。どこにいる」

ライアンが鈴木の額に拳銃を突きつけた。

轟音と共に鈴木が悲鳴を上げて耳を押さえた。指の間から血が流れている。

「次はどこがいい。もう一方の耳か。メガネが掛けられなくなるぞ。それとも鼻にするか。女警護官、おまえに決めさせてやる」

ライアンが明日香に視線を向ける。明日香は強く唇を嚙みしめ、目の前の光景を心に焼き付けるように鈴木を見つめた。

「私はここにいる」

声と共に階段から降りてくるスーザンの姿が見えた。一瞬辺りは静まり返ったが、テロリストたちがスーザンに駆け寄る。

テロリストに囲まれて、スーザンがライアンの前に引き出された。

「あんたがプリンセスか。なぜプリンセスと呼ばれてる」

「私が知るわけないでしょ。なぜだか、あなたに聞きにきたのよ」

「気は強そうだな。しかし、それも今のうちだけだ」

部下の一人がスーザンの胸に手をかけた。

「この女は傷つけるな。アメリカサイドの指示だ」

部下を殴りつけると同時に、ライアンの鋭い声が飛んだ。

「プリンセスを捕まえた。ただちにアメリカに連絡する。回線をつないでくれ」

ライアンがマギーに言う。

スーザンが明日香のそばに寄った。明日香の身体にスーザンの震えが伝わってくる。

第七章　脱出

1

明日香はスーザンと共に結束バンドで後ろ手に縛られた。

二人はライアンとマギーたちによって、地下の官邸警備室に連れて行かれた。官邸内の監視カメラのモニターと、通信設備を制御する部屋だ。

「アメリカサイドがプリンセスと話したいそうだ。よほど重大なことらしい。おとなしく俺に従ってくれ」

ライアンがスーザンの肩をつかみ、乱暴に椅子に座らせた。

「プリンセスが命令に従わない場合は、この女の命がなくなる」

明日香の額《ひたい》に銃口を押し当てた。まだ熱を持った銃口の感触が伝わり、思わず身体を固くした。

ライアンが親指を立てて合図をすると、マギーが通信機のスイッチを入れる。

〈時間がかかったが、なんとか間に合ったな。プリンセスと通信機器の用意はいいか〉

スピーカーから初めて聞く男の声が流れてくる。明日香にも理解できる訛《なま》りのない英語だ。

ライアンがスーザンの髪をつかんで乱暴に顔をマイクの方に向けた。スーザンがかすかな悲鳴を上げる。

〈手荒な真似はするな。彼女はドナルド大統領の娘だ〉

一瞬ライアンの動きが止まったが、大げさに肩をすくめて驚いた仕草をした。本音だろう。

明日香は思わずスーザンを見た。スーザン自身も信じられないという顔をしている。

「何かあるとは思っていたが、娘だとはね。孫の方がぴったりなんじゃないか。俺は大統領の女とばかり思っていた」

〈これからは三者会談だ。ホワイトハウス、日本の首相官邸、そして我が拠点だ。きみたちは声を出すな。さあ、ホワイトハウスとつなぐぞ〉

〈何をやってるんだ。さっさと、スーザンの声を聞かせろ〉

男の声に混ざり、聞きなれた声が聞こえる。ドナルド大統領だ。この通信はホワイトハウスともつながっているのか。

〈娘が生きていることを大統領に分からせてやれ〉

「さあ、何かしゃべれ。親父が心配してる」

ライアンがスーザンの背後に回り、小声で言う。同時に銃で明日香の頬を殴った。頬が切れて血が流れる。スーザンの顔が強張《こわば》った。

「私はスーザン・ハザウェイ。ワシントン・ポストの記者です。テロリストとは交渉しないんでしょ、大統領。私のことは関係ない。こいつらを刑務所にぶちこんで」

スーザンがマイクに向かって一気に言う。

小さな悲鳴が上がった。ライアンがスーザンを殴りつけたのだ。

〈何をした。私の娘に、何をしたんだ〉

〈手を出すなと言っただろ。私の命令を守るんだ。大統領、この通りだ。あんたの娘と一緒にいる男は野蛮で気が短い。何をするか分からんぞ〉

アメリカ人の男の声だ。

「ちょっとお仕置きした。大丈夫、娘は元気だ。しかし大統領、あんたの対応によってはどうなるか分からん。俺は甘くはないぞ。何度も修羅場《しゅらば》をくぐりぬけてきたんだ」

ライアンが声を出した。

三者の声が入り混じった。スーザンが頭を垂れている。

〈もう一度娘の声を聞かせろ。すべての交渉はそれからだ〉

大統領の声に、スーザンが顔を上げて繰り返した。

「私はスーザン・ハザウェイ。ワシントン・ポストの記者。あなたの娘なんかじゃない」

〈おまえのママ、ナンシーと会った。写真も見せてもらった〉

「そんな話、私は信じない」

〈ママはおまえの土産を楽しみにしてる。富士山の絵の入ったTシャツ――〉

「日本の紅葉のプリントでしょ。もう買ってトランクの中」

〈確かにおまえは私の娘だ。必ず救い出して、ママのところに帰してやる〉

「それより、大統領としての責務を全《まっと》うして。テロリストとは――」

ライアンがスーザンの肩をつかんだ。スーザンの顔がゆがむ。

「強がりもそこまでだ。おまえが大統領の娘だとはね。どうやら本当らしい。次は声ばかりじゃなく、顔も拝ませてやる。ここにはいろんな装置があるぜ。日本の首相官邸だからな」

〈これでいいか、大統領。親子の対面は終わった。あとは我々との取引だ。通信を切れ〉

〈待て。スーザン、私は必ず――〉

大統領の声が聞こえたが、ライアンが笑いながら通信を切った。

「あとは、アメリカサイドが交渉する。交渉の成功を祈るんだな。さもなければ――」

ライアンが明日香の首筋をつかむと首を切る仕草をして、二人を立たせた。

明日香とスーザンは二階の小ホールに戻された。

ホールの隅に、結束バンドで椅子に拘束された新崎総理がいる。

「この女は好きにさせてくれ。仲間が大勢殺されている」

テロリストの一人が来て、明日香の首筋を乱暴につかんだ。しびれるような痛みが走った。弟を殺されたと言っていた男だ。背後に数人のテロリストが薄ら笑いを浮かべて立っている。明日香は苦痛に顔をゆがめた。

「やめなさい。彼女は私を救うために動いただけ。殺すなら、私を殺しなさい」

新崎がテロリストを睨んで大声を出した。強い口調の英語だ。

男が新崎の前に行き、顔を殴りつけた。

「卑怯者。あんたたちは縛った者しか相手にできない。しかも女しか」

明日香は男に向かって英語で叫んだ。

「そこまでだ。すべてが片づくにはあと少しかかるそうだ。それまでは二人とも生かしておく」

小ホールに入ってきたライアンが言う。

アレンと呼ばれていた男が明日香たちを見ている。

テロリストの中で唯一ブレザーを着て、銃を持っていない小柄な男だ。他のテロリスト同様、顔は無精《ぶしよう》ひげだらけだが、どこか知的な雰囲気を漂わせている。常に一人で、他のテロリストたちとは違う目をしていた。孤独と寂しさを含んだものだ。

ドナルド大統領の耳の奥には、まだスーザンの声が残っていた。

確かに、私の娘の声と言葉だった。なんとしても、救出しなければならない。

だが何か、違和感を覚える。これは今まで経済界と政界で生き延びてきた本能ともいうべきものだ。大統領は窓際に行き、庭を眺めた。

　自分自身すら知らなかったことを、なぜテロリストが知っている。スーザンの存在。そして、ジェームズ・レポートの存在。なぜだ。まさか、ナンシーが――。

　大統領は小さく頭を振って、その考えを振り払った。だったら、誰が――。テロリストは日本の総理を狙ったのか、国務長官か、いや、やはりスーザンだ。彼らはスーザン以外では私が交渉に応じないことを知っていて、私の弱点を突いたのだ。

では、テロリストの一番の目的は――。

　大統領は首席補佐官を呼んだ。

「テロリストの要求をすべて受け入れることにする」

「それは問題があります。テロリストとは交渉しない。アメリカは世界に対してそう言い続けてきました。たとえどんな事情があろうと、国際社会に対して弁明できません。それに、シェールオイル・ガス採掘を中止すれば、我が国のエネルギー政策に大きな問題が起こります。これはアメリカ経済全体に波及することです」

　一瞬の間の後、大統領は首席補佐官に向き直った。

「この事件が解決したら、私は大統領を辞任する」

「しかしそれは――」

　首席補佐官は大統領を見つめたまま、次の言葉が出てこない。

「国民もそれを喜ぶかもしれん。世界もな。元々不人気で、支持率の低い大統領だ。私は私事を優先するつもりだ。大統領の資格はない」

「そこまでの覚悟ができておられるのなら、私は何も申し上げません」

「まず、相手が指示する銀行に、金を振り込む用意をしてくれ。次にレポートの公表だ。こうしたレポートが出たからには、アラスカのシェールオイル・ガスプロジェクトは続行するわけにはいかない。環境保護庁が中止命令を出すだろう。誰も、文句は言えない」

大統領の言葉に首席補佐官が頷《うなず》いた。


明日香とスーザンは、小ホールの隅に並んで座らされていた。

結束バンドで後ろ手に縛られ、慌ただしく行き交うテロリストを見ていた。

テロリストたちの動きが激しくなっている。何かを始めようとしているのだ。

「驚いた。あなたがドナルド大統領の娘だなんて」

明日香はスーザンに身体を近づけて小声で言う。

「私の方がもっと驚いてる。あいつ、最低の大統領なのに。アメリカの恥だと言ってきたし、今もそう思ってる」

口では言うが本心ではないだろう。先ほどの大統領の言葉も意外なものだった。

ずだ。

大統領というより、娘を思う父親のものだ。それはスーザンが一番理解しているは

「あなたは間違ってる。アメリカ人の過半数が選んだのよ。大統領を非難することは、アメリカ国民の半数を非難すること。あなたの考えと、大統領の考えが違うだけ」

明日香は話しながら少しずつ身体を移動させた。一メートルほど離れた壁際には、テロリストのデイパックや衣服が無造作に置かれている。煙草と一緒にライターが見えた。

身体を横に倒した。手で探ってライターを握ると、素早く身体を起こした。テロリストたちは気づいていない。テロリストの小ホールへの出入りもさらに激しくなっている。

そのとき、ライアンが来て二人を乱暴に立たせた。

「じゃまだ。おまえらがいると部下の気が散って、士気が下がる。殺したいと思っている者が山ほどいる。他の下心を持ってる奴らはもっと多いがな」

にやつきながら言うと、二階の小ホール横の小部屋に閉じ込めた。

辺りが騒がしくなってきた。

横田は指揮車の前に立ち、官邸を眺めていた。五階の正面近くの外壁に大穴が開いている。夏目があの穴に立って、ネイビーシールズを援護していた。

夏目からの連絡が途絶えて、一時間以上が過ぎている。

横田の心に今までにない不安が湧き起こっていた。

スマホを出してタップしかけた指を止めた。タイミングが悪ければ、夏目の命に関わることだ。やはりかかってくるのを待つべきだ。高見沢に電話をしてみれば、何が起こったか分かるかもしれない。

スマホを握り直したとき、鳴り出した。高見沢からだ。

「夏目の身に何か起こったのか」

〈残念ですが、夏目はテロリストに拘束されたと思われます。人質の命を救うためです〉

高見沢が事情を話した。

〈彼女はよくやりました。最高の警護官でした〉

「きみはどうする」

〈私は夏目の上司です。救出に向かいます。幸いテロリストたちは私に気づいていません。新崎総理も囚われたままです〉

「歩けるのか」

〈歩けませんが、歩きます〉

スマホは切れた。

高見沢は自分の身体がもどかしかった。モルヒネのためか半分感覚がなく、自分の身体ではないような気がする。意思通りには動かない。

だが、どうしてあれほど多数のテロリストが官邸内に入り込むことができたのか。この国の警備の盲点を突かれた。あれだけの人数のテロリストと大量の武器がこの国に持ち込まれたのに、公安は何をしていた。日本のテロは水際で防ぐ。これが方針ではなかったのか。

大規模なテロはないという前提で、官邸警備は行われている。だから銃器を携帯した官邸職員も自衛隊員も内部には常駐していない。

高見沢は明日香の姿を思い浮かべた。女性の警護官など認めたくはなかった。上から押しつけられたというのが本音だった。無意識のうちに追い出そうとしていたのかもしれない。だが今は、彼女が一人で戦っている。頼れるのは彼女だけだ。

高見沢は懸命に床に両腕を突っ張って、上半身を起こした。

横のバッグからモルヒネを探して打った。判断力は下がるが、痛みで気を失うよりいい。

デスクにつかまって立ち上がった。血は止まっている。モルヒネと慣れで痛みはさほど感じないが、身体に力が入らない。どこまで行けるか分からないが、ここでただ座っているわけにはいかない。その間にも明日香とスーザンは――。

短機関銃を肩にかけると、ドアに向かって歩き始めた。

2

「あなた、何やってるの」

スーザンが明日香に聞いてくる。顔をゆがめ、歯を食いしばっていたからだ。

明日香は答えず、さらに嚙みしめる歯に力を入れた。熱が手首にまで伝わってくる。袖口《そでぐち》が燃える臭いはするが、炎が結束バンドに当たっているかどうかも分からない。手首に当たっているのは確かだが。

明日香の手に、デイパックの横にあったライターが握られているのを見て、

「やめなさい。手首が燃えてる」

スーザンの泣きそうな声がした。

明日香は全身の力を込めて引っ張ったが、結束バンドは手首に食い込むだけだ。

「あと少しよ。我慢しなさい」

「我慢してるのは、あなたでしょ」

ライターの火で結束バンドを焼き切ろうとしたが、服と皮膚の焼ける臭いがするばかりだ。痛みには耐えることができる。いや、耐えなければならない。

結束バンドが熱に弱いと言ったのは高見沢だ。彼は嘘を言ったのか。

ドアが開いた。

三人のテロリストが入ってくる。

臭いに気づいたのか、一人が明日香の背後に回った。

明日香の手からライターを取って、その手を蹴りつけた。明日香は呻《うめ》き声を上げた。

「呆《あき》れた女だ。結束バンドを焼き切ろうとしていた。焼けたのは手の方だが」

明日香に弟を殺されたと言っていた男だ。

男は明日香の腹を蹴って火傷《やけど》で赤黒く変色した手首を乱暴につかむと、新しい結束バンドで縛り直した。

「このバンドは新素材でできてる。引張強度、耐熱性は最高レベルだ。しかしもう一息だった。残念だったな」

焼けて細くなった結束バンドを明日香に見せて投げ捨てた。

男はもう一度、明日香を殴りつけた。

「根性のある女は嫌いじゃない。だが、どこまでもつか。俺はこの女で楽しむ。おまえらは、あの白人女を好きにしろ」

「ライアンが怒るぜ。あいつは頭に来ると何をするか分からない。俺も東洋女でいい。おまえのあとというのは嫌だが、我慢する」

「俺もだ。東洋女は初めてだ」

明日香は倒れたまま、全身の力を込めて男の股間を蹴り上げた。男はその場にしゃがみ込む。他のテロリストから笑い声が上がった。

男はしばらく股間を押さえてしゃがんでいたが、立ち上がりざま明日香の顔を殴りつける。一瞬意識が遠のいた。

「おまえら、こいつを押さえつけろ。後悔させてやる」

男たちが明日香の頭と両足をつかんで床に押し付けた。

叫ぼうとする口にバンダナが押し込まれる。気道が塞《ふさ》がれ、息をするのがやっとだ。

迷彩服のボタンが乱暴に引きちぎられる。

「この女、防弾ベストを着けてるぜ。道理で、身体つきの割に胸が小さいと思った」

仲間に卑猥な笑みを浮かべると、防弾ベストのマジックテープを引き剝《は》がした。

明日香は後ろ手に拘束されてはいるが、懸命に抵抗した。

男は明日香の顔を殴りつけると、ナイフを出して刃先を頬に突き付けた。明日香の全身から力が抜けていく。男は防弾ベストのつなぎ目を切り裂いていった。最後に肩の部分を切り、防弾ベストを投げ捨てると、首筋から胸元に刃先を当てていく。明日香の肌に血の筋が流れた。

そのとき、明日香の上に乗りかかってきた男が弾き飛ばされた。スーザンが後ろ手に縛られたままぶつかってきたのだ。

男はスーザンを殴りつけると、口にやはりバンダナを押し込んだ。

汗臭い男の身体が明日香にかぶさってくる。

明日香が暴れると男たちの笑い声が響いた。身体を押さえつける力が強くなる。全身の力を抜き目を閉じた。男の荒い息遣いが耳元で聞こえた。こいつら、必ず後悔させてやる。

そのとき突然、明日香は身体が楽になった。

目を開けると、上に乗っていた男が壁際に倒れ、明日香を押さえていた二人のテロリストが固まったように動かない。

視線を移すと、拳銃を持った男が立っていた。銃口にはサイレンサーが付いている。

明日香の足を押さえていたテロリストが、壁に立てかけていた短機関銃を取ろうとした。スーザンがその短機関銃を蹴飛ばす。

低い音を立て、男のサイレンサー付きの銃が火を噴くと、二人のテロリストが倒れた。立ち上がろうとするテロリストの頭を明日香は蹴りつけた。テロリストは倒れたまま動かなくなる。

男は拳銃を床に置くと、ナイフを出して明日香の結束バンドを切った。アレンと呼ばれていた、唯一ブレザーを着て、銃を持っているのを見たことのない男だ。

明日香は短機関銃をつかみアレンに向けた。

「やめてくれ。もう、銃はたくさんだ」

押し殺した声で言うと、アレンが明日香の方に床の拳銃を滑らせた。明日香は短機関銃を捨て、拳銃を取った。スーザンの結束バンドも切るように彼に指示した。

彼が結束バンドを切ると、スーザンが明日香の背後に隠れるように身を寄せてくる。

彼は迷彩服を明日香に投げた。明日香は拳銃をスーザンに握らせると、迷彩服を身に着けた。

「あなたは誰。何をしにきた」

「僕はスティーブ・アレンだ。もう殺し合いはたくさんだ。これじゃ、約束が違う」

　彼は低い声で言いながら明日香を見つめた。

「なんとか、人質たちを逃がしてほしい。英語は分かってるんだろ」

「ゆっくり話して。両手は前に出して」

「僕の間違いだった。こんな男たちの手助けをしたなんて」

「あなたは何者なの。ライアンの仲間じゃないの」

「アラスカ大学の地質学者だ。協力はしたが、仲間じゃない」

「どういうことなの。分かるように話して」

　アレンは頭を抱え壁にもたれると、そのまま座り込んだ。

「僕の家族はアラスカに住んでいた。妻と二人の子供だ。オーロラが見える美しい町だった。しかし、あるときそれが変わってしまった。シェールオイルとガスだ。僕たちが発見して、採掘した。マスコミに流れた途端、企業が入ってきた。本格的な採掘が始まると、妻と子供たちは慢性的な病気になった。腎臓《じんぞう》と肝臓《かんぞう》が壊死《えし》していく。地下水が汚染されたんだ」

「その話は聞いたことがある」

　スーザンが言った。

「僕の友人がシェールオイル・ガス採掘による土壌汚染の論文を発表しようとした

が、学会からは無視された。その後、何度か公表しようと努力したが、友人は死に、論文の行方は分からなくなった。パソコンも調査ノートもすべて消えている。友人はトマス・ジェームズという私の同僚、アラスカ大の教授だ」

アレンの声は震え、目には涙が溜まっている。

「学会は政府と企業の息がかかっているし、シェールオイル・ガス採掘の業界は政治家に献金し、政府から保護されている」

アレンは深い息を吐いた。全身に深い絶望と疲れを漂わせている。

「僕にはもう、何も残ってはいない。妻も子供たちも死んでしまった。僕に残されたのは、家族の敵《かたき》を討つことだけだ。家族を殺した者と、それを助け、見逃《みのが》した者たちに思い知らせることだった」

アレンが黙り込んだ。目を閉じて考えている。

「僕がライアンたちに話を持ちかけた。ある政府高官と組んで。それがこんなことに――」

アレンの目に涙が滲《にじ》んでいる。

「ここでも多くの人が死んでいった。復讐のむなしさを知っただけだった。いくら、シェールオイルとガスの採掘を止めても、死んだ者たちは帰ってこない」

「でも、採掘を中止すれば今以上の死者は出なくなる。あなたは間違った方法を選んだけど、亡くなった奥さんと子供たちは許してくれる」

スーザンがアレンの手を取ると、アレンの頬を涙が伝った。

そのとき突然、アレンが顔を上げ、静かにするよう合図した。部屋の外で名前を呼ぶ声が聞こえる。

「仲間がこいつらを探している」

アレンが倒れている三人のテロリストを見た。

「ここを脱出して、人質たちを逃がしてくれ。これ以上犠牲者が出ないうちに」

アレンが明日香とスーザンにすがるような視線を向けると、立ち上がりドアの前に行った。そしてもう一度二人を振り返り、部屋を出て行った。

明日香はアレンの話を反芻《はんすう》した。他のテロリストとは違った男だった。服装も街を歩いている男と変わらない。だが、すぐには信じ難い話だ。

壁のそばに倒れている三人のテロリストに目を向けた。彼が私を救ってくれたのも事実だ。

「これからどうするの」

スーザンが怯《おび》えた声を出し、明日香を見ている。

「あの人が言った通り。この部屋を出て、人質を脱出させる」

「今度、捕まったら殺される」

「まず横田課長に状況を連絡する。階段に私のスマホがある。取ってこなきゃ」

スーザンがズボンをたくし上げて、靴下の間に挟んだスマホを出した。

「私のは取られたけど、あなたのは持っている」

明日香は思わずスーザンの頰にキスをすると、スマホを立ち上げた。

〈無事だったのか〉

横田のほっとした声が聞こえる。

明日香は状況を説明しながらテロリストたちの服を調べた。スマホと手榴弾《しゅりゅうだん》、ナイフを見つけ、ポケットに入れた。

「現在、二階の小ホール横の小部屋です。スーザンも一緒です」

〈脱出は可能か〉

「分かりません。スーザンはドナルド大統領の娘です。テロリストたちは、スーザンをドナルド大統領との取引のカードとして使っています」

スマホの向こうの声が消えている。数秒後やっと返ってきた。

〈その話、本当なのか〉

「私も交渉の場にいて聞きました。間違いありません。テロリストはアメリカ政府というより、ドナルド大統領個人と取引をしようとしています。金も要求していると思われます」

〈ただちに、梶元副総理に知らせる〉

「スーザンが大統領の娘であることは慎重にお願いします」

〈分かっている。大統領の娘とは一緒なのか〉

「横にいます」

〈細心《さいしん》の注意を払って行動してくれ〉

「今までもそうしてきました」

幸運を祈る、という言葉と共に電話は切れた。

「私のこと、話したの」

スーザンが明日香を見つめている。日本語だったが、自分の名が何度も繰り返されたので察したのだろう。

「大丈夫。私が必ず、あなたをお母さんのところに帰してあげる。でも……」

立とうとした明日香はその場に座り込んだ。全身から力が抜けていく。まだ自分に乗りかかってきたテロリストの吐く息と体臭、身体を触る感触が残っている。顔や全身の殴られた痕《あと》が、鈍く痛み始めた。それ以上に精神の傷は深く、耐えがたい。

「あと十分、いや五分、休ませて。そうすれば、警護官夏目明日香に戻るから」

目を閉じた明日香の手をスーザンの柔らかい手が包み込んだ。

3

「信じられないな」

梶元は思わず呟《つぶや》いていた。

警視庁の危機管理センターで、横田警護課長からの連絡を聞いたのだ。

〈プリンセス、スーザン・ハザウェイはドナルド大統領の娘です。夏目警護官が報告してきました。大統領とプリンセスが話すのも聞いていたそうです〉

「テロリストは、なぜプリンセスのことを知っていたのですか」

〈そのあたりのことはまだ分かりません〉

「新崎総理についての情報はないのですか」

〈救出に向かうと言っていますが、過大な期待は難しいかと思います〉

「他に打つ手はあるのですか。我々はすべてに失敗したが、彼女はよくやっています」

〈私もそう思います。できる限りの援護をします〉

横田からの電話は切れた。

「副総理、官邸からです」

警視総監が緊張した表情で受話器を梶元に差し出した。

〈一度しか言わないから、しっかり聞いておけ〉

日本語で言った。この日本人もテロリストの仲間なのか。

横に誰かがいる気配がする。おそらくテロリストのリーダーなのだろう。

〈屋上に燃料を満載にしたヘリを三機よこしてもらう。東京湾の東京へリポートに待機させろ。こちらからの指示でただちに飛ばせる用意をしておけ〉

「パイロットはどうなります」

〈余計な心配はするな。追跡装置を付けたり、下手な小細工はなしだ。大きな犠牲を払うことになる。今までのことで十分に分かっただろう。総理と国務長官、その他数名を人質として連れて行く。アメリカも日本も手を出さない方がいい。その場合、人質は――〉

シュッ、と男が鋭い音を出した。首を切ると言っているのか。

梶元は承諾するしかなかった。

この男は夏目警護官が横田に電話をしたことは知らないのか。一度は囚われた彼女は、プリンセスを連れて脱出しているはずだ。

〈一億ドルの準備はできているか。指示と同時に振り込みができるように準備しておけ〉

「他の人質はどうなる」

〈心配ないと言ってる。要求を守れば傷つけない。入金が確認できれば、俺たちはここに用はない。ヘリで退散する〉

電話は切れた。スーザンの名前は出なかった。彼らはまだ、スーザンが大統領の娘だと我々が知っていることに気づいていない。

テロリストからの要求は、ただちに現場の対策本部にも伝えられた。


国道二四六号線に並んだ輸送車の一台に遠山記者と純次がいた。明日香の両親は警護の警察官をつけられ、近くのホテルの一室に保護されている。

純次は遠山と一緒にいることを希望したのだ。

「おかしいと思わないの。テロリストはヘリでどこに逃げるというの。日本中の人が見てるし、レーダーだってGPSだってある。どこに逃げても、必ず発見され追跡される」

純次が一気に言うと、遠山は考え込んでいる。

テロリストがヘリの用意をさせていることを、警察官僚の知人から遠山が聞き出してきたのだ。

「じゃあ、テロリストたちは、どうやって官邸を脱出するつもりだ」

「そんなの僕にも分からないよ。テロリストじゃないもの」

「だったら、テロリストになった気で考えろ」

「もう考えてる。僕たちを狙ったテロリストの一味が都内のどこかにいるんでしょ。彼らと合流するってことはないの。たとえば彼らが別の脱出方法を用意してて、一緒に消える」

「おまえはヘリはカモフラージュだと言うのか」

「そんなの分からないよ。でも僕だったら、ヘリには怖くて乗れないってこと。いつ撃墜されるか分からないし。必ず居場所は把握される。広いアメリカとは違って、ここは東京だ。逃げ切れるとは思えない。彼らはプロなんでしょ」

「横田に話してくる」

遠山は輸送車を出た。純次があわてて後を追ってくる。

この純次という、女のような話し方をする男は、けっこう使えるのかもしれない、と思い始めていた。送られてきた資料には、引きこもりのパソコンオタクとあった。

横田は指揮車にいた。

遠山に続いて純次が入ろうとすると、制服警官が前に立った。

「こいつはいいんだ。横田課長の許可を取っている」

遠山が警官を押し退《の》けて、純次の背を押して指揮車に入った。

「たった今、きみの姉さんと話した。ただしこれは極秘だ」

横田は純次を見て、軽く頷いた。明日香の弟として、精いっぱいの配慮をしているのだ。

遠山が純次の考えを話した。

「確かに日本ではヘリでの逃亡は難しい。おまけに、テロリストは五十名余りいる」

横田は言ってから、しまったという顔をした。テロリストの人数は公表していない。

「でも、姉ちゃんがかなりやっつけてるんでしょ」

「官邸には他の脱出経路はないのか」

「国会と官邸をつないでいる地下道があるが、SATを送り込もうとしてテロリストに破壊された」

「そんな話は聞いてないよ。ニュースで言ってたのはSATを使った作戦の失敗だった。で、SATはどうなったの」

「あとでゆっくり話してやる。ちょっと黙ってろ」

遠山は純次の肩をつかんで後ろに下がらせた。

遠山と横田がテロリストのヘリの要求について話している間、純次はデスクの地図を見ている。官邸の敷地内部と周辺の地図だ。

横田が地図を閉じようとすると、それを遮《さえぎ》るように純次が地図の上にかがみ込んだ。

「昔は国会と旧官邸が地下道で結ばれてたんでしょ。今の官邸じゃなくて、移築されて公邸になっている昔の官邸の方。戦時には防空壕代わりにもなるからと掘られたって、何かで読んだことがある。でもそれは、前回の東京オリンピックの前に、官邸南側を走る首都高速道路の建設で寸断され、埋め戻されたんでしょ」

「政府がそんな無駄なことをするはずないだろう。そのまま残されてたんだよ。その後、二〇〇二年、官邸が新しく造られたとき、もしものことを想定して、地下道は一部掘り替えて新官邸とつなげられた」

「それがSAT突入のときにテロリストに爆破されて埋まったんだね」

横田は一瞬戸惑ったように動きを止めたが、地図の官邸敷地内の一点から、赤線を引いて公邸につなげた。

「もう一本ある。公邸と国会をつなぐ地下道だ。非常時には官邸、公邸、どちらか

ら も地下道を通って国会に行ける」

「国会と官邸敷地内を結ぶ地下道は、途中から二本に分かれていたということか。一本は官邸。これはSAT突入で埋められた。もう一本は公邸に続いている。だったら、公邸まで行けば国会に出られるわけだね。五分もかからない」

純次が納得したように指でたどった。

「ということは、官邸から公邸まで行って、この地下道を使えば国会までたどり着ける」

横田が呟くように言う。受話器で話していた部下が横田の耳元で何事か囁《ささや》く。

「国会側の警備は増すよう指示しておく。これから警視庁本部で打ち合わせが始まる」

横田が遠山に指揮車から出るように合図をした。

遠山と純次は輸送車に戻ったが、純次が考え込んでいる。

「どうかしたのか」

「やはり納得がいかない」

「どこがだ」

「やはりヘリを用意させ、それで逃げるなんてバカげてる」

「俺だってそう思う。しかし、実際にテロリストが要求してきた。今、東京ヘリポートに待機している。総理や国務長官を連れて行く気だ。うかつには手が出せん」

「あまりにありふれてる。ヘリで逃げるといっても、どこに逃げるの。どこに逃げてもGPSで突き止められる」

「テロリストはGPSをすべて外すように指示してきてる」

「彼らがそれを信じると思ってるの。はい、GPSは取り外しました、って言うだけで。内部の装置に組み込めば調べても分からない」

「俺が言ってるんじゃない。テロリストが言ってるんだ」

「ヘリで逃げると思わせておいて、地下道を使って国会に逃げて、都内に潜《ひそ》む仲間と合流するというのはどう」

　純次が遠山を見ている。

「国会側の警備は増すと言っていたが、都内のアジトを見つけることが先決だな。おまえ、姉さんと話したんだろ。姉さんは何か言ってなかったか」

「話す時間なんてなかった。私たち三人の命に関わることだから、もう電話はするなって言われた。せっかく寝ないで心配してたのに」

　遠山の動きが止まり、純次を見ている。

「三人って言ったのか。それが確かなら、姉さん以外に二人いることになる」

「そうだね。誰なんだろう。警察の人も何も言ってなかった」

「もっと、調べたほうがよさそうだ」

遠山は考え込んでいる。

明日香は目を開けると一度大きく息を吸って拳銃をベルトに挟み、短機関銃を持って立ち上がった。

そのとき、スマホが震え始めた。横田だ。

〈梶元副総理がテロリストの要求を知らせてきた。彼らはヘリで逃亡するつもりだ〉

横田はテロリストから要求があり次第、ヘリを官邸の屋上に向かわせることと、すでに東京ヘリポートに待機していることを告げた。

〈そのとき、総理と国務長官、それに何名かの人質を連れて行く。必ず大統領の娘も一緒だ〉

「すぐにこの部屋を出ます。なんとかやってみます」

明日香は口には出したが、何をどうすればいいかは分からない。

ドアノブに手を掛けたとき、足音がドアの前で止まった。

拳銃を構えてドアの陰に隠れた。

ドアが開き、男が入ってくる。スーツ姿の男だ。

明日香は男の背後に回り、喉にナイフを突きつけた。

「アンダーソン国務長官」

スーザンが声を出した。

「どうしてここに――」

「アレンが手配してくれた。少し前にここに来た男だ。今も外で見張っている。人質の中でも私は比較的自由だ。気分が悪くなって、医務室に行くことになっている。きみたちのことはアレンに聞いた。なんとかして、人質を助け出してほしい。残された時間は多くない」

国務長官の声は震えている。顔色は悪く、汗が滲んでいた。

「その努力をしています。テロリストたちは屋上にヘリを着陸させ、それを使って脱出するようです。そのとき、新崎総理とあなたを人質として連れて行くと言っています」

「それは嘘だ。彼らはヘリは使わない。危険すぎる」

国務長官は明日香からスーザンに視線を移した。

「なぜそう思うのです」

「彼らを手引きしたのは私だ」

明日香は次の言葉が続かない。英語を聞き間違えたか。

スーザンも目を見開いて、国務長官を見ている。

「国務長官、なぜあなたが――」

スーザンの口からかすれた声が漏れた。

「二ヶ月前のことだ。私はアレンと会って、真実を聞かされた。シェールオイル・ガス採掘にまつわる話だ。新しい採掘装置で使われた薬剤による土壌汚染が、水質汚染を引き起こし、大勢の被害者が出ている。ホワイトハウスと企業はそれを隠蔽《いんぺい》しようとしている」

「いかにも大統領――政府がやりそうなこと」

スーザンがあわてて言い直したが、顔をしかめた。

「テロリストのホワイトハウスへの要求は知っているか」

「日本には一億ドルと十万人の難民受け入れです」

「アメリカへは二億ドルとシェールオイル・ガス採掘の差し止め、それにジェームズ・レポートの公開だ」

「アレンの同僚、アラスカ大の教授の論文ですね」

国務長官がスーザンに頷く。

「アラスカでのシェールオイル・ガス採掘の実体を暴いた論文だ。土壌汚染と水質汚染に関して書かれている。これが公表されれば、シェールオイル・ガス採掘のプロジェクトは中止される。私とアレンの目的はこれだ」

「なぜ、国務長官のあなたがそんなことを。しかも大統領はあなたの幼馴染《おさななじみ》で、親友と聞いています」

「アラスカで私の妹が死んだ。彼女の二人の娘もだ。全身に黄疸《おうだん》が出て痙攣《けいれん》を起こし、苦しみながら死んでいった。汚染された水で、肝臓と腎臓に異常が出る。アレンとは妹たちが入院していた病院で知り合った。彼の家族もそこにいたんだ」

国務長官は苦しそうに頭を振った。

「他にも同じ症状で死んだ者は多いと聞いている。私はきみが大統領の実の娘だと知って、この計画を助けることにした。アレンの賠償金五十万ドルと私の金を準備資金として提供した。ライアンたちは金、私たちはジェームズ・レポートの公開とシェールオイル・ガス採掘プロジェクトの中止が目的だった。しかし、私の間違いだった。どこで計画が狂ったのか」

「なぜ、私が大統領の娘だと知ったの」

「偶然だった。いや、そうではない。神が導いた必然だったのかもしれない。私の友人でもある顧問弁護士の事務所で、きみの母上、ナンシー・ハザウェイが働いていた。弁護士助手としてね。優秀な人だった。夜間は大学に通い、いずれは弁護士になりたいと言っていた。娘の話が出てね。私は興味を持って、きみのことを調べた。母上のこともね」

　国務長官はスーザンを見つめた。

「きみは意識したことはあるかね。自分がドナルド大統領に似ていることを」

　スーザンは一瞬躊躇《ちゅうちょ》したが、首を横に振った。

　明日香は改めてスーザンを見た。最初見たときに感じたのは、このことだったのかと思った。今までは誰もが思いながら、声高《こわだか》に言わなかったのかもしれない。

「私は大統領の母上も知っているんだ。今百歳に近いが、若いころの彼女を知っているし、写真も見ている。大統領執務室にも飾ってある。実にきみによく似ている、スーザン。それにもう一つ。きみの母上が持っている銀の十字架の――」

「やめて。そんな話――私は信じない」

　スーザンが低いが鋭い声で遮った。

　最後の言葉は震え、国務長官から目をそらせた。

「大統領は心底悪い男ではないが、利己的《りこてき》で独善的《どくぜんてき》だ。時に自分の利益を優先する」

「それだけで十分悪い奴――」

「我々は幼馴染で友人だった。私が彼の暴走を止めることができれば、と思って国務長官を引き受けた。だが大統領になると、彼の取り巻きも変わっていった。私の言葉など聞き入れようとしなくなった」

「無理だったんでしょ。だから別の方法を取った」

「私は手段を間違った。抗議するなら、私自身が正面から立ち向かうべきだった」

国務長官が苦しそうに言い、さらに続けた。

「官邸には爆薬が仕掛けられている。そのことを伝えるためにきた」

明日香の顔色が変わった。

「官邸を完全に破壊するのに十分な量の爆薬だ。その混乱に紛れて、テロリストは都内のアジトまで逃げる。そこで仲間と合流して関西に向かい、海外に出るつもりだ」

しかし――明日香は出かかった言葉を呑み込んだ。数十人のテロリストが都内に出る。それだけでも目立つはずだ。それを回避するためには、都内にも混乱を引き起こす。明日香は小さく頭を振ってその考えを振り払い、国務長官に聞いた。

「爆薬を仕掛けた場所は分かりますか」

「調べてみる。全力は尽くすが、見つけられるかどうか。私の行動も見張られている」

「国務長官はこれからどうするつもりです」

「ライアンと話してみる。人質を逃がす交渉をする」

ノックの音がする。

「アレンだ。行かなければ。誰か来た合図だ」

国務長官はもう一度スーザンと明日香を見ると、出て行った。

4

「これからどうするの」

座り込んだスーザンが明日香を見上げている。

「時間がない。テロリストの指定口座に日米の金が振り込まれ次第、ライアンは脱出にかかるはず。まず、自分たちが安全圏に出て、官邸爆破を指示する。爆発の混乱に紛れて、官邸を脱出する。それはヘリでじゃない。ヘリは囮《おとり》――」

スーザンに話しながら頭の中をまとめようとした。

まず国務長官の言葉を横田に伝えなければ。明日香はスマホを手に取った。

「テロリストたちは官邸に爆薬を仕掛けています。官邸を離れると同時に、爆破して、その混乱に紛れて都内のアジトに逃亡するつもりです」

明日香は声を低くして話した。

迷ったが、アンダーソン国務長官については話すのをやめた。今は爆薬の発見が一番だ。いずれ時がくれば彼が自ら話すだろう。その覚悟はできていると感じた。

〈爆薬を仕掛けた場所は分からないのか〉

「官邸を爆破して大混乱を起こすのが目的です。一ヶ所とは限りません。官邸を完全に破壊できる量と言っていました。おそらく複数です。たとえ発見しても、私には解除できません。都内のアジトを調べれば何か分かるかもしれません」

〈現在、探しているが、手がかりはゼロだ〉

「私は爆発をなんとか阻止できるようやってみます。それに――」

明日香はテロリストが都内のアジトに逃げるとき、都内にも混乱を起こす可能性があることを告げた。横田は無言で聞いている。

〈全力を尽くしてくれ。望みはきみだけだ〉

明日香は通話を切ると短機関銃をつかんだ。

「行くよ」

スーザンの腕をつかんで引き起こした。

梶元副総理は全身から血の気が引いていくのを感じた。

倒れそうになるのを精神力だけで支えていた。身体は疲れ切っているが、神経は異様に張りつめている。

耳の奥には横田の言葉が残っていた。テロリストたちは官邸を爆破するつもりです。たった今、夏目警護官から連絡がありました。既に爆薬が官邸にセットされている模様です――。

梶元はすぐに警視総監と警察庁長官に、横田の言葉を伝えた。

「官邸から半径三キロ内にいる住人たちに避難命令を出してください。理由は――言う必要はありません。いや、何事にも理由が分からなければ、不安を抱くだけです。私が話します」

梶元は国民に向けて話すための準備をするように指示した。

「そんな時間はありません」

「必要なことです。警視庁の情報として事実を伝え、避難を促《うなが》します」

下手な隠し事はよそう。梶元はそう決めて、長森に指示した。

「おまえの姉さん、頑張ってるな」

遠山は純次に言った。

明日香から連絡があったことを、横田が遠山に話したのだ。遠山から明日香の無事が家族に伝わることを見越してだろう。内容は極秘だと念を押されていたが、官邸に仕掛けられた爆薬については、梶元から国民に伝えられた。

国道二四六号線に停められた輸送車の窓からは、すぐ近くに官邸が見える。

「しかし、驚いたな。官邸を爆破して混乱に乗じて逃げるとは。ヘリは囮だ。おまえの考えが正しかった」

「官邸占拠の話を聞いたときから、おかしいことだらけだって思ってたんだ」

「今さら何を言い出す。何がおかしいんだ」

「普通、大規模な犯罪は脱出を前提に計画を練るでしょ、自爆目的でない限り。官邸を占拠したテロリストグループは五十人もいたんでしょ。どうやって衆人環視《しゆうじんかんし》の中から逃げるんだろう。おまけに、大量の武器で武装してるんでしょ。短機関銃、手榴弾、ミサイル。そんなの日本じゃ手に入りっこない。どうやって持ち込んだんだろう。疑問だらけ」

そうでしょう、という顔で純次が遠山を見ている。

「外国から持ち込むしかないな。しかしどうやって――」

「日本の税関を通れるわけがない。外国貨物でも無理でしょ。半端な量じゃないし。X線にかければ一発だ。じゃ、どうやって――」

「入管だって目は節穴《ふしあな》じゃないぞ。ひと癖もふた癖もありそうな連中だ。グループじゃ、まず怪しまれる。あいつら、どうやって入国したんだ」

遠山は考え込んでいる。

「入国した後だって、五十人以上の外国人がしばらく日本で暮らしてたはずでしょ。彼らはどうやって日本に来て、どこにいたのよ。都内に潜んで、準備してたんでしょ。いろんな装備だって、保管しておかなきゃならないし。警察やマスコミは何か気づかなかったの」

純次が遠山に繰り返し聞いてくる。

「拳銃や短機関銃、ロケット弾やスティンガーミサイルまで持ち込んでる。税関を通りっこないでしょ。日本国内じゃ、手に入れるのは絶対に無理。暴力団もお呼びじゃない。じゃ、どうやって日本国内に持ち込んだの」

「だったら――」

遠山は純次を見た。純次も遠山を見ている。

「アメリカ軍」

二人は同時に言った。それしか考えられない。

「テロリストたちはアメリカ軍の輸送機を利用した。装備を隠し、テロリストが決行日まで隠れていたのは、米軍基地内だ」

遠山は考えながら言う。

「こうなると、俺たちの手には負えないな」

呟くと、スマホを出した。

遠山の電話を聞いて、横田は二人を指揮車に呼び出した。

「夏目警護官と他の二人は、無事なのか」

「極秘事項だ。さっきの話、もっと詳しく話してみろ」

横田は純次の方をしきりに見ている。純次が明日香の弟だということを気にしているのだ。

遠山が、アメリカ軍が関係している可能性がある、という純次の考えを横田に話した。横田は考え込んでいる。

「アメリカ軍に、おかしな便はなかったか問い合わせてみる」

「都内にアジトもあるはずだ。俺たちを襲った外国人については、捜査はしているのか」

「夏目警護官も言っていた。所轄《しょかつ》がやってるが、ほとんど人は割《さ》いていない。警視庁は官邸内の方で手いっぱいだ」

官邸外にいるテロリストは夏目一家を襲って以来、消息はつかめていない。

「都内に潜伏している仲間が逃亡を手助けするんじゃないか。ヘリでの脱出は囮。テロリストの奴らはまず官邸を爆破する。そのどさくさに紛れて公邸に移動し、そこから地下道を通って国会に出る。そしていったん、都内のアジトに逃げ込む。それから仲間の手を借りて日本を脱出する」

　遠山がそうだったなと、純次に視線を移した。

「テロリストは混乱を引き起こすために、官邸を爆破しようとしてるんでしょ。混乱は大きければ大きいほどいい。僕だったら都内の複数の場所にも爆薬を仕掛けて、官邸と同じように爆発させる。都内は大混乱に陥《おちい》る。その隙に乗じて逃亡するってのは。僕だったら絶対そうする」

　純次が言うと冗談のように聞こえるが、あり得ない話ではない。

「都心で複数の場所で爆発が起これば、都民のパニックは半端じゃないだろう。警察、消防が出動して、大混乱が起こる。考えるだけでゾクゾクするよね」

　純次がわざとらしく身体を震わせながら繰り返す。頭のいい青年だが、子供のようなところもある。

　横田の顔色が変わった。

「どうかしたのか」

「夏目警護官も同様のことを言っていた。テロリストは都内にも混乱を引き起こす可能性がある。テロリストが乗り捨てた四輪駆動車を調べたが、何も出なかった。指紋も何一つだ。あらかじめふき取った車を使っている。おまけに盗難車だ。しかし、わずかだがニペリットが検出された」

「なんだ、それは」

「四硝酸ペンタエリスリットペンスリット。化学式は$C(CH_2ONO_2)_4$。白色の結晶性粉末で爆発力が大きい。プラスチック爆弾の原料だよね」

「当たりだ。純次くん、きみは本当に夏目警護官の弟か」

「姉貴は体力派、僕は頭脳派」

「そのようだ。とにかく、テロリストはあの車で爆発物を運んだ。純次くんの言うように、都内に爆弾を仕掛けて爆発させるつもりかもしれん」

横田はスマホを出して、指示を出し始めた。

「手の空いている者は全員、都内の怪しい場所をローラー作戦だ。ただちにかかってくれ」

「そんなんじゃ、時間がかかりすぎる。今は時間がない」

純次が横田と遠山の両方を見た。

「そんなこと分かってる。だが他に方法はあるのか」

「官邸、いや国会からさほど離れてなくて、数十人規模で隠れることのできる場所。でたらめに探すより、当たりを付けておいた方が確実でしょ」

「分散して隠れてたらどうする」

「テロリストは日本語や日本の習慣なんて知らない。少人数で行動して、トラブルを起こしたらアウト。そんな危険を冒《おか》すより、団体行動の方が効率的でしょ」

「純次くん、分析官になれるな」

「僕はゲームの開発者になるつもり。ゲームじゃ、いろんなケースを考える必要があるんです。だからあらゆる場面を想定して、次々に障害を作り上げる」

「彼の話を聞いてただろ。テロリストのアジトを見つけるんだ。彼らが乗っていた車をもう一度調べろ。付近の防犯カメラもチェックするんだ。都内の検問を徹底しろ。今までに不審な車は通らなかったか。それから最近拘束した者の中に不審者はいないか。ただちに報告しろ」

横田は車内の部下たちに怒鳴るように言う。部下の何人かは指揮車を飛び出し、残りはスマホを出して電話を始めた。

「ひと月前にさかのぼって、アメリカからの入国者も調べろ。夏目が送ってきたテロリストのスマホの情報がある。テロに関係ありそうな情報を見つけ出せ。徹底的に調べるんだ」

横田は遠山と純次に向き直った。

「米軍が絡むと、警視庁だけでは無理だ。政府の交渉事項だ。時間がかかる」

横田はスマホを出して、送話口に向かって今までの話を手短に説明した。

「すべての情報をアメリカに送って、問い合わせてください。特にテロリストに関する情報を。都内のアジトが分かるかもしれません」

「誰に電話した」

スマホを切った横田に遠山が聞く。

「梶元副総理だ。これから彼のところに行く」

ぶっきらぼうに答えると、横田は部下を連れて指揮車を出て行った。

5

梶元は電話を切ると、警視総監と警察庁長官、防衛大臣を呼び、横田からの電話の内容について話した。

「人数は約五十人。問題は武器です。拳銃から短機関銃、手榴弾。スティンガーミサイルやSMAWロケットランチャーなど、官邸を占拠しているテロリストたちが持ち込んでいます」

「それらはアメリカ軍の通常兵器です。米軍の輸送機を使えば、日本国内に持ち込めます。基地から外に持ち出すのも、内部に仲間がいれば可能でしょう。人についても出入りは簡単です」

「ただし、アメリカ軍の輸送機に人員と武器を積んで日本に運ぶ許可を出すことができる者は、多くはいないはずです。軍にかなり深く入り込んでいる者にしかできません。そういう者を調べることはできますか」

「防衛省と外務省の協力が必要でしょう。運んだ場所と時期が分かれば可能なはずです。まずは通常とは違う動きを調べてもらいます」

「時間がかかりそうですね。だが我々には時間がない。ホットラインは使えますか。相手はドナルド大統領です」

　梶元は長森に聞いた。

「もちろんですが、あれは非常時に対応するための――」

「今がその時です。記録も残しておきたい。ただちに用意をしてください」

　待機していた通訳が呼ばれた。ホワイトハウスとの直通電話だ。

「一人にしてくれませんか」

　梶元は部屋にいるスタッフに向かって言う。

　全員が出て行ったあと、梶元はドナルド大統領に状況を話し、協力を求めた。

「これは人質を無事救出するために必要なことです。あなたの娘、ミズ・スーザンを含めて」

　大統領は黙って話を聞いていたが、全面協力を約束してくれた。スーザンの名を言ったとき、聞こえていた息遣いがわずかに変わった。動揺が伝わってくる。

〈だがこれは、軍の機密事項に関することです。内密にしておいてくれないか〉

「了解しました。今は事態を収拾することが第一です。その代わり、最大限の協力をお願いしたい。すべての情報をいただきたいということです」

大統領は内心ではテロリストが、アメリカ軍を利用して日本に入国したと予想していたのかもしれない、と梶元は思った。

「アメリカ側は国防副長官が窓口になります。至急、テロリストの日本への入国ルートを調べるそうです。日本の米軍基地に入ってからの足取りもです。日本の捜査機関も全面協力をしてください」

梶元の言葉で、警視庁の危機管理センターは急に慌ただしくなった。

現場対策本部の代表として、横田が警視庁に呼ばれた。

一時間後には、横田基地の在日米軍司令部から返事が来た。

「二十六名と十七名の傭兵部隊を二度運んでいます。ノースカロライナ州のゴールズボロからです。彼らはシーモア・ジョンソン空軍基地から横田基地を経由して、現在、韓国とイランとアフガンに行ってるはずです」

対応した警視庁職員が、渡された資料を見ながら報告する。

「行ってるはずというのは？」

「実際にそっちにいるかどうかは、先方に問い合わせなければ分からないということとです。自分たちは指示通り運行した。傭兵部隊は必要があれば乗り込んでくる。秘密作戦の場合、傭兵部隊の記録は残らないこともあるそうです」

「正確なことは分からないということですか」

横田が確認した。記録が残らないとは、警視庁内部では考えられないことだ。軍と警察の違いだけではないのだろう。傭兵部隊という特殊性もあるのだ。

「世界を移動しても米軍基地を渡り歩いている限りは、家の中を歩き回っているのと同じだそうです。部屋から部屋へと。パスポートなんて必要ない。アメリカ軍の基地から基地へと移動するだけ。入国審査なんて受ける必要はないそうです。しかも基地から外に出るのは、アメリカ兵であれば簡単です」

「武器の持ち込みはどうやって」

「傭兵部隊の荷物に関してはノーチェックです。正規の軍人扱いのようです」

「やはり記録はないんですか」

「完全武装の一兵士として扱われます。細かい武器のチェックはないそうです」

「おそらく、彼らに間違いないと思われます」

「アメリカのなんらかの組織から、傭兵部隊を装って日本に完全武装のテロリストが送り込まれてきた。彼らは今、総理と国務長官、そしてアメリカ大統領の娘を人質に取り、首相官邸を占拠している——と考えていいのですね」

梶元の皮肉を込めた言葉に職員が頷く。

「ただちに、対策を立ててください。どのような手段をとっても、責任は私が負います」

梶元は横田に向かって言った。


ドナルド大統領は何度目かの時計を見た。まだ、一時間しか進んでいない。しかし、すでに半日は過ぎた気分だ。おまけにこの事件の一報が入ってからほとんど寝ていない。

地球の反対側に近い場所、時差としては十四時間進んでいる日本で、娘がテロリストに囚われている。おまけにテロリストは、大統領が受け入れるには致命的な要求を突き付けてきた。

大統領の脳裏《のうり》に日本の副総理の言葉が浮かんだ。「あなたの娘、ミズ・スーザン」。いつ、誰から聞いたのだ。

首席補佐官が入ってきた。

「日本からテロリスト数人の情報が届いています。写真とフルネーム、メールアドレスもあります。スマホの情報だそうです。彼らの関係者や関係機関について捜査を開始しています」

「官邸を占拠しているテロリストは、やはりアメリカ国籍を持つアメリカ人だというのか」

ほぼ間違いないと思ってはいたが、実際に告げられると動揺した。軍関係のアメリカ人が日本の官邸で自国の国務長官と大統領の娘を人質に取り、アメリカ合衆国大統領を脅している。ショックを隠し切れず、部屋中を歩き回った。その姿を首席補佐官が目で追っている。

「マズいですね。しかし、隠しきれるものじゃない。なんとかこれを利用する方向にもっていきましょう」

「そんなことができるのか」

思わず立ち止まり、首席補佐官を見た。

「すでに国内には多くのテロリストが潜伏しています。そのテロリストが国外に出て、警備の甘い国でアメリカの政府高官を人質に取って国をゆする。移民政策、出入国審査をさらに厳しくすべきではないですか。大統領の公約の一つです。議会では拒否されましたが、今度は国民自らが希望するでしょう」

首席補佐官は簡単に言うが、今の自分にはそこまで頭が回らない。目先の問題に対処するのが精いっぱいだ。

「日本側の情報を活用して、最優先でテロリストの供給元を特定しろ」

大統領のスマホに直接、電話をしてくるテロリストの男を発見できるかもしれない。男が特定できれば、ただちにＦＢＩを送り込み逮捕する。


「官邸から連絡です」

梶元は長森が差し出す受話器を取って、スピーカーにした。

〈金の振り込みの用意はできたか。ここに人質が一人いる。おまえの返事しだいで日本国民が一人減る〉

男の声の背後で女性のすすり泣きが聞こえる。

「振り込み先はどこです。その前に人質の半分を解放してください。その後――」

梶元の言葉が終わらないうちに、銃声が聞こえた。梶元の身体がびくりと反応した。

〈要求はこちらからだけだ。次の電話で振り込み先を連絡する。ワンクリックで振り込みが完了できる用意をしておけ。へたな小細工はしないことだ。こちらでもしっかりモニターできるからな〉

「女性は――」

ボディ――遺体を始末しろ、という言葉のあと、電話が切れた。

梶元の身体が震え出した。あの女性は私が殺した。そう思うと震えが止まらなくなった。

「人質が殺されたのですか」

「聞いていた通りです。これ以上引き延ばすことはできません。金の振り込みの用意をしておいてください。次の電話では振り込みが要求されます。遅れると――」

「しかし振り込みと同時に、総理と他の人質に何が起こるか分かりません」

「私にはこれ以上、引き延ばすことはできない。あの女性は私が殺したのと同じです」

梶元の顔は蒼白《そうはく》になり、声は震えていた。人命など、なんとも思っていない奴らだ。テロリストの要求をすべて呑んだとしても、人質の命はどうなるか分からない。しかし、今は従うしかない。選択肢はないのだ。

梶元はデスクにつかまりながら、やっとの思いで立ち上がった。

第八章　炎上

1

ノックと共にドアが開き、秘書が入ってきた。
その悲壮な顔を見て、ドナルド大統領は反射的に執務机から立ち上がった。
「IS、イスラミック・ステイトが犯行声明を出しました」
大統領の身体から力が抜けていく。スーザンの悲報かと思ったのだ。
秘書が用紙を出して読み始めた。
「我々、ISの勇敢なる兵士たちは日本の首相官邸を占拠している。アメリカの国務長官と日本の総理を囚え、アメリカと日本の特殊部隊を全滅させた。世界のISの兵士たちよ、アッラーの名のもとに我らと共に立ち上がろう。世界同時テロで彼らに応えよう。勇敢なるISの兵士にアッラーのご加護《かご》を」

「ISが関与しているという情報の信憑性《しんぴょうせい》は？」

「CIAの分析官はゼロに近いと言っています。彼らは環境問題や難民救済などに興味はありません。金以外の要求は、彼らからは考えられません。あっても人質交換です」

「アルカイダや、その他の国際テロリスト集団だとも思えません。宗教色や際立《きわだ》った政治色はなく、武器も最新鋭の欧米製です」

首席補佐官が補足する。

大統領もそう思った。ISや他のテロリスト集団は、今回の要求内容については知らない。そして、娘が囚われていることも。知っていれば別の声明を出すはずだ。

「日本の官邸を占拠しているのは、金が目的の単なる犯罪集団か」

「FBIやCIA、NCTCも、そう考えているようです」

NCTCはアメリカ同時多発テロ事件のあとに創設された、国家テロ対策センターだ。

「日本で私の娘を人質としているのは、アメリカ国内の犯罪集団だというのか」

大統領は吐き捨てるように言った。

たかが五十名程度の犯罪集団に、アメリカと日本という世界の指導的立場の国家が翻弄《ほんろう》されている。

「大統領、日本の首相官邸からです」

首席補佐官が受話器を差し出した。部屋中に緊張が走った。直接首相官邸からとは——。

受話器を受け取ったが、沈黙が続いている。

「誰なんだ、おまえは」

問いかけたが返事がない。静かな息遣いだけが聞こえてくる。だがそれは知らないものではない。むしろ聞きなれたものだ。長年、共有したことのある空気。日本の官邸からというと——。大統領の脳裏《のうり》に一人の男の顔が浮かんだ。

「ドミニク・アンダーソン国務長官かね」

〈そうです、大統領〉

「ドミニク、無事なのか。怪我はないのか」

〈私を心配してくれているのですか〉

意外そうな声が返ってくる。

「もちろんだ。我々は幼馴染《おさななじみ》であり、親友じゃないか」

〈そう言ってくれることを感謝していいのか、それとも――〉

「友人としてきみの無事を心から願っていた」

〈私は国を裏切ったことになるのか。同時に大統領も〉

数秒の沈黙の後、絞り出すような声が返ってきた。自分自身に問いかけるような口調だ。

「何を言っている、ドミニク」

〈申し訳ないことをしました。私がテロリストにスーザンの情報を流しました。大統領には、本人も知らない娘がいると〉

「何を言ってる、ドミニク。嘘だろう。嘘だと言ってくれ、ドミニク」

〈本当です、大統領。こうして私が日本の首相官邸から電話をしていることが裏切りの証拠なのです。私がテロリストに協力しているからこそ、この状況でも自由に振る舞えるのです〉

待ってくれ、と大統領は送話口を手で押さえた。

「この電話は録音されているかね」

首席補佐官に聞いた。

「もちろんです」

「ただちに録音を中止して、今までの会話を消去するように。これは私の――大統領命令だ」

大統領は部屋の中にいる全員に出て行くように指示した。首席補佐官は一瞬、怪《け》訝《げん》そうな顔をしたが、何も言うことなく秘書と共に出て行った。

「なぜ、きみはスーザンのことを知ってる」

〈もう何年も前の話です。私の顧問弁護士の事務所で、ナンシー・ハザウェイという助手が働いていました。優秀な女性です。ナンシーとは仕事で何度か会って、仕事以外のことも話すようになりました。ナンシーは実に賢明な女性でした。彼女はロチェスター生まれ、ロチェスターで育っている。彼女には娘がいて、娘のハーバード大学入学と同時にボストンに出て二人で暮らしています。現在、娘はワシントン・ポストの政治記者だと聞かされました〉

大統領は無言で聞いている。アンダーソンは続けた。

〈中学時代、あなたは私に銀の十字架のネックレスを見せてくれたことがあります。祖母からもらったものだと言っていました。中世ヨーロッパのもので非常に珍しく、また高価なものだとも。だから大切にしていると〉

「そんなことがあったか。しかしあれは、なくしてしまった。ずいぶん昔の話だ」

〈私には非常に印象的なものでした。今もあなたの得意そうな顔を覚えています〉

「それがどうかしたのか」

〈同じものをナンシーが持っていました。大昔にある人から、もらったものだと言って〉

大統領の脳裏に、一つの場面が蘇《よみがえ》った。確かに、ある女性に手渡した。彼女が無邪気に欲しがったからだ。あのとき、自分は目の前の女性を愛していると信じた。彼女にはあのとき以来、この事件が起こるまで会ってはいない。

〈そしてあるとき、娘のスーザンの写真を見せてもらいました。私は驚きました。あなたの若いときにそっくりだった。男女の違いはありましたが、瓜二つ《うりふた》でした。あなたの母上にも〉

ナンシーからもらったスーザンの写真を取り出した。顔の輪郭《りんかく》、口元、確かに似ている。意志が強そうな唇、挑戦的な目、自分自身に見つめられているようだ。

〈私はさらに詳しく、ロチェスターでの生活について聞きました。話が娘の父親のことになると、ナンシーの口は重く閉ざされてしまった。しかし、私の直感は、確信に変わりました。ナンシーの娘、スーザン・ハザウェイは、大統領、あなたの娘だ。しかも、スーザンが生まれたとき、あなたは四十七歳、彼女はまだ十七歳だった〉

「何が言いたい」

　思わず声が大きくなった。

「きみは私の政策に批判的だった。あからさまには言わなかったが、私にはよく分かっていた。それと関係があるのか」

〈落ち着いてください、大統領。私はあなたを非難しているのではない。ナンシーもあなたを恨んではいない。むしろ、あなたに感謝している。自分の人生を変えてくれた人としてね。そして、スーザンを与えてくれた人として。私はそう感じました。このことは、私は誰にも話さなかった。墓場まで持っていくつもりでした。あることが起こるまでは――〉

　大統領は言葉を失っていた。逆にアンダーソンの声は次第に落ち着きを取り戻している。

〈ホワイトハウスは、大統領を頂点にいただくチームです。最も重要なのはトップの見識と指導力です。そして何者にも左右されない、確固たる信念です。孤独に耐えるのが大統領です。下の者は大統領を信じ、助け、従うのみです。だが、あなたは人の意見を聞く必要があった〉

　アンダーソン国務長官の言葉には、大統領の胸を強く打つものがあった。

〈私は取り返しのつかない過《あやま》ちを犯してしまった。この償《つぐな》いは自らがしなければならない〉

「何をする気だ」

〈ここで起こったトラブルの後始末です。多くの命が失われた。これ以上の命が失われることは避けなければなりません〉

電話は唐突《とうとつ》に切れた。

大統領は混乱していた。ドミニクがテロリストの仲間だと。彼らに情報を流していたというのか。幼い頃から友人と信じていた男が、私を裏切っていたとは——。

大統領は首席補佐官を呼んでアンダーソン国務長官の話をした。

「大統領、顔色が悪い。医者を呼びましょうか。ホワイトハウス内に待機させています」

「私は大丈夫だ。国務長官のオフィスを調べろ。公表する前にすべてを私に報告するんだ」

「自宅はどうします」

「ただちにFBIを送れ。いや、家族はどうしてる」

大統領の頭にドミニクの妻アンと二人の子供の顔が浮かんだ。二人の子供は男と女で既に成人している。来週はアンの誕生日だ。秘書にプレゼントを用意するよう頼んでいる。ドミニクは早まったことをしてくれた。同時に彼の最後の言葉が浮かんだ。後始末をする――何をしようとしている。

「サンフランシスコの別荘に行っています。国務長官がそう手配していたのでしょう」

「自宅の捜索をしてくれ。私の――いや国家に不利益になりそうなものはすべて押収しろ。しかしなぜ、彼は私を裏切るようなことをした。我々は幼馴染であり、親友だった」

「大統領に親友はあり得ません。我々は助言し、あなたが決断し、指示する。我々はその指示に従うだけです。決断には一片《いっぺん》の私情もないはずです。そのための大統領です。だから大統領は崇高《すうこう》なのです」

首席補佐官が、アンダーソン国務長官と同じことを言っている。

「孤独に耐えるのが大統領」、という言葉を思い出した。ドミニクが言っていた言葉だ。

2

FBIとCIAの長官が対テロ補佐官と共に入ってきた。

現在、この二つの組織が合同でアメリカ国内に潜《ひそ》むテロリストの捜索を行っている。組織の創設以来、まれなことだ。

「日本から送られてきた情報を調べました。三人のテロリストが持っていたスマホの情報解析です。三人の男に共通する企業が浮かびました。マッシュという軍事企業です」

くそっ、という呻《うめ》きにも似た声が大統領の口から洩れた。

傭兵の育成訓練企業、ボディガードの育成と派遣を行っている国際的に知られた新興軍事企業だ。アメリカ政府との取り引きも少なくない。

先月、この企業について議会で質問が出たと報告を受けている。あのときの質問は何だったたか。政府スタッフの答弁書を読んだだけだった。相手議員も深く追及はしなかったと聞いた。どうせガス抜きの質問だ。業界のロビイストとの取り引きができていたのだろう。

「確かな情報なのか」

「間違いはないかと。現在、さらに詳細を調べています」

「我が国の新興軍事企業だ。傭兵の育成企業で、ここ十年で著《いちじる》しく業績を伸ばしている」

大統領は対テロ補佐官が差し出した「マッシュ」の資料を受け取った。何度か見たことのある資料だ。一時期、米軍の新兵訓練を全面的に依頼しようと本気で考えたこともあるが、アンダーソン国務長官が強く反対した。彼は、この企業について詳しいようだった。

「そうです。ノースカロライナ州に広大な訓練施設を所有しています。外国の軍指導者からの委託訓練も行っています。我が国も紛争国の要人警護や警察組織の訓練で関係があります」

「今回の日本の官邸占拠事件はマッシュが関わっているというのか」

「企業全体というより、トップを含めた何人かです」

「至急逮捕して、組織の壊滅《かいめつ》をはかれ」

「現在、ＦＢＩとＣＩＡ、ＮＣＴＣが中心となって、地元警察と作戦を練っています。一時間以内に作戦準備ができます。その後は大統領の許可が下り次第、作戦が開始されます」

「実際に作戦を実施するのは地元警察で大丈夫か。相手は軍隊なみの装備を持ち、訓練を受けた兵士たちだ」

「ＦＢＩのテロ対策部隊が中心になります。さらに、州兵を援護につけます」

「軍の特殊部隊が攻撃するのではないのか。ビン・ラディン暗殺のときのように」

　大統領はかすかなため息をついた。あれは大成功だった。アメリカ特殊部隊の存在と力を世界に見せつけた。そしてテロリストを震え上がらせた。どこに潜んでいようが、アメリカの敵は必ず見つけ出して抹殺《まっさつ》する。

「あれは海外での対テロ作戦です。今回は国内での作戦で、対象も身代金目的の犯罪組織です。逮捕するのは自国民で、国内法が適用されます。後で面倒なことにならないためです」

「下手をしたら大規模な銃撃戦になる。甘く見ると全滅するぞ。日本の首相官邸でのように」

日本の官邸では、ネイビーシールズがマッシュの奴らに全滅させられている。言葉に出そうと思ったが呑み込んだ。誰も口にしたくない話題だ。

「十分に承知しています。相手は短機関銃はもちろん、手榴弾《しゆりゆうだん》、ロケット弾、迫撃砲、ミサイルさえ持っています。戦車やヘリも出してくるかもしれません」

「戦争を始めようというのか」

「そうです。敵は最新兵器で武装した軍隊と同じです。兵士も訓練されている。小国の軍隊よりはるかに強力です」

「そんな危険な企業を、なぜここまで放っておいた」

「歴代大統領の希望です。中東に駐留させている部隊には多数の傭兵もいます。アメリカの若者を死なせないためです。彼らを使った作戦で、あなた自らが許可したものもあります」

大統領は黙り込んだ。確かにサインをした記憶がある。

ノックと共にＮＳＡ、国家安全保障局の長官が入ってきた。

「マッシュのＣＥＯアーノルド・マシュー逮捕の準備が整いました。作戦開始の許可をお願いします」

「相手は気づいているのか」

「まだかと思われます。しかし、大規模な作戦です。気づくのは時間の問題です」

「逃亡の危険があるということか」

「だから、急いでいます」

「作戦開始は私の命令があってからだ。日本の官邸に拘束されている人質の安全が確保されるのを待つ」

ＦＢＩ、ＣＩＡ、ＮＳＡの各長官は一瞬怪訝そうな顔をした。不満があるか、という顔で大統領が見返す。

大統領の脳裏には十分ほど前のテロリストとの電話のやり取りが残っていた。

〈金の用意はできたか。ホワイトハウスにとっては、二億ドルなどどうにでもなるだろう。まさか、自分で払う気じゃないんだろう。我々にとっては、どちらでもいいが〉

「スーザンは解放されるのか」

〈もうすぐだ。おまえのもとに帰してやる〉

「もう一度、娘の声を聞かせてくれ。顔を見せると約束を――」

電話は一方的に切られた。

「必ずあいつらを殲滅《せんめつ》してくれ。生死は問わない」

「全力を尽くします」

大統領の言葉に答えて三人は出て行った。

「スーザンの安全が確認され次第、攻撃命令を出す」

大統領は首席補佐官に指示した。

梶元副総理はテレビを見ていた。事件が公《おおやけ》になってから、日本国内のすべてのチャンネルが官邸占拠人質事件関連を放送している。日本中から集められた軍事評論家、元警察官、政治評論家が、勝手なことを言い合っている。

十分前までは官邸を映していたテレビは、現在は官邸の三キロ圏内から避難する住人たちを追っていた。

梶元の呼びかけ直後から移動の車両が手配され、避難が始まったのだ。

制服警官と機動隊が出て、避難する人たちの誘導を行っている。

幹線道路には大型バスが停められ、続々と人々が乗り込み、満員になれば出発していく。歩いて三キロ圏外に向かう人々の群れも続いていた。

警視庁や政府の関係部署に残っていた職員も最小限の人員を残して、避難が始まっていた。

梶元はどこかで見た光景だと思った。あれは――東北を襲った巨大地震と津波があったときだ。都内では三百五十万人を超す帰宅困難者の群れが、自宅を目指して歩いていた。

〈都心からの避難は続いています。依然、官邸はテロリストに占拠され、百人以上が人質として囚われています。テロリストによって都内に仕掛けられた可能性のある爆弾の発見には至っていません。警視庁、自衛隊、消防が全力を挙げて、爆弾を探しています。住民の方々も不審な物を見かけたら手を触れることなく、警察に知らせてください〉

テレビでは、白いヘルメットをかぶったメークの濃い女性レポーターが呼びかけていた。どこか現実感がないが、やはり現在進行形の出来事なのだ。

首相官邸が占拠されて、すでに三日目に入っている。

この間、梶元は一睡もしていない。ここにいる全員がそうだ。官邸内の人質たちも疲れ切っているに違いない。そして、たった一人で戦っている女性警護官も。

「避難区域は本当に三キロでいいのですか。徒歩一時間弱の距離です。爆弾が仕掛けられた範囲はさほど広域ではなく、爆発の規模は大きくないということですか」

「それは副総理が決めたことで――」

漏れ聞こえてくる声に、梶元は耳を塞《ふさ》ぎたい衝動に駆られた。

確かに自分が決めたが、根拠などありはしない。そもそも、想定外のことが起こっているのだ。準備はしていない。地震と津波のときもそうだった。だが生かせたかどうかは別にして、自然災害には過去の経験はあった。今度はそれすらもない。

「このまま避難を続けてください。爆弾の捜索は進んでいますか」

「警視庁が総力を挙げて爆弾の捜索をやっていますが、未《いま》だ発見には――」

梶元は官邸を映しているモニターに目を向けた。

あの中には百人を超える人質が閉じ込められている。その中に、新崎総理とアンダーソン国務長官がいる。そしてドナルド大統領の娘スーザンが。大統領の隠し子か。しかし、あの男はそれをやっきになって隠したり、言い訳するほどデリケートな精神の持ち主でもないだろう。ではなぜ、シールズに無謀な奪還命令を出してまで、人質救出を急いだのか。梶元の脳裏を様々な思いが駆け巡った。

「警視庁のＳＡＴと自衛隊の特殊部隊の準備はできていますか」

梶元は危機管理センターにいる誰にともなく訊いた。

「初めての合同作戦ですが、打ち合わせはできています。いつでも行動できます」

「現場指揮官、横田警視の指揮下に入って、指示に従ってください。彼が一番現場を熟知し把握しています」

　今まで上層部が口を出しすぎた。こういう事態はまったく未経験の者たちだ。現場の状況を把握している者に任せるべきだった。そうすれば、これほどまでの犠牲者を出さずに済んだのかもしれない。苦い思いが梶元の胸を押しつぶすように迫ってくる。

「今後は現場の指揮官にすべてをゆだねます。最良と思う方法を取ってください。我々は全力でそれをサポートします。起こりうるすべての責任は私が取ります」

　梶元は部屋中の者に向かって言った。部屋中の空気が張りつめた。

　官邸との直通電話が鳴り始めた。室内にさらなる緊張が走った。

　梶元が受話器を取ると、相手はゆっくりした英語で話し始めた。

〈今から十分以内に、五千万ドルずつ、二つの口座に振り込め。確認できなければ、半数の人質が死ぬことになる〉

「待ってくれ、通訳に確認したい」

　梶元の言葉を無視して、二つの国の二つの銀行口座を言うと電話は切れた。

「聞いた通りです。ただちに振り込んでください。人質の命がかかっています」

　梶元の言葉に、長森が一礼して出て行く。

3

明日香のポケットでスマホが震えている。高見沢だ。

〈どこにいる。脱出に成功したのか〉

「まだ官邸内です。スーザンも一緒です。何か起こりましたか」

〈いま、二階のエレベーターの近くだ。テロリストたちの動きがおかしい。脱出準備を始めているのかもしれない〉

普通の声を出そうとしているが、小さくて聞こえにくい。かなり無理をしている。痛みに耐えながら話している高見沢の姿が浮かんだ。

「動かないでください。そっちに行きます」

〈来るな。おまえは俺にかまわず、人質を救い出して脱出しろ〉

分かりました、明日香はそう答えるのが精いっぱいだった。電話は切れた。

「高見沢さんなんでしょ。彼、大丈夫なの」

「彼も二階にいる。エレベーターの近く」

あの身体でよくここまで来た。死ぬ気なのかもしれない、という疑念が明日香の心に浮かんだ。

部屋の外が騒がしくなった。ドアの隙間から覗くと、テロリストたちが慌ただしく行き交っている。高見沢の言う通り、何かが起こっている。

「テロリストの奴ら、脱出の用意をしている。爆弾をセットし終わった」

出て行こうとする明日香の腕をスーザンがつかんだ。

「今はダメ。殺されに行くようなもの」

「行くのよ。爆破を阻止するの。私のあとに続いて」

明日香は短機関銃を構えて部屋を出た。思っていた以上にテロリストの動きが激しい。

「あいつら、こっちにやってくる」

「向こうにもテロリストがいる。十人以上。どうすればいいの」

スーザンが明日香の腕をつかむ手に力を入れた。

「こっちだ。ついてこい」

横から誰かが、明日香のもう一方の腕をつかんだ。アンダーソン国務長官だ。

「何をしてるんです。こんなところで」

スーザンの言葉に答えず、国務長官は辺りに目を配りながら歩き始める。

明日香とスーザンは言われるままについて行った。

「ライアンは脱出の準備をしている。官邸が爆破されるまで時間がない」

国務長官の顔は青白く、額《ひたい》には汗が滲《にじ》んでいる。肉体的に疲れ切っているのだろうが、精神的にもかなり参っている。

スーザンの肩越しに、明日香たちに銃口を向けるテロリストが見えた。

明日香とテロリストの銃がほとんど同時に火を噴いた。国務長官が明日香とスーザンの前に飛び出す。

国務長官の身体がのけぞるように跳ねると、床に倒れた。

明日香は膝をついているテロリストにもう一発銃弾を撃ち込み、死んだことを確認すると、国務長官の状態を調べた。

横で青ざめた顔のスーザンが国務長官の手を握っている。

呼吸のたびに口から鮮血が溢《あふ》れ、胸が血に染まっている。肺からの出血だ。

「ライアンが言って――」

「しゃべらない方がいいです」

明日香の言葉を無視するように身体を起こそうとする。

「混乱は――大きければ大きいほどいい。爆薬は――かなりの量――」

国務長官が切れ切れの声を絞り出した。咳と共に大量の血が口を伝う。

「場所が分かりません。爆弾を仕掛けた場所です」

「マギーという女――彼女が――」

ライアンのそばにいる女だ。マギーと呼ばれていた。スーザンが大統領と話したときもいた。

国務長官が苦しそうに顔をゆがめ、咳き込んだ。

「マギーがどうしたのです」

「爆薬を仕掛けた――」

「場所は分かりますか。彼らが自由に動けたのは三階より下です。人質は二階の大ホールです。人質が逃げるためには、三階のエントランスホールに上がらなければなりません。より大きな混乱を引き起こすには、三階と二階のどこかです」

明日香は確信を込めて言った。しかし、範囲は広い。二つの階のどこなのだ。人の出入りが少なく、目立たないところに違いない。そして最大の効果が得られるところ。

「二階と三階、両方だ」

立ち上がろうとした明日香の腕を国務長官がつかんだ。

「今からでは、もう遅い。爆薬は――複数仕掛けられている」

「ここで爆発が起これば多数の人質が犠牲になる。私が阻止します」

「爆発は――無線で操作する。半径五十メートル以内――、彼らが話していた」

「まだ爆発していないということは、ライアンたちはその範囲内にいるということですね」

「ライアンが先に脱出して――マギーが爆破する。彼女が――起爆《きばく》装置を持っている」

国務長官が激しく咳き込んだ。同時に鮮血が飛び散る。

「私は――アメリカ合衆国――国務長官の身でありながら――多くの犠牲者が出た――」

国務長官の言葉が途切れた。スーザンが国務長官のまぶたを閉じている。

「マギーを捕まえて起爆装置を奪う」

明日香は自分自身を鼓舞《こぶ》するように声を出すと、短機関銃をつかんで大ホールに向かった。スーザンがあとに続く。

ドアの見えるところに来たとき、明日香のスマホが震え始めた。

〈高見沢とは合流したか。四階を出ると報告があったが、それ以後報告が途絶えている〉

「二階にいると連絡がありましたが、合流はまだです」

〈爆薬は見つけたか〉

横田の声が震えているのは緊張のためか。

「これからです。アンダーソン国務長官が死亡しました」

〈何が起こった〉

「詳しいことはあとで話します」

〈テロリストの都内でのアジトを探している。ローラー作戦をやっているが、時間がない。五十人程度の外国人が、怪しまれずに一日か二日隠れることのできる場所だ。都内に仕掛けられた爆発物についての新しい情報はないか〉

横田の声はかなり焦《あせ》っている。都内で複数の爆弾が短時間のうちに爆発したら、大混乱が起こるだろう。

官邸と都内の同時爆破。ライアンなら躊躇《ちゆうちよ》なくやるに違いない。人命などなんとも思っていない男だ。なんとしても防がなくては。明日香は必死で考えた。

「私が送った、テロリストのスマホのデータ解析を急いでください。都内の爆弾についての情報があるはずです」

〈関係部署に伝える。他に新しい情報が手に入れば、知らせてくれ〉

横田の電話は切れた。

ホワイトハウスのウエストウイング地下のシチュエーションルーム。

部屋には大統領を囲むように首席補佐官、国防長官、ＦＢＩ、ＣＩＡ各長官、Ｎ

ＣＴＣセンター長、統合参謀本部議長以下、三人の閣僚と軍関係者がいた。

室内の空気は異様な緊張で張り詰めていた。十分ほど前に日本政府から、「プリンセス、生存確認」の報が入ったのだ。警護官の一人が行動を共にしている。ドナルド大統領は、ただちにマッシュへの攻撃作戦開始の命令を出した。

前面には百インチモニターが三台置かれている。

右端のモニター画面には、はるか上空から見るマッシュ社のリアルタイム映像が映し出されている。広大な土地に砂漠地帯、山岳地帯、都市を模《も》した三つの区分が広がる。

粒子《りゅうし》は粗いが、個人の動きははっきり分かった。一つのモニターは赤外線映像で白い影が人間だ。

「これから突入します。中央画面がＦＢＩ対テロ緊急展開班が装着しているカメラです」

ＦＢＩ長官が説明した。

中央モニターの画面の動きが激しくなった。ＦＢＩ急襲部隊、戦闘員のヘルメットについたカメラ映像だ。左画面には現場指揮室が映っている。

「攻撃ヘリ二機、隊員輸送ヘリ三機による奇襲攻撃です。まず、戦車と装甲車を攻撃ヘリで叩きます。その後、輸送ヘリが着陸してＦＢＩの隊員三十五名が本部施設を攻撃し、無力化します。同時にＦＢＩの地上班が地元警察の援助を得て、マッシュ幹部の逮捕に向かいます」

「マッシュには、戦闘訓練を受けた百名以上の兵士が常駐していると聞いている。軍の援助は必要ないのか」

「反撃してくるのは三分の一以下と推定しています。マシューＣＥＯの直属部隊の兵士です。他の者は何が起こっているかすら知らないでしょう。それに、後方には二百名の州兵が待機しています。要請があり次第出動できます」

ＦＢＩを前面に出し、国内犯罪として扱いたいのだ。州兵と言えど、できる限り投入は避けたい。

大統領は目の前のモニター画面に神経を集中させた。

前方に戦車と装甲車が見える。周りを歩いているのは、迷彩服にヘルメットをかぶり、短機関銃で武装した兵士だ。そこは完全に戦場だ。

音の消えた世界が続く。その中を映像が移動していった。

「国内にこんな施設があるとはな。軍の設備と同じだ」

「ジャングル、砂漠、都市、あらゆる地形に対応できる世界一の傭兵の訓練施設です。彼らはいずれ軍の手足となって、中東など世界の紛争地帯に派遣されます」

「軍隊対軍隊か。これじゃ、内戦じゃないか」

閣僚の一人から声が発せられる。

「ここで訓練された兵士が、テロリストとして日本に送られ、現在首相官邸を占拠しているというのか」

大統領の口から呟《つぶや》きが漏れた。

話しながらも大統領の目はモニター画面に向けられている。

数十の白い影のようなＦＢＩ対テロ緊急展開班の隊員が銃を構えて進んでいく。衛星からの赤外線映像だ。かすかに聞こえ始めたのはヘリのローター音か。

一発の銃声が響いた。それを合図に、銃声が聞こえ始める。

「攻撃が始まりました。テロリストが反撃しています。しかし、制圧は時間の問題です」

ＦＢＩ長官が大統領に説明する。


警視庁の危機管理センターのドアが開くと、梶元の秘書の長森が飛び込んできた。

「アメリカで、テロリスト本部のマッシュが制圧され、首謀者も射殺されました。官邸のテロリストたちにも、すぐに連絡が行くでしょう。新崎総理と人質たちが心配です」

「ＳＡＴと自衛隊を官邸に送り込んでください。できるだけ気づかれないように。ただし、攻撃は現場の指示を待ってください」

梶元は肩を落として言った。大統領の攻撃の根拠は何だ。娘の安全が確認されたからか。

4

遠くから爆発音が聞こえてくる。東京湾の方だが、かなり大きな爆発だ。

明日香はスマホを握りなおしてタップした。横田の声がすぐに返ってくる。

「爆発音が聞こえました。爆弾の撤去に失敗したのですか」

〈おまえの言ったように、テロリストのスマホに、都内に仕掛けられた爆弾の情報があった。すべてタイマー式だ。発見した爆弾をお台場《だいば》の公園で爆発させた。解除するよりその方が早いし安全だ。テロリストも爆発音を聞けば次の行動に移るんじゃないか。我々が爆発させたとは思わないだろう。官邸はどうなってる〉

「時間はなさそうです。テロリストは都内のパニックに紛れて自分たちが脱出してから、官邸を爆破するつもりです。それまでに起爆装置を探します」

〈十分以内にあと二個の爆弾を爆発させる。把握している爆弾は全部で十六個。三つは解除して、一つは爆発させた。残りは捜索中だ。我々が都心に仕掛けられた爆弾について知っていることに、テロリストは気づいているか〉

「分かりません。しかし、何かを始めようとしているのは確かです。おそらく脱出準備です」

〈人質は無事か〉

「今のところは。都心の爆弾のタイマーは？」

〈バラバラだ。同時に爆発させるよりは混乱が激しくなる。いつ爆発するか分からない恐怖がパニックを生む。アメリカでテロ首謀者がいる傭兵訓練施設への攻撃が始まった。警視総監からＳＡＴの官邸突入を急《せ》かされている〉

「今突入されると、人質に多くの犠牲者が出ます」

〈私もそう思う。しかし、いつまで延ばせるか〉

「時間がなさそうです。私は官邸内の爆薬の起爆装置を持っている女性、マギーを探します」

　明日香はスマホを切った。

　明日香は右手に短機関銃を構え、スーザンの肩を抱くように支えて走った。

　辺りはますます騒がしくなっている。テロリストの怒鳴り声と、威嚇《いかく》による銃声が間《ま》をおかず響いた。人質たちの悲鳴に似た声が聞こえ始めた。これから、何が始まる。

どこに行けばいい。明日香は自身に問いかけたが、目前の危機に対処するのに精いっぱいだ。無意識のうちに二階のエレベーターに向かっていた。

階段の陰に男が倒れている。明日香は男のそばに駆け寄った。男が明日香に気づき、立ち上がろうとする。

明日香は駆け寄って、身体を支えた。

「高見沢警部補、動かない方がいい」

顔が青白く、身体を起こしているのがやっとのようだ。

スーザンが傷口を調べた。

シャツが赤く濡《ぬ》れている。腹の傷口が開いているのだ。

「洗面所の横に――小部屋がある。そこに隠れて――外と連絡を取るんだ」

高見沢の切れ切れのかすれた声が聞こえた。

明日香はスーザンと共に、高見沢の身体を支えて歩き始めた。

部屋にはデスクと椅子が雑然と置かれている。

「ドアを半分開けておけ。外から我々が見えないようにしろ」

明日香はデスクを移動させてその背後に高見沢を横たえた。外から中は見えても、人は見えないはずだ。

廊下を行き交うテロリストの足音が激しさを増している。いよいよ脱出が始まったのか。

「プリンセスが逃げた。近くにいるはずだ。必ず捕まえるんだ」

ライアンの声と共に廊下の足音が激しくなった。ドアの開閉の音があちこちで聞こえ始めた。銃撃の音が聞こえ、近づいてくる。威嚇のために、無差別に撃っているのか。

「あなたは高見沢警部補を見てて」

明日香はスーザンに言うと短機関銃を構えた。

半分開けたドアからテロリストの顔が覗いた。短機関銃の銃口がデスクに向けられる。

明日香はテロリストに向かって引き金を引いた。男が跳ね上がるように倒れる。

「こっちだ。女がいたぞ」

廊下で大声がして、足音が集まってくる。

部屋に向けて銃撃が始まった。

明日香は短機関銃の引き金を引き続けた。

数人のテロリストが倒れたが、銃撃は激しさを増すばかりだ。仲間を呼ぶ声も聞こえる。

「弾倉《だんそう》はあと一つ。でもこれで十分。私がテロリストを全員、やっつける」

自分に言い聞かせるように呟いて背後を見た。スーザンが高見沢の身体を支えて壁にもたれさせている。

「出てくるんだ、女警護官。命だけは助けてやる」

ライアンが叫んでいる。その声に向かって短機関銃を撃った。

「二人はここに隠れてるのよ。私がなんとかする」

明日香は短機関銃の弾倉を調べた。ほとんど残っていない。

「一分待ってやる。出てこなければ手榴弾を投げ込む」

ライアンが怒鳴った。

「あなたたちはここにいるのよ。外からは見えない。彼らは私一人だと思ってる。私がテロリストを他に誘導する」

「ダメよ。あなたが出ると殺される」

「これを持ってて。あなたの位置が分かる。私の上司が探し出して救出してくれる」

明日香はスマホをスーザンに渡した。

「あと十秒だ。俺は時間厳守だ」

「高見沢さんが呼んでる」

スーザンが明日香の横に来て言う。

「私が見張ってる」

明日香からスーザンが短機関銃を取った。

高見沢のそばに行くと、目を閉じて呼吸も荒い。かなり苦しそうだ。

「私だったら、殺されない。大統領の娘だからね。二人は隠れてるのよ」

声に振り向くと、スーザンが両手で持った銃を高く上げて部屋を出ていく。明日香が止める間もなかった。

「私は大統領の娘。スーザン・ハザウェイ。撃たないで」

銃撃で半分砕け散ったドアの隙間から、スーザンが銃を床に投げるのが見えた。

飛び出そうとした明日香の腕を高見沢がつかむ。行くな、その目が言っている。

頭に銃を突きつけられたスーザンが、ライアンの前に立たされている。

「女警護官はどこに行った」

「私が知るわけないでしょ。今ごろ脱出してて、応援部隊を連れて来るんじゃない」

「おまえがしゃべらないと、また人質が死ぬことになる。俺には大統領の娘であろうと関係ない」

「ここにはすぐに日本とアメリカの特殊部隊が来る。彼女と一緒に」

スーザンとライアンの言い合う声が聞こえる。

低い悲鳴を上げてスーザンが床に倒れた。ライアンが殴りつけたのだ。

「行くぞ。女総理を連れて来い」

ライアンの声で足音が部屋の前を通り、遠ざかっていく。

そのとき、部屋の中に何かが投げ込まれた。

「やめて」

スーザンの悲鳴に似た声が上がる。

「手榴弾だ」

高見沢が叫ぶと、明日香の襟首《えりくび》をつかみ、強く手前に引いて覆《おお》いかぶさった。

爆発音が轟《とどろ》き、爆風が二人を襲う。

辺りに轟音《ごうおん》と共に粉塵《ふんじん》が立ち込めた。ドアから銃口が覗くと銃撃音が響き、高見沢の身体が跳ねた。足音が遠ざかっていく。

明日香は高見沢の身体を持ち上げ、瓦礫《がれき》をかき分けて身体を起こした。

高見沢の服の背はズタズタに破れ、血の中に赤い肉が見えている。頭に木片が刺さり、大量の血が流れていた。

「高見沢警部補、しっかりしてください」

　声をかけたが反応はない。首筋に指を当てても脈は感じられなかった。

　明日香は高見沢を床に寝かせると、部屋を出た。倒れているテロリストから短機関銃と拳銃とスマホを取って、弾が残っているのを確かめた。まだ爆発が起こっていないということは、ライアンたちは遠くには行っていない。スーザンが気になったが、官邸の爆破阻止が先だ。起爆装置はマギーが持っている。ライアンの合図で爆発させるのだ。その前に必ず阻止する。

　明日香は大ホールに向かった。数人のテロリストが倒れているが、まだ半数以上が残っているはずだ。

　大ホールにマギーの姿が見えた。数人のテロリストと人質たちを見張っている。

　明日香は倒れているテロリストからサングラスを取ってかけ、アフガンストールを鼻まで上げた。顔を上げて大ホールに向かって歩く。何人かのテロリストとすれ違ったが、気づく様子はない。

　スマホを取り出し、横田を呼び出した。

「人質を閉じ込めている大ホールの前に、三人のテロリストがいます。一人は起爆装置を持っています。彼らも脱出の用意をしています」

〈脱出前に人質を殺害することはないのか。人質はテロリストの顔を見ている〉

「爆発のとき、人質を生かしておくほうが混乱が大きくなります。爆発が起これば全員死亡です」

〈警視総監が突入を急ぐよう言ってる。テロリストが官邸を爆破する前に〉

「今、突入すると、人質に多くの犠牲者が出ます。官邸の爆破は私が防ぎます」

〈私は正門前の機動隊の指揮車にいる。ＳＡＴと自衛隊の特殊部隊が、攻撃態勢を整えて待機している。おまえの指示があり次第、官邸に突入する〉

横田の緊迫した声が返ってくる。

警護官から爆破阻止の連絡が入り次第、突入する。横田が部下に指示を与える声が聞こえた。

明日香はスマホを切ってポケットに入れた。

壁際から覗くと、テロリストが大ホールのドアを閉めようとしている。

「人質を大ホールに閉じ込めるつもり。爆薬はホールの中にもある。爆発が起これば全員が死亡する。何やってるのよ、あいつら」

明日香は呟いた。テロリストが運んできた五缶のポリタンクをホールに蹴り倒している。ガソリンの臭いが広がる。

ポリタンクを置いて戻ってきたテロリストの一人が、明日香に視線を向けた。声を出す前に明日香が銃で殴り倒す。

ライアンが安全圏に脱出して、マギーに合図を送る前に起爆装置を奪わなければ。

明日香はテロリストに向けて短機関銃を発射しながら、大ホールに向かって走った。

テロリストも銃を撃ち始め、辺りは大混乱に陥《おちい》った。

怒号《どごう》に混じって悲鳴のような声も聞こえる。人質たちが銃撃戦に気づいて騒ぎ始めたのだ。

明日香は短機関銃を構えたまま大ホールに入った。マギーたちの姿が見えない。明日香の姿を見て、人質たちの悲鳴がさらに大きくなる。

「騒がないで、床に伏せて」

叫びながら天井に向けて銃を撃った。騒いでいた人質たちが静まり返る。

「私は総理の警護官です。落ち着いてください。立たないで。ここに座っていてください。すぐに警察が来ます」

明日香は顔半分を覆っていたアフガンストールを首まで下げて、大声で叫んだ。

「立っていると流れ弾に当たります。座って身体を低くして」

人質たちは明日香の言葉に従った。明日香の話すことを聞いて、テロリストではないと分かったのだ。

もう一方のドアが開き、数人のテロリストが入ってくる。中の一人はマギーだ。

「銃を捨てなさい」

明日香の声が響く。今度は英語だ。

マギーが動きを止めた。自分の胸に向けられた銃口を見つめている。その顔に不敵な笑みが浮かんだ。

明日香の反応を確かめるように、左手に持った銃をゆっくりと上げる。右手は背後に隠している。

「動くな。銃を捨てなさい。それ以上続けると、あなたを射殺する」

マギーの動きは止まらない。明日香は引き金の指に力を込めた。

爆発音が響いた。明日香は無意識のうちに身体を伏せていた。

人質たちの間からいくつもの悲鳴が上がった。すすり泣く声も聞こえる。うずくまる人質たちの中から、顔から血を流した若い女がフラフラと立ち上がった。

再び爆発音が轟いた。

大ホールの一角が崩れて瓦礫と砂埃《すなぼこり》が舞い上がった。うずくまっていた人質たちが、立ち上がり逃げ場を探して周囲を見ている。

テロリストの一人が、何か叫びながら天井に向けて銃を乱射した。

「みんな、落ち着いて。動くとテロリストの標的になるだけ」

明日香が大声で言う。

人質の若い男がその声を振り切って、ホールの出入り口に向かい走り出した。

銃声が轟く。男がのけぞるように倒れた。倒れた男の背中に向かって、さらに銃撃が加えられる。男の身体が跳ね上がった。

テロリストが短機関銃を撃ち続けている。二十歳前後の若い男でパニックを起こしているのか、顔が恐怖でゆがんでいる。

「やめなさい」

明日香の声にやっと我に返ったように、銃撃をやめた。

明日香はその若いテロリストを銃で殴りつけた。

マギーの姿を探したが消えている。銃を撃つ振りをして、起爆装置のボタンを押したのだ。しかしまだ、本格的な爆破ではない。自分たちが逃げる時間は残しているのだ。アンダーソン国務長官は、官邸をすべて破壊する爆薬が仕掛けられていると言った。

「まだ官邸は爆破されていない。私たちは生きてる」

明日香は口の中で呟き、さらに自分に言い聞かせる。

「落ち着いて。仕掛けた爆弾のほんの一部が爆発しただけ。残りはまだ起爆されていない。私は必ず官邸爆破を阻止する」

人質の数人が出入り口に向かって走り出す。

出入り口に数人のテロリストが立っている。一人はマギーだ。

「ダメ。ガソリンが撒《ま》かれている」

明日香が叫んだが、聞いている者はいない。

明日香は立ち止まって銃を構えた。マギーに狙いを付けたがその腕を下ろした。

逃げる人質たちでマギーが隠れた。

炎が上がった。マギーがガソリンに火をつけたのだ。炎は一瞬にして出入り口に向かった人質を呑み込んでいく。悲鳴と怒号で大ホール内は騒然としている。テロリストたちの思う壺だ。

「あわてるな。すぐにスプリンクラーが作動して火を消す」

中年のスーツ姿の男が怒鳴っている。

「ダメよ、逃げて。ここから離れるの。撒かれているのはガソリンよ。スプリンクラーが作動すると炎が広がる」

ガソリンは非水溶性で比重が水より小さいので水の表面を覆う。かけた水が高温の炎に触れて、一気に水蒸気となってガソリンを飛散させ、むしろ火災が広がる。

ライアンたちはそこまで考えて、騒ぎを大きくしようとしているのか。人質たちはガソリンの炎を避けて大ホールの外に出て行く。

そのとき、スプリンクラーが作動して、水が辺りに降りそそいだ。同時に一気に炎が広がっていく。明日香は懸命に人質を大ホールの外に誘導した。だが、まだ半数がホールに残っている。

顔を上げたとき、マギーと目が合った。

マギーが両腕を高く上げる。左手には短機関銃、右手には起爆装置が握られている。顔には不気味な笑みが浮かんでいた。

「やめろ」

声が響き、男が飛び出してくる。アレンだ。皆の視線がアレンに集中する。

マギーがアレンに向けた銃の引き金を引く。アレンがマギーの足元に倒れた。

「これ以上の虐殺《ぎゃくさつ》は僕がさせない」

かすれた声が漏れる。マギーの表情が変わった。アレンの手には手榴弾が握られている。

「伏せて」

明日香は横の女性の腕をつかんで、床に倒れ込んだ。

爆発音が轟く。

明日香が立ち上がると、アレンとマギーが重なるように倒れているのが見えた。マギーの身体から白煙が上がり、左腕が消えていた。明日香は転がっていた起爆装置を拾い上げる。

「爆破は阻止しましたが、火災が発生しています。ただちに救出部隊を投入してください」

明日香はテロリストから奪ったスマホを出して、叫ぶように呼びかけた。

庭で銃撃が始まった。官邸前で待機していたＳＡＴと自衛隊の救出部隊が官邸敷地内に突入したのだ。

三階のエントランスホールから銃撃の音が聞こえてくる。ＳＡＴと自衛隊の隊員がテロリストと交戦を始めたのだ。まだ、かなりの数のテロリストが残っている。

明日香は弾が切れた短機関銃を捨て、拳銃を構えて大ホールを出た。

数人のＳＡＴの隊員が銃を構えて階段を降りてくる。

明日香は首に巻いていたアフガンストールを床に投げ捨てると、隊員たちに顔を向けた。拳銃を捨て、両手を高く上げて膝をついた。

「撃つな。夏目警護官だ」

横田の声が響き、明日香のところに駆け寄ってきた。

「人質たちは」

「大ホールです。新崎総理とスーザンは人質としてライアンに連れて行かれました」

「アンダーソン国務長官は」

「死亡しました。詳しいことはあとで話します」

「高見沢はどこだ」

「殉職《じゅんしょく》しました。私の命を護って——」

横田の顔色が変わる。明日香はさらに続けた。

「リーダーのライアンは新崎総理とスーザンを連れて、都内に逃亡するつもりです」

「地下道の国会側出入り口に警備部の者を置いている」

「何名ですか」

「機動隊員八名だ。おまえの弟の話を聞いて増やした」

「少なすぎます。それに武器は拳銃しか持っていない。ライアンは都内に潜伏していた仲間を国会に送っているはずです」

横田が国会議事堂の地下道出入り口前の警護部隊に連絡したが、誰も出ない。

「様子を見に行け。国会内には他の部隊もいる」

無線に向かって怒鳴った。

〈全員が撃たれて死亡。繰り返します。全員が――〉

横田の無線機から聞こえてきた。

明日香は、懸命にライアンたちの行方を考えた。

「六本木アークタワーにテロリストのアジトがあった。警視庁と自衛隊で制圧している」

「おそらく、ライアンはすでに制圧されたことを知ってて、他の場所に向かっています。スーザンが私のスマホを持っています。追跡装置で位置を調べて連絡をください」

明日香は横の隊員から無線機を取って、テロリストの拳銃を拾うと走り出した。

「待て、夏目。これを着ていけ。それじゃあ味方に誤射される」

立ち止まった明日香に、横田は自分が着ていた警視庁と書かれた上着と防弾ベストを投げた。

明日香は走りながら防弾ベストを身に着け、上着を着た。

5

官邸の建物を出ると中庭はＳＡＴと警察官、自衛隊員で埋まっていた。

「夏目警護官ですか」

官邸の門を出たところで、ＳＡＴの制服隊員に声をかけられた。

頷《うなず》くと、付いてくるように言う。

「横田課長から連絡がありました。あなたの指揮下に入るようにと。車を用意しています」

指さすほうを見ると、大型バンが停まっている。運転席にＳＡＴの隊員が座っていた。

明日香が助手席に乗り込むのと同時に、声をかけてきた隊員が明日香の後ろの座席に飛び乗った。それを合図にバンが急発進する。後部座席には完全装備の隊員が五名乗っていた。

「スマホの信号を拾っています」

背後から隊員の差し出したタブレットには輝点《きてん》が動いている。

「目標は内堀通りから晴海通りを南下、東京湾、豊洲《とよす》方面に向かっています」

内堀通りはガランとしていた。車は一台も走っておらず、人影も見えない。既に避難しているのだ。

官邸の方で爆発音が響いた。振り返るとビルの間にオレンジ色の炎が噴き上がっている。

「発見されていなかった爆発物が爆発したようです」

運転している隊員が言う。

続けて二ヶ所で爆発音が響いた。炎と白煙が上がるのが見える。

「くそっ」

背後から隊員の舌打ちが聞こえる。

「仕掛けられている爆弾は全部で十六個。十二個は発見できましたが、四個は発見できていません。それらでしょう。しかし、人的被害はないはずです。住民の避難はできています」

隊員の言う通り、混乱は起きそうにない。現在、都心は無人の町なのだ。混乱に紛れて脱出するという、ライアンの計画は失敗した。

車は日比谷を通りすぎていく。道路の両側には高層ビルが並んでいた。

「停めて」

タブレットを見ていた明日香の声で車は停まった。

「近くよ。おそらくあのビルの中。ここからは歩いていく」

前方のインテリジェントビルに視線を向けている。

明日香と隊員たちはバンを降りた。東京リバティータワーだ。アメリカ資本によって建てられた四十五階建てのビルで、壁面にガラスを多用したモダンな造りで話題になった。入っている企業の八十パーセント以上が外資系だ。

明日香を先頭に縦一列に並び、ビルに近づいていく。遠くで四回目の爆発音が聞こえた。

「これで把握している爆弾の全部です」

「静かに――」

かすかにヘリのローター音が聞こえ、近づいてくる。

「現在、都心上空の飛行は禁止しています。警察、自衛隊のヘリも飛んでいません」

明日香は空を見上げた。隊員たちもビルの間の上空を見上げたが、ヘリの機影は見えない。

東京リバティータワーの中に、いくつかの人影が見えた。その人影が、外壁に沿って作られた展望エレベーターで上がっていく。

「テロリストは東京リバティータワーです。ビルのデータを送ってください」

〈データを送る手配をした。ビルに入っているのは大部分が外資系企業だ〉

明日香が無線機に呼びかけると、すぐに横田の声が返ってくる。彼らもスーザンが持っている明日香のスマホの位置を追っているのだ。

「ヘリポートはありますか。ヘリの音がしています。少なくとも二機」

〈UH型の輸送ヘリなら、二機は十分に離発着できるヘリポートだ〉

「これから向かいます。人質は新崎総理にスーザン。救い出してから攻撃します」

〈付近にそれ以上の高層ビルはない。三百メートルほど南に建設中のタワービルがあるが、そこにスナイパーを配置する〉

「こちらの合図を待ってください。ライアンは人質の殺害をためらいません。二人の安全を第一にします」

〈救出できそうか〉

「救出します」

明日香は強い決意をこめて言うと、無線を切った。

「テロリストは約十名。人質は女性二名。一人は新崎総理。もう一人は——ワシントン・ポストの女性記者。二人の救出を最優先にします。攻撃はそのあとです」

明日香とSATの隊員はビルに入り、エレベーターに乗った。身体は疲れ果て、弾がかすった傷は痛んだ。動きもいつも通りとはいかなかった。だが、気力だけは十分にある。高見沢の分までやらなければならない。二人は必ず救出する。

最上階にたどり着いた。ここから屋上に続く階段がある。六基の内、二基のエレベーターが最上階に停まっている。

「テロリストたちはすでに屋上に出ている。全員注意して」

明日香は短機関銃の弾倉を調べ直して構えた。

屋上に出ると、テロリストたちが上空を見上げている。その中央に新崎総理とスーザンの姿が見えた。

ビルの谷間をぬって、ヘリが二機近づいてくる。

「彼らは最初に人質をヘリに乗せる。ヘリに乗せられると、私たちは手が出せない。その前に阻止する」

言ってはみたが、どうすればいいか分からない。人質は無傷で救出しなければならない。高見沢ならどうする。考えたがやはり答えはない。

ポケットからスマホを取り出すと、明日香は自分のスマホの番号を打ち込む。スーザンが顔を上げて周囲を見ている。明日香は着信振動に気づき、明日香を探しているのだ。スーザンの視線が明日香に向けられ、止まった。

「私の合図で飛び出すのよ」

明日香は隊員たちに言いながら、スーザンに向かって親指を下に下げた。

スーザンが新崎総理の肩を抱くようにしてしゃがんだ。

明日香は短機関銃を撃ちながら飛び出した。その後にＳＡＴの隊員たちが続く。

一度の連射で、テロリストの三分の一が倒れた。

ヘリの高度が下がり、中から銃撃が始まった。

「散開して応戦。総理とスーザンに注意して」

明日香は銃を撃ちながら、給水タンクの背後に走り込んだ。ＳＡＴの隊員たちは様々な場所で応戦している。

ＳＡＴの銃撃に押されるように、ヘリの高度が上がり始める。

スーザンが新崎の手を引いて走り始めた。

二人のあとをテロリストの一人が追っていく。明日香は銃弾を撃ち尽くした短機関銃を捨て、拳銃を構えた。連射すると、三発目でテロリストが倒れた。

スーザンに遅れていた新崎がしゃがみ込んだ。銃弾が当たったのか。スーザンが駆け寄って助け起こしている。

ライアンがヘリに向かって走りながら、明日香たちに短機関銃を撃ち続けている。

一度高度を上げたヘリが再び、高度を下げ始めた。

「ヘリはいい。先に総理とスーザンを保護する」

明日香は叫びながら、二人の方に近づいていく。

隊員たちも二人を追うテロリストたちに向けて、銃を撃ち続けた。

二機のヘリのうち、一機がバランスを崩した。テールローターから黒い煙が出ている。機体が傾き、ローターが携帯電話基地局のアンテナ塔に触れた。金属がぶつかり、擦れ合う鋭い音が響きわたる。ヘリが激しい火花を散らして墜落していく。屋上のコンクリートに当たったローターが砕け、破片が明日香たちに向かって飛んでくる。明日香は反射的に倒れ込んだ。

一本のローターが数メートル先を、不気味な音と火花を散らして跳ねていった。

もう一機のヘリが屋上すれすれに高度を下げてくる。

ライアンが機体に向かって飛びつくように上半身を投げかけると、複数の手が伸びて引き上げられた。続けて数名のテロリストが乗り込むと、ヘリは急速に高度を上げていく。遠ざかるヘリを呆然《ぼうぜん》と見上げているのは、筒井だ。彼はおいていかれたのか。

筒井は気を取り直すように銃を明日香たちに向けた。

隊員がヘリに向かって銃を撃ちまくっているが、底部の鋼板は厚く、火花が飛ぶだけだ。

「ヘリは放っておいて。クイーンとプリンセスを救出する。残りのテロリストを制圧して」

明日香は隊員に叫ぶと、二人のもとに走った。

墜落したヘリの陰に隠れていたテロリストが銃を撃ちながら飛び出してきたが、SATの銃撃を浴びて倒れた。明日香はアンテナ塔の下にうずくまる新崎とスーザンのもとに走った。

「大丈夫ですか、総理。怪我はありませんか」

新崎が明日香に向かって何度も頷いた。興奮して声が出ないのか。

「来てくれると信じてた」

スーザンが明日香の腕をつかむ。

「救出成功。クイーンもプリンセスも無事です。至急、救急車と護衛車を呼んでください。テロリストはヘリで逃走中。あとはよろしくお願いします。私たちは――」

明日香は無線機を出して横田に呼びかける。

その言葉が終わらないうちに、三百メートルほど先の建設中のビルの屋上から閃光が走った。ミサイルだ。

轟音と共にヘリが燃え上がり、火の玉になって落ちていく。

た。

「屋上のテロリストを掃討する」

明日香が怒鳴ると、ＳＡＴの銃撃が屋上にとどまっているテロリストに集中した。

五分ほどで音が消えた。地上二百四十メートルの屋上に静寂が広がっている。

「ご無事でなによりです、新崎総理」

明日香は携帯電話基地局のアンテナ塔の横で、スーザンと寄り添うように座り込んでいる新崎に向かって改めて言った。

新崎がスーザンの腕にすがるようにして立ち上がった。

「ありがとう、夏目警護官」

よろめきながらも姿勢を正して言う。

「私の心は無事とは言えない。多くの犠牲者を出してしまった。心はズタズタ。でも、あなたたちを見ていると、悲しんでばかりはいられない。満身創痍《まんしんそうい》とは言いながら、総理としての使命に燃えている。感謝しています」

新崎が明日香に向かって頭を下げた。

二人のやり取りをスーザンが見ている。

気がつくと大気が赤く染まり始めている。夕陽がビルのガラスに反射して、血のような赤い粒子が広がっていく。そのとき、ヘリの残骸《ざんがい》の陰で何かが動いた。

明日香は無意識のうちに新崎総理の前に飛び出していた。連続した銃声が轟く。胸に焼けるような衝撃を感じる。

明日香は総理にぶつかりながら倒れた。

スーザンの悲鳴に似た声が上がる。

立ち上がった筒井が明日香たちの方を見ている。その手には拳銃が握られている。SATの銃撃が筒井に集中した。

「死んじゃダメよ」

スーザンと新崎の英語と日本語の声が聞こえる。

痛みは感じない。しかし、徐々に意識が薄れていく。

エピローグ

事件から半月が過ぎていた。

官邸には足場が組まれ、建物全体がブルーシートに覆《おお》われて中を見ることはできない。

どんなに急いでも、修理には半年以上かかると言われている。

新崎総理は、官邸敷地内の公邸を臨時の官邸として使っていた。この場所での執務にこだわったのだ。

スーザンは三日間入院して体力が戻ると、同じ病院にいる明日香のもとに通っていた。

「銃弾は二発。防弾ベストの胸で止まってた。ホント、あなたはラッキー・ウーマン」

「横田課長が貸してくれた。命の恩人というところね」

肋骨《ろっこつ》が二本折れ、打ち身と切り傷は身体中にあった。顔の切り傷は幸運なことに痕《あと》は残らないそうだ。銃弾が肉をえぐった傷は左の二の腕と右肩の二ヶ所。これは跡が残ると言われている。「ビキニで歩けばみんな振り向くよ。姉ちゃん、嬉しいだろ」と純次が笑ったが、見舞いの花を投げつけ、病室を追い出した。スーザンと遠山が呆《あき》れた顔で見ていた。官邸にいた三日間で体重は五キロ近く減っていた。

「明日、アメリカに帰るんでしょ。エア・フォース・ワンは迎えにこないの」

明日香はスーザンに笑いかけた。

「断った。あの人が迎えに飛ばすと言ったけど、私用で大統領専用機を使えば、あとで必ず問題になると忠告した」

「だからね、テレビで有能なアドバイザーが見つかったようだと言ってたのは。大統領の言動が若干《じゃっかん》普通に近づいたって。ホワイトハウス入りはいつなの」

「あり得ない。要請はあったけど。これからも大統領批判を書き続けると言ってやった」

「そうしたら――」

「事前に見せてくれって。考慮するから」

「なかなか純情じゃないの。見かけによらず、あの大統領」

スーザンは答えないが、まんざらでもなさそうだった。

今回の事件に対しては、今後は様々な訴訟《そしょう》が起きそうだった。

シェールオイル・ガスもその一つだ。ジェームズ・レポートは学会誌に掲載される前に、ホワイトハウスからの新情報として発表されている。これもスーザンのアドバイスらしい。

受けて立つ――大統領の言葉だ。自信に満ちているが、今回はどうなるか分からない。

テロリストの要求はマスコミに流れたが、一部は極秘のままになっている。

〈我々アメリカ合衆国は同盟国日本と協力して、日本の首相官邸占拠という二国にまたがったテロの解決に協力して立ち向かい、勝利した。多くの犠牲者を出し、不幸な事件だったが、我々はそれを乗り越え、日米同盟はますます強固なものとなった。この教訓は今後も生かしていかなければならない〉

辞任の決意などおくびにも出さず、相変わらずの勢いとノリでしゃべりまくっていた。しかし、しゃべり出す前や途中に、時折り考え込む様子に、大統領の側近たちは気づいていた。人の発言も最後まで聞いて、時には質問もする。発言を改めることも増えた。

シェールオイル・ガス採掘は一時中止が正式に決まった。その翌日、新たな規制が設けられ、それに従って進められる。

今までの水質汚染による被害者には、企業によって手厚い補償が発表された。その後、責任者には責任追及の裁判が待っている。

新崎総理は、十万人規模の難民受け入れの約束を守ることを国際社会に対して発表した。すべての国と多くの団体、個人が、国際社会の一員としての新しい日本の英断であると高く評価している。その盛り上がりには、反対派の入り込む余地はなかった。

明日香はひと月間の入院が必要と診断された。しかし回復は著《いちじる》しく、退院は早まる予定だ。

新崎総理も激務の間をぬって、何度か見舞いに訪れている。

「アメリカ軍なら、シルバースター勲章《くんしょう》ものね。日本じゃ、何をくれるの」

スーザンがベッドに身体を起こした明日香に聞く。

「私は公務員よ。自分のつとめを果たしただけ。みんなの力を借りてね。あなたの力もよ、スーザン。自分たちが総理の命を護り、国を護った。人質の命を護るために全力を尽くした。最高に栄誉なこと」

しかし、護れなかった命も多かった。明日香は声に出さずに呟《つぶや》いた。高見沢を含めた、日米の警護官や官邸職員たちだ。

「信じられない。自己満足だけだなんて。よくやってられるわね。でも、怖い世の中になったもの。なんとかならないのかしらね」

スーザンがしみじみとした口調で言う。それは明日香も同じ思いだ。

明日香は窓に視線を向けた。東京の高層ビル群が広がっている。この都市で国家の中枢がテロリストに占拠された。多くの犠牲を払ったが、国家の威信を保ったと信じている。

ビルの間に青い空が見える。

明日香はベッドに座ったまま心持ち顔を上げ、背筋を伸ばして姿勢を正した。おまえはよくやった。女警護官も悪くない――高見沢の声が聞こえたような気がしたのだ。これが私の勲章だ、明日香は声に出さずに言った。

著者紹介

高嶋哲夫（たかしま　てつお）
1949年、岡山県生まれ。慶應義塾大学工学部卒。同大学院修士課程修了。日本原子力研究所（現・日本原子力研究開発機構）研究員を経て、カリフォルニア大学に留学。1979年日本原子力学会技術賞受賞。94年、『メルトダウン』（講談社）で小説現代推理新人賞、99年、『イントゥルーダー』（文藝春秋）でサントリーミステリー大賞・読者賞、2017年、『福島第二原発の奇跡』（ＰＨＰ研究所）でエネルギーフォーラム賞優秀賞を受賞。そのほかの著書に、『原発クライシス』『ＴＳＵＮＡＭＩ』『Ｍ８』『富士山噴火』『バクテリア・ハザード』（以上、集英社）、『首都崩壊』『日本核武装』『ハリケーン』『紅い砂』（以上、幻冬舎）、『首都感染』（講談社）、『「首都感染」後の日本』（宝島社）、『ライジング・ロード』『世界に嗤われる日本の原発戦略』（以上、ＰＨＰ研究所）など多数。

本書は、2018 年 6 月にＰＨＰ研究所から刊行された作品を、加筆・修正したものです。

ＰＨＰ文芸文庫　官邸襲撃

2021年７月21日　第１版第１刷
2021年８月19日　第１版第２刷

著　者　高嶋哲夫
発行者　後藤淳一
発行所　株式会社ＰＨＰ研究所
東京本部　〒135-8137 江東区豊洲5-6-52
第三制作部　☎03-3520-9620(編集)
普及部　☎03-3520-9630(販売)
京都本部　〒601-8411 京都市南区西九条北ノ内町11
PHP INTERFACE　https://www.php.co.jp/
組　版　朝日メディアインターナショナル株式会社
印刷所　株式会社光邦
製本所　株式会社大進堂

ISBN978-4-569-90139-8

PHP文芸文庫

ライジング・ロード

高嶋哲夫 著

東北の三流大学の講師になった陽子の使命は、学生たちを率いて「ソーラーカーレース」で優勝すること。被災地を舞台とした感動の物語。

PHP文芸文庫

東京ダンジョン

福田和代 著

地下鉄全線緊急停止！「爆弾を仕掛け、東京の地下を支配した」と宣言するテロリストたちの行動を阻止できるのか。緊迫のサスペンス。

PHP文芸文庫

矜持《きょうじ》

警察小説傑作選

大沢在昌／今野 敏／佐々木 譲／黒川博行／
安東能明／逢坂 剛 著　西上心太 編

おなじみの「新宿鮫」「安積班」から気鋭の作家の意欲作まで、いま読むべき警察小説の人気シリーズから選りすぐったアンソロジー。

PHP文芸文庫

逃亡刑事

中山七里 著

警官殺しの濡れ衣を着せられた、千葉県警捜査一課警部・高頭冴子。事件の目撃者の少年を連れて逃げる羽目になった彼女の運命は？

PHP文芸文庫

不協和音

京都、刑事と検事の事件手帳

大門剛明 著

兄弟にして刑事と検事。反目しあう二人の意地と信念が、数々の事件の意外な真相を解き明かす。京都を舞台とした連作ミステリー小説。

PHP文芸文庫

不協和音2

炎の刑事VS.氷の検事

大門剛明 著

刑事の兄と検事の弟、反目しあう二人が、互いの信念をかけて事件解決に挑む。ドラマ化で話題の連作ミステリー、待望の第二弾！

PHP文芸文庫

7デイズ・ミッション

日韓特命捜査

五十嵐貴久　著

与えられたのは7日間！　麻薬王変死事件を追う韓国エリート女刑事と警視庁の新米男刑事が、衝突を繰り返しつつも辿り着いた真相とは。

PHP文芸文庫

魔性

明野照葉 著

その女はもう逃げられない……。「魔性」を持つサイコパスの男の秘密と、彼に惹かれ転落していく女の運命を描いた、緊迫のサスペンス。

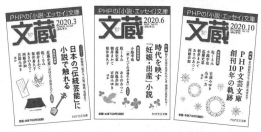